KB031383

스카페이스
Scarface

Armitage Trail

Scarface

스카페이스

아미티지 트레일 지음 · 김한슬기 옮김

RAINBOW PUBLIC BOOKS

Prologue

토니 과리노는 열여덟 살에 처음으로 중범죄를 저질렀다. 흔히 그렇듯 여자 때문이었다. 그저 그런 여자가 아니었다. 토니는 어두운 골목 싸구려 스트립쇼 클럽 무대로 통하는 철문 앞에 서서 여자의 모습을 떠올렸다. 늘씬한 몸에 금빛으로 빛나는 우아한 머리칼, 분홍빛이 감도는 새하얀 피부, 길게 뻗은 뽀얀 다리.

토니는 그녀의 공연을 보기 위해 몇 번이고 클럽을 찾았다. 무대를 누비며 춤추는 아름다운 두 다리는 늘 숨 막히는 황홀감을 선사했다.

무대로 연결되는 건물 밖의 철문이 벌컥 열렸다. 어둠이 짙게 깔린 골목 사이로 노란 불빛이 쏟아졌다. 먹잇감을 찾아 나온 늑대 무리처럼 한껏 옷을 차려입은 성인 남성과 어린 티를 벗은 지 얼마 안 된 청년들이 서성였다. 철문은 곧 둔탁한 쇳소리를 내며 굳게 닫혔다. 골목은 다시 어둠에 잠겼다. 문을 열고 나온 여자는 어떻게든 그녀를 붙잡아 보려 추근대는 요란한 목소리가 보이지도 들리지도 않는 것처럼 재빨리 군중을 헤치고 골목에서 벗어났다.

그녀였다! 그토록 무겁고 관능적인 향을 풍기는 여자는 비비안 러브조이 한 사람뿐이었다. 토니는 여자의 뒤를 쫓아 밝고 왁자지껄한 거리로 향했다. 비비안이 길가에 멈춰 섰다. 유연하고 호리호리한 몸에 걸친 초록색 재킷과 치마는 지나치게 짧고 꽉 조이는 데다가 여기저기 장식된 모조 보석 때문에 화려하게 빛났다. 제대로 된 안목이 있는 사람이라면 비비안이 풍기는 위험하고 거짓된 매력을 눈치챘겠지만, 토니에게 비비안은 어떻게든 손에 넣고 싶은 경이롭고 아름다운 존재였다.

토니는 비비안 곁으로 다가가 영화에서 본 대로 모자를 벗어들었다. 그에게는 영화가 유일한 사교 선생님이나 마찬가지였다.

"안녕하세요, 러브조이 양."

비비안이 고개를 돌려 토니를 바라봤다. 토니는 자신이 무척이나 사랑스럽다고 생각하는 여자의 얼굴이 그녀 옷에 달린 가짜 보석만큼도 진실하지 못하다는 사실을 몰랐다.

두꺼운 색조 화장과 파우더 아래 숨겨진 방탕한 황폐함을 보지 못했다. 화려한 립스틱과 짙은 화장에 시선을 뺏겨 입가에 남은 잔인한 주름도, 큰 코에 묻은 무자비한 탐욕도 발견하지 못했다. 관찰하듯 토니를 쳐다보는 비비안의 딱딱하게 굳은 얼굴에는 경멸의 표정이 스쳤다. 초록빛 눈에는 묘한 광채가 맴돌았다.

비비안이 말했다. "너, 또 왔구나."

"날 기다렸나 봐요?" 토니는 재치 있는 대답이었다고 생각하며 웃었다. "나랑 데이트해줄 때까지 매일 밤 찾아올 겁니다."

비비안은 가소롭다는 듯 짧고 날카롭게 코웃음을 쳤다.

"풋내기의 용기가 참으로 가상하네, 그렇지 않니?" 그녀는 마치 관중에게 말을 걸듯 질문을 던졌다. 차가운 초록색 눈동자는 토니의 반항적인 검은 눈을 똑바로 응시했다. "차 한 대 없는 애송이가 나한테 데이트를 신청하다니. 꼬마야, 내 애인이 누군지 아니?"

"모릅니다, 관심 없어요." 토니는 라틴계 특유의 무모한 열정으로 대꾸했다. "어차피 곧 내가 그 자리를 차지할 텐데요."

"글쎄, 알 스핀골라가 내 애인이란다."

순간 토니의 몸이 차갑게 식었다. 알 스핀골라는 도시를 휘어잡은 갱 두목이었다. 악랄한 데다가 돈을 어마어마하게 벌어들이기로 유명했다. 악명이 자자 했지만, 아랫사람에게 돈도 잘 챙겨줘서 그에게 충성을 바친 불량배가 한둘이 아니었다. 총구를 당기는 손가락이 안 보인다는 소문도 있었다. 위험한 남자였다.

"아…, 그렇게 잘생긴 놈은 아니잖아?" 토니는 고집스럽게 말을 이어나갔다.

"그래, 잘생긴 얼굴은 아니지." 비비안은 인정했다. "하지만 적어도 자기 여자한테는 키스보다 실속 있는 선물을 해줄 수 있는 사람이란다, 꼬맹아. 커다란 차를 돈다발로 채울 능력이 되거든 그때 다시 찾아오렴. 말이라도 섞어줄지 누가 아니?"

두 사람 앞에 번쩍이는 리무진이 급정거하자 비비안은 깔깔 웃으며 경계석을 타 넘었다. 토니는 비비안을 따라가려다 리무진 앞을 지키고 선 남자를 보고 멈칫했다. 알 스핀골라였다. 덩치가 크고 가무잡잡한 남자의 검은 눈동자에서 자비라곤 찾아볼 수 없었다. 입가에는 잔인함이 감돌았다. 목에 맨 두꺼운 넥타이에서 잔혹한 광택이 흘렀다.

알 스핀골라가 몸에 걸친 것 중 가장 중요한 소지품은 엉덩이 부근에 안전하게 보관돼 있었다. 주둥이가 짧은 푸른색 철제 권총이 모습을 드러내는 경우는 드물었지만, 그런 날이면 반드시 총성이 울렸고 늘 누군가의 몸에 총알이 박혔다. 토니는 비비안에게 한 마디 더 말을 걸었다간 죽음을 면치 못할 것임을 본능적으로 느꼈다. 보는 눈이 많으니 그 순간은 모면할 수 있어도 며칠 안에 어느 골목 어귀에서 시체로 발견될 것이 분명했다.

비비안이 차에 올라타는 동안 알 스핀골라는 토니에게서 눈을 떼지 않았다. 두려움에 몸이 차갑게 식었다. 값비싼 자동차가 순식간에 시아에서 사라지고 나서야 떨림이 그쳤다.

다른 갱과 마찬가지로 알 스핀골라 또한 표적이 될 가능성을 줄이기 위해 항상 차를 빨리 몰았다.

토니는 빠르게 멀어지는 자동차를 바라보다 모자를 눌러 쓰고 담배에 불을 붙인 뒤 단골 당구장으로 향했다. 그곳에서 난생처음 맞닥뜨린 어른의 문제를 어떻게 해결하면 좋을지 고민했다. 토니는 수준 높은 교육과는 거리가 멀었지만, 사리 분별이 확실하고 영민해서 날카로운 구석이 있었다.

하지만 태어나서 처음 품은 위대한 열망에 사로잡혀 평소처럼 번뜩이는 기지를 발휘할 수 없었다. 어딜 가도 눈에 띄는 인물이었으니 이웃에 사는 여자애들과 몇 번인가 사귄 적은 있었어도 그런 여자들은 토니를 만족시키지 못했다.

토니는 동네 여자애들과 나누던 얕은 육체적 관계보다 더 깊고 성숙한 무언가를 갈망했다.

비슷한 환경에서 자란 아이들이 대개 그렇듯 토니는 나이치고 놀랍도록 어른스러웠다. 지혜로운 눈빛과 냉소적인 입매, 거무스름한 뺨에 빽빽하게 난 억센 수염 자국은 토니를 스물다섯의 다 큰 사내처럼 보이게 했다.

토니는 인간의 변덕스러운 성질도 누구보다 잘 알고 있었다. 대부분의 사람이 평생을 살아도 토니만큼 인간을 잘 파악하기는 어려울 터였다. 토니는 세상 어느 도시에 빈털터리로 떨어뜨려 놔도 밥 한 끼 굶지 않고 잘 살 것 같은 사람이었다. 도둑질은 할 필요가 없었다. 머리가 나쁜 사람이나 남의 물건을 훔치는 법이다. 토니는 도둑, 특히 좀도둑을 경멸했다.

"토니!" 퉁명스러운 목소리가 속삭이듯 토니를 불렀다.

토니는 고개를 들고 지저분하게 구겨진 체크무늬 모자를 뒤집어쓴 생쥐 같은 얼굴을 올려다봤다.

"왜?" 토니가 차갑게 대꾸했다.

"오늘 몇 명 모아서 주유소 털러 갈 예정이거든." 다른 소년이 갈라진 목소리로 대답했다. "같이 갈래?"

"아니."

"돈은 공평하게 나눌 거야."

"싫다고. 그깟 돈 몇 푼 벌자고 멍청한 짓은 안 해."

"몇 푼이 아닐걸, 토니. 주유소마다 적어도 오백 달러씩은 있을 거니까 넷이 나누면 꽤 쏠쏠해."

"뒈지기 싫으면 꺼져!" 토니가 으르렁거리듯 위협했다.

소년은 뭐라 웅얼대며 황급히 자리를 피했다.

당구장에 있는 다른 소년들은 토니를 불편해했다. 토니와는 좀처럼 친해질 수 없었다. 물과 기름처럼 그들은 섞이지 않았다. 토니는 다른 아이들과 달랐다. 다들 차이를 느꼈지만, 누구도 이유는 알 수 없었다. 심리학자라면 '심리적 우월함'으로 이를 설명했을 것이다. 리더의 운명을 타고난 자와 평범한 군중의 한 사람으로 태어난 자는 본능적으로 서로의 격차를 알아챘다.

근처에 사는 소년들 대부분이 밤마다 도둑질을 했다. 물론 이웃 동네는 건들지 않았다. 혹여 구의원의 눈 밖에 나면 곤란하기 때문이다. 다른 구에서 도둑질을 하다가 재수 없게 체포되면, 구의원이 담당 경찰관에게 평소 동네에서 평판이 좋은 아이들인데 어린 마음에 실수했을 것이라 두둔하며 유치장을 빠져나올 수 있도록 돕곤 했다.

선거일이면 동네 폭력배들은 뒤를 봐준 구의원에게 열다섯 장, 스무 장씩 표를 던졌다. 그뿐만 아니라 온 동네를 돌아다니며 투표권을 가진 사람들에게 구의원이 재당선되지 않으면 험한 꼴을 볼 거라고 협박을 했다. 주민들은 울며 겨자 먹기로 깡패와 손을 잡은 늙어 빠진 구의원에게 투표했다.

토니는 '하찮은 좀도둑질'을 경멸했다. 쥐새끼처럼 가게에 숨어들어 돈을 훔친 적은 단 한 번도 없었다. 앞으로도 없을 것이다. 토니는 정치인이나 우두머리 같은 '거물'이 되고 싶었다. 부와 명예, 권력에 목말랐다.

이렇다 할 직업은 없었다. 그래도 다른 아이들처럼 범죄행위에 가담하지는 않았다. 항상 옷을 잘 차려입었으며 돈이 부족해 보이지도 않았다. 이웃 소년들은 이를 의아하게 생각했다. 토니가 직접 나서서 말해주지 않는 이상 비법을 알 수도 없거니와 그쪽 동네에서는 아무리 가까운 친구라도 서로의 수입원을 캐묻는 걸 금기로 여겼다. 게다가 토니는 가까운 친구가 없었다.

별안간 당구장 문이 벌컥 열리더니 덩치 좋은 남자들이 우르르 들어오며 한바탕 소란이 일었다. 몇몇이 재빨리 뒷문으로 꽁무니를 뺐지만, 이미 뒷문을 감시하고 있던 우락부락한 남자에게 붙잡혀 들어왔다. 당구장을 조사하러 온 형사였다.

토니는 조금도 걸리는 게 없었으니 가만히 앉아 그 광경을 흥미롭게 지켜봤다. 형사는 자욱한 담배 연기 사이로 어두컴컴한 당구장을 껄렁하게 돌아다녔다. 이런저런 질문을 던지다가 불량한 태도로 대꾸를 하는 불량배의 입을 손등으로 매섭게 후려치곤 했다. 역시나 형사들은 토니에게 관심을 보이지 않았다.

"이 녀석은 상관없어." 이웃 동네 경찰서에서 나온 그레이디 서장이 토니를 알아봤다. "벤 과리노 동생이야."

"누구 동생인지는 중요하지 않지." 건장한 형사가 냉철한 눈빛으로 토니를 흘끗 쳐다보며 무감각하게 대답했다.

"토니는 다르다고!" 그레이디는 토니를 두둔했다. "자치구 안에서건 밖에서건 법을 어긴 적이 없어."

"감사합니다, 서장님!" 토니가 웃으면서 대답했다. "서장님이랑 우리 친구들한테 담배 한 갑씩 대접해도 괜찮을까요?"

토니의 너스레에 형사들이 웃음을 터뜨렸다. 담배를 산다는 말이 반가워서가 아니라 아들뻘에게서 나온 '우리 친구들'이라는 표현이 재미있었기 때문이다. 토니는 판사 같은 냉정함과 침착함으로 분위기를 자신에게 유리한 쪽으로 반전시킨 뒤 형사들을 데리고 매점으로 가서 담배를 샀다.

"재밌게 놀다 가게!" 기분이 좋아진 형사들은 껄껄 웃으며 토니에게 인사하고 당구장을 떠났다. 토니는 경찰과 좋은 '관계' 유지가 중요하다는 사실을 이미 잘 알고 있었다. 또한 담배처럼 아주 사소한 것이라도 상대에게 빚을 졌다는 기분이 언젠가 강력한 힘을 발휘할 수도 있다는 이치를 꿰뚫어 봤다.

토니는 웬만해선 다른 사람의 호의를 받아들이지 않았지만, 어쩌다 도움받을 일이 생기면 은혜를 꼭 두 배로 갚아 상대에게 마음의 짐을 떠넘겼다. 토니의 사고방식과 태도는 산전수전 다 겪은 정치인과 같았다.

토니는 불현듯 담배 연기 가득한 당구장이 답답하게 느껴졌다. 머리까지 지끈거려 집으로 돌아가기로 했다.

주변은 음산하고 인적이 드문데다가 지저분했다. 당구장을 비롯한 몇몇 오락 시설을 제외하면 동네는 폐허나 다름없었다. 드문드문 가로등이 있긴 했어도 워낙 낡아 제 기능을 못 했다. 찌지직거리며 전기 튀는 소리가 유독 크게 울려 오히려 공포감마저 조성했다.

비가 내리지는 않았지만 습한 공기가 불쾌하게 피부에 달라붙었다. 좁고 더러운 골목에 1층 창문을 몽땅 판자로 막은 낡은 건물들이 우중충하게 늘어서 있었다. 영업이 끝난 슈퍼마켓 근처에 버려진 온갖 쓰레기 더미가 지독한 악취를 풍겼다. 사냥꾼인지 사냥감인지 몸을 낮추고 걸음을 재촉하는 몇몇을 제외하면 사람을 찾기가 힘들었다.

이따금 고요를 깨고 거리를 질주하는 자동차 소리가 들려왔다. 거리에는 늘 긴장감이 감돌았다. 꼬집어 무엇 때문이라 말하기는 어려웠다. 토니가 살던 동네에는 예민한 이방인이 화들짝 어깨 너머를 돌아보게 만드는 섬뜩함이 있었다.

이곳은 갱스터의 본거지이자 산란지였고, 은신처이자 사냥터였다. 토니는 폭력의 중심지에서 나고 자랐다. 토니가 접한 유일한 세상이었다. 토니는 거미줄처럼 복잡하게 얽히고설킨 상황이 자신을 옥죄고 있음을 깨닫지 못했다.

갱단의 거점에서 탄생한 순간부터 토니는 서서히 꾸준하게 폭력의 세계를 향해 나아가고 있었다. 토니는 갱스터의 운명을 타고났다. 이는 고귀한 핏줄을 타고난 왕자가 왕이 되는 것만큼이나 자명했다.

토니는 부모님이 운영하는 작은 식료품점 건물에 도착했다. 열쇠로 문을 열고 들어가 카펫 한 장 안 깔린 지저분한 계단을 올라갔다. 걸음을 옮길 때마다 오래된 삭은 계단에서 삐걱대는 소리가 울렸다. 거실을 겸하는 주방에 불이 켜져 있었다. 벤 과리노가 여기저기 철사로 수선한 흔적이 보이는 낡은 흔들의자에 앉아 있었다.

빳빳하게 다려진 푸른 경찰 제복과 앞코가 네모난 구두가 눈에 띄었다. 두 다리를 더러운 빨간 체크무늬 테이블보 위에 올려둔 채 신문을 읽는 중이었다. 바로 옆에 금방이라도 무너질 것 같은 의자 위로 제복 코트와 모자, 탄띠, 권총집이 걸려 있었다.

벤은 신문에서 시선을 떼고 주방으로 들어오는 토니를 쳐다봤다. 벤은 20대 중반의 건장한 청년이었다. 굳게 다문 입과 단단한 턱에 냉혹함이 감돌았고, 날카롭게 빛나는 어두운 눈동자에서는 악의가 느껴졌다.

터놓고 말한 적은 없지만, 토니는 형이 언젠가 높은 자리까지 오를 것이라 믿었다. 토니가 생각하기에는 경찰이나 폭력배나 다를 게 없었다. 단지 경찰 배지가 있냐 없느냐의 차이였다. 경찰과 갱스터는 같은 동네에서 태어나 같은 교육을 받고 같은 사상을 가진 채 함께 성장했다. 졸업 후 진로가 나뉘기는 했지만 갱스터의 주머니에 돈이 떨어지지 않는 이상 둘은 늘 좋은 관계를 유지했다.

"어디를 쏘다니다가 이제 집에 들어와?" 벤이 쏘아붙였다.

"뭔 상관이야?" 토니도 날카롭게 쏘아붙이려다 벤에게 부탁이 있다는 사실을 떠올리고 태도를 바꿨다. "미안, 두통이 심해서 그런지 말이 곱게 안 나가네."

"클론다이크 쪽 구역에서 오는 길이지?"

"저녁에 달리 갈 데가 없잖아. 어디 댄스홀에 가봤자 싼티 나는 멍청한 여자애들밖에 없다고."

"여자 보는 안목이 좀 생겼나 보지?"

"그럼."

"그래야지." 벤이 씩 웃으며 말을 이어나갔다. "여자 잘못 만났다간 인생 꼬인다. 남자는 여자를 제대로 만나야 성공하는 거야." 그리고 식탁 위에 올려놨던 다리를 바닥에 내리고 몸을 앞으로 기울면서 토니의 눈을 똑바로 응시했다. "요즘 네가 스모키 조 물건을 배달한다는 소문이 들리던데…"

"그게 뭐?"

"물건에 마약이 섞여 있는 걸 모르진 않았겠지?"

"몰랐어. 이제 알았으니 돈 좀 더 받아야겠네."

"경고하는데 그쪽 물건에 손대지 마."

"알았어…. 예민하게 구는 걸 보니 주변에서 누가 내 얘기 꺼냈나 봐? 형이 하지 말라면 안 할게. 어차피 다른 할 일도 많아."

"그렇겠지." 벤이 무미건조하게 대답했다. "듣자 하니 요즘 래퍼티 도박장에 들락거린다며?"

"가면 안 될 이유라도 있어? 범죄를 저지르는 것도 아니고 용돈벌이 좀 하겠다는데. 다른 애들처럼 남의 가게 털고 다니는 것보단 낫지 않아?"

"그건 그렇지." 벤은 심각한 목소리로 타일렀다. "수습 안 되는 사고는 치지 마, 토니. 네가 잘못하면 내 출셋길까지 다 망친다."

"사고 안 쳐. 내 걱정은 하지 마. 형이나 조심하라고."

"무슨 뜻이냐?"

"그냥 하는 말이야." 토니는 아무렇지 않게 웃었지만, 벤의 얼굴을 스치는 두려움을 포착했다. "그냥…, 형보다 더 형을 잘 아는 친구가 건네는 다정한 조언이라고 생각해."

"그게 누군데?" 벤이 초조하게 물었다.

"나." 토니는 입가에 미소를 띠며 바닥에 담뱃재를 털었다.

"형, 내일 밤에 차 좀 빌릴 수 있을까?"

"안 돼. 내일은 내가 써야 해. 비번이거든."

"모레는?"

"모레도 안 돼. 네가 차 끌고 나가 봤자 사고밖에 더 치겠냐. 어린놈이 차는 무슨."

"됐어! 더러워서 나도 한 대 뽑고 만다. 누가 보면 형은 퍽이나 떳떳한 줄 알겠네? 별것도 아닌 것 가지고 더럽게 재수 없게 굴기는."

토니는 버럭 화를 내고 침실로 들어가 있는 힘껏 문을 닫았다. 한 달에 겨우 몇백 달러를 버는 처지에 어떻게 정직하게 돈을 모아 삼만 달러짜리 차를 산단 말인가. 토니가 아는 경찰들은 죄다 커다란 차를 몰았고, 서장쯤 되면 멀끔한 아파트에 살면서 학비가 비싸기로 유명한 사립학교에 아들딸을 입학시켰다.

집이 정적에 잠겼다. 토니가 유일하게 위안을 얻는 시간이었다. 늦은 밤 잠깐을 제외하면 집은 조용할 틈이 없었다. 토니는 끊이지 않는 소음에 돌아버릴 것 같았다. 소음, 소음, 소음의 연속이었다. 토니는 다른 가정도 늘 이렇게 불편하고 혐오스러운지 궁금했다. 적어도 토니가 아는 집은 모두 비슷했다.

토니는 재빨리 옷을 벗고 더러운 침대로 기어들어 갔다.

토니는 벤과 한 침대를 사용했다. 괜히 미적거리다가 벤이 방에 들어오면 또 한 소리를 들을 게 뻔했기에 아예 먼저 잠드는 게 편했다. 자려고 눈을 감고 누웠지만, 토니의 머릿속에는 온통 비비안 생각뿐이었다. 비비안을 떠올리는 것만으로 온몸이 뜨거워졌다. 온갖 상상에 정신이 아득해졌다.

토니는 어떻게든 비비안을 가질 것이다. 누구라도, 심지어 악명 높은 알 스핀골라조차 토니를 막을 수는 없다.

자신이 원하는 여자가 다른 남자의 애인이라는 사실은 토니에게 아무런 영향도 주지 못했다. 세상은 약육강식의 원리대로 흘러갔으니 강한 자가 미인을 얻는 것이 당연했다. 어쨌든 비비안은 차와 돈이 있으면 토니를 만나주겠다고 했다.

토니는 비비안이 요구한 차와 돈을 가지고 다음 날 밤 다시 클럽을 찾아갈 예정이었다.

Scene #2

다음날 밤 토니는 스트립 클럽 무대로 통하는 철문 앞 어두운 골목을 서성이며 비비안을 기다렸다. 목에 힘이 잔뜩 들어간 듯 꽤나 거드름을 피웠다. 평소와 달리 고급 술집을 세 군데나 들르면서 어깨가 으쓱해지기도 했지만, 그보다는 비비안이 요구하는 조건을 모두 갖췄다는 이유가 더 컸다.

도로변에는 범죄 조직에서 애용하는 비싼 스포츠카가 주차돼 있었다. 하룻밤만 빌린 것이었다. 조직에서 차를 정상적인 방법으로 구매했을 리는 없었다. 그쪽 일을 하는 사람들이 하는 말을 들어 보면 자동차는 훔치기 쉬울뿐더러 잡힐 확률도 낮았다. 실제로 어둠의 세계에 발을 들여놓은 사람의 구십 퍼센트가 자동차 절도를 시작으로 점차 활동 영역을 확장해 나간다고 했다.

비비안은 아직 모를 테지만 두 사람은 첫 데이트를 앞두고 있었다. 토니는 비비안에게 궁상맞은 모습을 보이고 싶지 않았다. 기왕 빌린다면 잘 빠진 스포츠카가 좋을 것 같았다.

바지 주머니는 지폐 뭉치로 두둑하게 부풀어 있었다. 가진 재산을 몽땅 끌어모아 천 달러 정도를 마련했다. 빳빳한 백 달러짜리가 '포장지'처럼 나머지 지폐를 감쌌다. 백 달러짜리는 한 장뿐이었고, 나머지는 대부분 이십 달러나 오십 달러짜리였다. 눈에 보이는 게 백 달러짜리뿐이니 천 달러가 아니라 이천 달러 같았다.

비비안이 바라던 차와 돈을 준비했다. 토니는 혹시 몰라서 한 가지를 더 챙겨 왔다. 토니가 걸친 코트 오른쪽 안주머니에는 그날 오후 급하게 장만한 권총이 들어 있었다. 진짜 총을 들고나온 건 처음이었다. 총을 지니는 것만으로 짜릿한 전율이 일었다.

세상 무엇도 두렵지 않은 힘을 얻은 듯 든든했다. 권총이 있으니 그 악랄하다는 알 스핀골라도 무섭지 않았다. 용기가 샘솟았다. 토니는 마치 대단한 사람이라도 된 것 같았다.

마음속에서 이미 알 스핀골라와 생사를 가르는 결투가 벌어지면 어떻게 행동해야 할지 상상의 나래를 펼쳤다.

비비안은 평소처럼 반짝이는 의상을 입고 강렬한 향기를 풍기며 여느 때보다 조금 일찍 클럽을 나섰다. 커다란 모자가 딱딱하게 굳은 얼굴을 반쯤 가리고 있었다.

“세상에나!” 비비안이 토니를 발견하고 소리쳤다. “주님의 가엾은 어린 양이 또 길을 잃고 여기까지 흘러 들어왔네.”

“당신을 보러 왔지.” 토니가 능글맞게 대꾸했다. “당신이 바라던 비싼 차랑 돈도 준비했고 말이야.”

“그래?” 비비안은 코웃음을 쳤다. “이제 겨우 엄마 젖을 떼고 걸음마 할 수준은 된 것 같구나.”

토니는 웃음기를 거두고 비비안의 팔을 거칠게 그러잡았다. “잘 들어, 예쁜이. 어린애 취급은 그만두시지!” 으르렁대는 목소리가 위협적이었다. “너는 오늘 나랑 밤 나들이를 갈 거야.”

“밤 나들이?”

“그래! 그러니까 입 다물고 얌전히 따라오기나 해.”

“뭐…” 기세가 한풀 꺾인 비비안은 조용히 대답했다. “어차피 내일 저녁까지는 알 스핀골라를 만날 계획도 없으니까 오늘 하루쯤은 자기랑 어울려 줄 수도 있어. 그런데 혹시 누가 보기라도 하면 분명히 알 스핀골라의 귀에 이야기가 들어갈 텐데.”

비비안은 두려움에 몸을 떨었다. “알 스핀골라는 위험한 남자야. 어쨌든 테일러가랑 상거먼가 사이 모퉁이에 차를 세우고 5분만 기다려. 나는 따로 택시를 타고 그쪽으로 갈게."

"몰래 빠져나가려는 거 아니지?"

"꼭 갈 테니 걱정하지 마."

"허튼수작 부릴 생각은 안 하는 게 좋을 거야." 토니가 경고했다.

토니는 거만하게 젠체하며 스포츠카를 몰고 떠났다. 약속 장소에 차를 세우고 비비안을 기다리는 동안 바람맞을까 초조한 마음에 입에 담기조차 거북한 욕설을 중얼거렸다.

얼마쯤 지났을까 비비안이 차 문을 열고 서둘러 옆자리에 올라탔다. 스포츠카 폭이 워낙 좁아 두 사람의 허벅지가 딱 맞붙었다. 예상치 못한 접촉에 토니는 짜릿함을 느꼈다. 비비안이 화들짝 놀라 고개를 들고 토니를 올려다봤다. 초록빛 눈에 공포가 서려 있었다. 코트 속에 넣어 둔 권총이 몸에 닿은 듯했다.

"괜찮아." 토니는 안심하라는 듯 웃어 보였다. "꼭 필요한 상황이 아니면 꺼내지도 않을 거니까."

토니와 비비안은 프라이버시를 철저하게 지키기로 유명한 노스사이드 레스토랑을 찾았다. 두 사람은 2층에 따로 분리된 작은 방에 마주 앉아 값비싼 샴페인 두 병을 곁들여 고급스러운 요리를 즐겼다. 거의 모든 식당에서 진짜 샴페인을 구할 수 있던 시절이었다.

식사를 마치고 샴페인 한 병을 더 따서 마시던 중 토니는 슬쩍 의자를 옮겨 비비안 옆에 자리를 잡았다. 비비안은 맛있는 음식과 달콤한 술에 기분이 몹시 들떴다. 눈가에 몇 가닥 드리운 머리카락을 치우려는 것처럼 이따금 '후!'하고 큰 소리로 바람을 내뱉었다.

"어때?" 토니가 비비안의 손을 잡으며 물었다.

"따뜻하네." 비비안이 키득대며 대답했다.

"나도."

토니가 비비안을 데려다줬을 때는 이미 새벽 다섯 시가 다 된 시간이었다. 비비안은 키스로 작별 인사를 대신하고 무거운 한숨을 쉬며 스포츠카에서 내렸다.

"자기는 여자를 기분 좋게 하는 방법을 잘 알아." 비비안은 안타까운 듯 속삭이고 비틀거리며 싸구려 호텔로 들어갔다.

토니는 그날 정오가 다 돼서야 잠에서 깼다. 깔끔하게 면도하고 파우더를 잔뜩 뿌리니 그제야 얼굴이 조금 멀끔해 보였다. 평소와 달리 왠지 모를 고양감이 느껴졌다. 마침내 토니는 진짜 여자, 자신보다 성숙하고 경험이 풍부한 여자를 정복했다. 이제는 진짜 여자를 손에 넣기 위해 준비한 것들을 정복할 차례였다.

권력을 향한 갈망이 토니를 사로잡았다. 아무리 노력해도 주어진 환경에서 권력을 가질 수 없는 비극적인 상황이 토니를 더욱 목마르게 만들었다. 토니는 그 어느 때보다 간절하게 권력을 원했다.

토니의 여동생 로지가 음식을 들고 왔다. 이제 열여섯 살인 로지는 키가 크고 예뻤다. 나머지 동생 여섯 명은 학교에 있었다. 토니는 한마디 말도 없이 허겁지겁 밥을 먹었다. 할 일이 많았다.

소란스럽게 계단을 내려오는데 잔뜩 화가 난 듯 소리를 치는 엄마의 목소리가 귓전을 때렸다. 토니는 문 앞에서 잠시 머뭇거리다 가게로 들어섰다. 살짝 주눅이 들긴 했지만, 눈빛에 서린 반항심까지 지우지는 못했다.

오십 대에 들어선 과리노 부인은 이탈리아계 특유의 땅딸막하고 다부진 몸을 가지고 있었다. 모양이 없는 회색 원피스를 대충 뒤집어쓰고 정체를 알 수 없는 띠로 허리를 졸라맸다. 아래로 늘어진 커다란 가슴 때문에 앞에서는 허리선이 드러나지 않았다. 얼핏 보기엔 끈으로 중간을 묶어 둔 자루 같았다.

손질이 안 된 회색 머리는 아무렇게나 둘둘 말아 머리 위에 얹어 뒀다. 커다란 금색 귀걸이가 축 늘어진 귓불에 매달려 달랑댔다. 빈말이라도 예쁘다고 할 수 없는 외모에다 치장이라곤 찾아볼 수 없는 차림을 하고 있었지만, 과리노 부인에게서는 타고난 지성과 정직함이 느껴졌다.

카를로타 과리노는 모범적인 시민이었다. 자식을 부모만큼 올곧은 사람으로 키울 수 있었다면 참 좋았으련만 그것만큼은 불가능했다. 카를로타도 그 밑에서 자란 자식들도 이유는 알 수 없었다.

“밤마다 어딜 그렇게 쏘다니는 게냐?” 카를로타가 이탈리아어로 매섭게 쏘아붙였다. “새벽 다섯 시가 넘어서야 집에 들어오다니.”

“아, 누굴 만나서 사업 얘기 좀 하느라고요.” 토니는 영어로 대답했다.

“도대체 어떤 사업을 하기에 꼭두새벽에 만나서 이야기를 해?” 카를로타는 다시 이탈리아어로 나무랐다. “일찍 일찍 다녀라. 네 형 좀 본받아! 사고 치지 말고.”

“알았어요.” 토니는 고분고분하게 대답하고 재빨리 집을 빠져나왔다. 잔소리 몇 마디로 상황이 정리되다니 운이 좋다고 생각했다.

부모님은 항상 그런 식이었다. 모든 대화가 비난, 경고, 책망으로 이루어졌다. 어머니와 아버지는 늘 토니에게 하지 말아야 할 행동만을 강조했다. 토니는 자식을 윤리적이고 정직한 사람으로 키우려는 부모의 마음을 전혀 이해하지 못했다. 잘못된 표현방식에 애정이 가려진 탓이었다.

어머니와 아버지의 마음을 알았다고 하더라도 변하는 것은 없을 터였다. 뜨거운 라틴계의 피를 물려받은 토니는 부모님을 무척 사랑했지만 그렇다고 두 사람의 사상을 존중하지는 않았다. 이유는 많았다.

두 사람은 이탈리아를 떠나 미국으로 건너온 지 이십 년이 지나도록 영어를 제대로 하지 못했다. 낯선 환경에 적응하지 못하고 시대에 뒤떨어지는 모습만 보였다. 그들이 선택한 새로운 고향, 위대한 나라에 섞여 들어가는 방법을 몰랐다.

아버지는 아침부터 밤까지 힘들게 일하고, 어머니는 온종일 작은 가게에 매달렸다. 그렇게 번 돈으로 대가족이 겨우 입에 풀칠만 하기에도 버거웠다. 부모의 사상과 윤리를 배워서 어쩌자는 건가? 그래서 지금 이 모양 이 꼴로 살고 있지 않은가? 평생 부모처럼 초라하게 살 생각은 추호도 없었다.

자신은 거물이 될 인물이었다. 그렇게 평범한 이민가정에서 갱스터가 태어났다. 조개에서 진주가 생기듯 당연한 수순이었다.

물론 가정환경이 전부는 아니었다. 토니는 법을 믿지 않았다. 여섯 살 토니는 주린 배를 채우기 위해 과일 노점에서 배 하나를 훔쳐 달아났다. 경찰은 어린 토니를 뒤쫓았다. 토니가 태어나서 처음으로 경험한 법은 그를 보호해주는 울타리가 아니라 맞서 싸워야 할 적이었다. 법은 토니가 달콤한 과실을 손에 넣을 수 없도록 가로막는 장애물이었다.

비비안과 함께 보낸 하룻밤으로 토니의 태도는 한층 확고해졌다. 토니는 자신에게 호의적이지 않은 모든 존재를 무자비하게 대했다.

토니는 비비안이 머무르는 싸구려 호텔 옆 근처 공중전화 부스에 들어가 전화를 걸었다.

"안녕, 자기!" 토니가 인사했다. "잘 잤어?"

"별로…" 비비안이 힘없는 목소리로 대답했다. 막 일어난 것 같았다.

"나도 좀 피곤하네. 그래도 어젯밤은 정말 즐거웠잖아? 그러면 된 거지. 비비안, 오늘 밤에도 만나기로 한 거 기억하지?"

"안 돼, 오늘 밤엔 알 스핀골라를 만나기로 했어."

"빌어먹을! 알 스핀골라." 토니가 맹렬하게 화를 냈다. "잘 들어, 오늘부터 알 스핀골라는 볼 생각도 하지 마. 알 스핀골라가 지랄하면 내가 알아서 처리할 거니까 걱정하지 말고.

애들 모으면 그 새끼 하나 조지는 건 일도 아니야. 이따 밤에 일 끝나면 최대한 일찍 나와서 어제 만났던 모퉁이로 와.

알 스핀골라는 밤늦게야 찾아오잖아. 험한 꼴 당하기 싫으면 얌전히 시키는 대로 하는 게 좋을 거야."

토니는 그날 내내 합법과 불법의 경계를 넘나들며 돈 나올 구멍을 찾았다. 여기저기 전화를 걸어 그동안 소홀히 여기던 일을 진행하고, 고객이 마음에 들지 않아 미뤄뒀던 새로운 일에 착수했다.

상대방은 여전히 재수가 없었지만 돈벌이는 꽤 쏠쏠할 터였다. 비비안에게 들어갈 돈을 생각하면 이제 일을 가릴 처지가 아니었다. 뭐가 됐든 돈이 되는 일이라면 닥치는 대로 할 예정이었다.

일을 마친 토니는 비비안을 만날 때까지 늘 가던 당구장에서 시간을 때우기로 했다. 의자에 앉아 담배를 피우는데 험악한 남자 한 명이 옆자리에 앉더니 몸을 밀착했다.

"뭐야?" 토니가 날카롭게 반응했다.

"네가 토니 과리노지?"

"그런데?"

"별거 아냐. 그분이 이렇게 전하라더군. 알 스핀골라 여자랑 두 번 다시 어울렸다간 저승 구경할 줄 알라고."

"무슨 말이지?" 토니는 짐짓 모르는 척 되물었다.

"으슥한 골목에서 변사체로 발견되기 싫으면 알아서 처신 잘해."

"알 스핀골라든 똘마니든 다 덤비라고 전해." 토니는 코웃음을 치며 허세를 부렸다. "칼이랑 총깨나 쓴다고 자신만만하나 본데 나도 총이라면 한가락 하거든. 보아하니 알 스핀골라가 키우는 똥개 같은데 할 말 끝났으면 뭐 빠지게 쫓아가서 소식이나 알려주지 그래?"

토니는 충격으로 일그러진 남자의 얼굴을 보고 웃음을 터뜨렸다. 남자가 시야에서 사라질 때까지 입가에 비웃음이 걸려 있었다. 코트 주머니에 고이 보관해 둔 권총이 그렇게 든든할 수 없었다. 토니는 손바닥만 한 무기가 실어주는 힘의 크기에 놀랐다. 권총은 다윗과 골리앗의 격차를 메워줬다.

갱스터가 될 운명을 타고난 사내라면 총을 손에 넣은 순간 그 힘을 느낄 수 있었다. 게다가 토니는 당구장에 오기 전 총을 잘 쏘기로 유명한 친구 하나를 섭외해 경호를 맡겨뒀다. 친구는 밤새 토니를 따라다니며 토니의 뒤를 노리는 놈들이 없는지 살피기로 했다. 조금이라도 수상한 모습을 보이는 인간이 있다면 주저하지 않고 방아쇠를 당길 것이다.

비비안은 약속 장소로 향하는 택시 안에서부터 두려움에 몸을 떨었다. 모퉁이에 도착해서는 누가 볼까 허겁지겁 토니의 스포츠카에 몸을 실었다.

"무서워, 토니." 비비안은 잔뜩 겁에 질려 토니의 팔에 매달려서는 연신 뒤를 돌아봤다. 목소리에 불안함이 묻어났다. "우리 뒤를 쫓는 차가 있어!" 비비안은 거의 비명을 지르고 있었다.

"걱정 마. 내 경호원이니까."

"아까 클럽에 출근하자마자 어떤 남자가 내 손에 억지로 쪽지를 쥐여 주고 갔어. 세상에, 그렇게 무섭게 생긴 사람은 처음 봤어. 처음에는 나를 죽이러 온 줄 알았다니까. 다행히 쪽지만 주고 가긴 했는데…, 어쨌든 겨우 정신을 차리고 분

장실에 들어가서 쪽지를 확인했지. 연필로 대충 휘갈겼는데 이렇게 적혀 있었어. '한 번만 더 나를 배신했다간 싸구려 인생 좀 칠 줄 알아라!' 알 스핀골라가 보낸 쪽지였어." 비비안은 쏟아내듯 말을 내뱉고 숨을 골랐다.

"그래? 안 그래도 아까 그 새끼 똘마니 한 놈이 당구장에 찾아와서 협박하더라고. 안 쫄리니까 마음대로 하라고 했지."

토니와 비비안은 전날 밤 식사를 한 레스토랑으로 가서 어제와 같은 작은 방에서 단둘이 시간을 보냈다. 삼십 분쯤 지났을까, 누군가 벌컥 문을 열고 들어왔다. 알 스핀골라였다.

알 스핀골라의 거무스름한 얼굴은 분노로 딱딱하게 굳어 있었다. 눈빛만으로 사람을 죽일 수 있을 것 같았다. 입매가 악마처럼 뒤틀렸다. 오른손은 코트 주머니 깊숙이 꽂혀 있었다. 그 손에 무엇이 쥐어졌는지는 의심할 필요조차 없었다.

토니의 초록빛 눈이 묘한 빛으로 번들댔다. 마침내 알 스핀골라와 결판을 낼 때가 왔음을 직감했다. 죽이지 않으면 죽을 것이다.

"알!" 비비안이 질겁하며 알 스핀골라를 말리려 했다. "안 돼! 그러지 말아요…" 목소리가 가늘게 떨렸다.

토니와 알 스핀골라는 서로의 눈을 똑바로 응시했다. 토니는 긴장한 듯 보였다. 누구에게나 첫 살인은 쉽지 않은 법이다.

"두 연놈이 하나같이 경고를 개무시했군. 내 눈을 속이고 둘이 만날 수 있을 것 같았나?"

"누구냐?" 토니는 그 상황에 할 수 있는 가장 어처구니없는 말을 내뱉었다.

"내가 누구냐고?" 알 스핀골라는 분노를 주체하지 못하고 소리를 질렀다. "내가 누군지 보여주지!"

그 순간 토니가 코트 주머니 속에서 방아쇠를 당겼다. 알 스핀골라가 문을 열고 방에 들어왔을 때부터 틈을 노리고 있었다. 토니는 알 스핀골라조차 눈치채지 못할 정도로 은밀하게 권총을 손에 쥐었다. 토니에게 필요한 것은 생애 첫 총격전을 승리로 이끌어 줄 아주 미세한 균열뿐이었다.

알 스핀골라의 두 눈이 충격으로 뭉개지며 힘없이 바닥으로 허물어졌다. 토니는 재빠르게 손수건으로 권총을 닦아 지문을 지운 다음 창문 밖으로 던졌다.

"이리 와, 비비안." 토니는 벌벌 떠는 비비안을 향해 손을 내밀었다. 방금 살인을 저지른 사람치고는 지나치게 침착했다. 세상에 무서울 게 없는 막강한 인물이 된 것만 같았다.

토니는 테이블 위에 백 달러짜리 지폐 한 장을 올려 두고 비비안을 부축해 건물 뒤편 계단으로 내려갔다. 두 사람은 스포츠카를 주차해 둔 골목으로 뛰어갔다. 스포츠카에 몸을 싣자마자 어두운 골목 어귀에서 빳빳한 제복을 차려입은 경찰 두 명이 레스토랑 정문으로 들어왔다.

토니는 걱정하지 않았다. 레스토랑 사장과 웨이터가 2층 작은 방을 예약한 손님의 인상착의를 제대로 설명할 리 없었다. 거짓말이야 안 하겠지만 누구를 데려와도 의미가 없을 정도로 모호한 진술은 경찰 조사에 아무런 도움도 되지 않을 것이다.

Scene #3

알 스핀골라 살해 사건으로 세간이 떠들썩했다.

미국이 세계대전에 참전하기 직전, 갱스터 왕국에 지금과 같은 부와 권력, 치열하고 잔혹한 전투가 문화처럼 자리 잡기 한참 전에 일어난 일이었다. 갱스터 무리 간 충돌이 빈번했고 칼부림도 심심찮게 벌어졌지만, 실제로 몸에 총알이 박히는 경우는 드물었다.

알 스핀골라는 도시를 총으로 평정한 최초의 갱 두목이었다. 그런 인물이 손쓸 새도 없이 죽어 버렸으니 나머지 갱 두목들은 혹시 자신이 다음 차례가 되지는 않을까 전전긍긍하며 만반의 준비를 했다. 문제는 어떻게 대비해야 할지 확신할 수 없다는 것이었다.

사건이 일어난 다음 날 아침 토니는 일찍 자리에서 일어났다. 평소보다 몸이 무거웠다. 토니는 어머니에게 코트에 담뱃재를 떨어뜨렸다며 구멍을 기워달라고 부탁했다. 코트를 새 옷처럼 감쪽같이 수선해도 두 번 다시 밖에 입고 나갈 생각은 없었다. 현명한 판단이었다.

토니는 곧장 클론다이크가 운영하는 술집으로 향했다. 바 너머에 클론다이크가 서 있었다. 클론다이크는 덩치가 좋고 얼굴이 붉은 아일랜드인으로 근방에서는 꽤나 끗발을 날리는 갱 두목이었다. 알 스핀골라의 강력한 적수이기도 했다.

"토니 과리노입니다." 토니가 조심스럽게 신상을 밝혔다.

"테일러가에 살고 있어요."

"그런데?"

"어젯밤 알 스핀골라가 총에 맞아 죽었다는 소식은 들으셨겠죠?"

"그래." 클론다이크는 검은 시가를 질겅질겅 씹으며 대답했다. 두 눈에 경계심이 그득했다.

"알 스핀골라와 사이가 좋지 않으셨던 걸로 알고 있습니다. 귀찮은 일을 제가 대신 처리해 드렸으니 혹시 실력 좋은 변호사나 뭐 그런 부분에서 도움을 좀 주실 수 있나 싶어서 찾아왔습니다."

"네가? 너 같은 애송이가 그 쥐새끼를 죽였다고?"

"저는 귀찮은 일을 대신 처리해 드렸다고만 이야기했는데요." 토니가 교묘하게 말을 돌렸다. "앞으로 불편한 상황이 여럿 생길 것 같아서 말입니다. 힘이 돼 주실 수 있겠습니까?"

"기꺼이. 언제든 찾아와도 좋다. 배짱 좋은 놈들은 늘 환영이지."

"감사합니다."

클론다이크의 술집을 나선 토니는 비비안이 머무는 싸구려 호텔로 발걸음을 옮겼다. 비비안은 눈물범벅이 된 얼굴로 초조하게 방 안을 서성이고 있었다. 눈물이 그렁그렁한 초록빛 눈에는 토니를 향한 불신이 가득했다.

비비안은 한참 동안 아무 말 없이 눈물만 흘렸다. 토니는 비비안의 태도가 마음에 들지 않았다. 토니는 보란 듯 입을 꾹 다문 비비안이 거슬렸다.

"당신이 나한테서 알을 빼앗아 갔어." 겨우 입을 연 비비안이 흐느끼며 토니를 탓했다. "이제 당신이 나를 돌봐줘야 해."

"닥쳐!" 토니가 버럭 소리를 질렀다. "그딴 식으로 말 안 해도 아니까. 오늘 당장 멀쩡한 아파트부터 찾을 거야."

토니는 첫 살인을 저지른 지 채 하루가 되기 전에 갱단에 가입하고 내연녀를 얻었다. 어둠의 세계에서는 모든 사건이 순식간에 일어난다.

토니는 당분간 부모님 집에 머무르기로 했다. 아직은 때가 아니다. 섣불리 움직였다간 주변의 의심을 살지도 모른다.

토니는 다시 이탈리아 갱이 통치하는 구역을 벗어나 아일랜드 갱의 구역으로 넘어갔다. 클론다이크의 술집으로 가는 길에 커다란 차 한 대가 앞을 막아섰다. 바닥에 바퀴 끌리는 소리가 소름 끼쳤다.

"어이, 꼬마!" 사나운 목소리가 토니를 불러 세웠다. "이리와 봐."

토니는 그대로 도망갈까 하다가 앞을 막아선 차가 경찰이라는 사실을 깨달았다. 까딱 잘못했다간 몸에 총알이 박히겠구나 싶어 순순히 지시에 따랐다.

"차에 타!" 짐승처럼 덩치가 커다란 사내가 명령했다.

남자는 토니를 질질 끌다시피 뒷좌석에 태우고 차를 몰았다. 순식간에 경찰서에 도착했다. 근무 중이던 형사가 모조리 달려들어 토니를 둘러싸고 2층 취조실로 끌고 갔다.

"어젯밤 알 스핀골라가 총살됐다는 소식은 들었겠지?"

우두머리로 보이는 남자가 이야기를 꺼냈다.

"예…" 토니는 침착을 유지하려 애썼다. "조간신문에 난 기사를 읽었습니다."

토니의 대답을 들은 패거리가 킬킬거리며 웃음을 터뜨렸다.

"조간신문에서 읽었다고? 기사가 나기 한참 전부터 알고 있었을 텐데. 네가 그 녀석을 죽인 범인이잖아."

"더위 먹어서 머리가 좀 어떻게 된 거 아닙니까?" 토니가 싸늘하게 대꾸했다.

"피차 힘 빼지 말고 순순히 털어놓자. 다 알고 왔어. 자백하시지."

"무슨 말을 하는 건지 전혀 모르겠네요." 토니는 말도 안 되는 취조가 지겹다는 듯 대수롭지 않게 응수했다.

"세게 나오시겠다, 이거지?"

"아뇨. 사실을 말할 뿐입니다."

"어젯밤 열두 시에서 새벽 세 시까지 어디에 있었나?"

"집에서 자고 있었습니다."

"증명할 수는 있고?"

"가족한테 물어보시죠."

"이건 어디서 구했어?" 다른 형사가 불쑥 끼어들어 알 스핀골라를 살해할 때 사용한 권총을 눈앞에 들이밀었다. 예상치 못한 상황에 토니의 눈이 크게 벌어졌다. 깜짝 놀라 침을 삼켰지만 애써 평정을 유지했다.

"처음 보는 물건입니다." 토니는 고집스럽게 의견을 고수했다. 한편으로는 경찰 측에서 어떤 정보를 가지고 자신에게 접근하는지 궁금했다. 어쨌든 상황은 나쁘게 돌아가고 있었다. 그 시절 경찰은 악랄한 갱스터가 죽어도 평범한 시민이 살해당한 것처럼 끈질기게 사건을 파고들었다.

토니에게 남은 선택은 한 가지뿐이었다. 끝까지 버틴다!

"처음 보는 물건이라고요." 토니가 반항기 어린 목소리로 재차 대답했다.

우두머리가 손등으로 토니의 입을 매섭게 후려쳤다.

"헛소리는 그만하고." 남자가 으르렁댔다. "험한 꼴 보기 전에 사실대로 불어."

"이래도 되는 겁니까?" 토니는 침착하게 대응했지만 두 눈은 분노로 이글거렸다. "형이 경찰이라서 당신네가 어떤 방식으로 애먼 사람을 괴롭히는지 잘 알고 있습니다. 형 말고도 힘 있는 친구들이 많아요. 뒷감당을 어떻게 하려고 이러시는지 모르겠네. 제가 이 바닥에서 거물이 되고 난 뒤 후회하지 말고, 지금 알아서 잘들 하시죠?"

"다들 이 애송이가 뭐라고 하는지 들었나?" 형사 하나가 가소롭다는 듯 웃음을 터뜨렸다. "허세가 보통이 아니네. 아이고 무서워라."

"알 스핀골라 여자 한 명이랑 놀아났다는 소문을 들었다." 우두머리가 말했다.

토니가 씩 웃으며 대답했다. "제가 듣기로 이 도시에 사는 여자 절반이 알 스핀골라 여자라던데요."

"그런 여자를 말하는 게 아니라는 걸 잘 알 텐데. 스트립 클럽에서 공연하는 키 크고 마른 금발 여자를 모른다고 하진 않겠지."

"모릅니다."

"요 며칠 네 녀석이 그 여자랑 어울려 다녔다는 이야기가 돌고 있다. 네 생각보다 우리 쪽 눈이 많거든. 조만간 무슨 일이 터지겠구나 싶었지. 알 스핀골라가 죽을지는 몰랐지만 말이야."

"추측일 뿐이잖습니까." 토니가 반박했다. "당신 주장이 다 맞다고 하더라도 시체로 발견됐어야 하는 사람은 알 스핀골라가 아니라 저 같네요. 게다가 알 스핀골라처럼 노련한 총잡이가 저 같은 어린애한테 당할 확률이 얼마나 되겠습니까?"

"그건 그렇지." 우두머리가 인정했다.

갑자기 취조실 문이 열리더니 구레나룻을 길게 기른 땅딸막한 사내가 들어왔다. 몸집은 작지만 눈빛에서 명석함이 엿보였다.

"토니 과리노 씨 석방을 요구합니다. 여기 인신보호영장(불법 구금 방지를 목적으로 피구금자의 법정 출두를 명령하는 영장-옮긴이)을 가져왔으니 확인해 보시지요." 남자가 당당한 태도로 서류를 제출했다.

형사는 숨을 들이켰다. 연줄이 없으면 영장이 이렇게 빨리 나올 리가 없었다. 별 볼 일 없는 어린애가 어둠의 세계에 닿아 있을 것이라고는…, 그것도 변호사를 대동할 정도로 대우를 받고 있으리라곤 생각조차 못 했다.

영장이 도착했으니 더는 토니를 잡아둘 명분이 없었다. 모든 정황이 맞아떨어졌지만 말 그대로 정황일 뿐이었다. 죄를 입증할 증거 없이 용의자를 잡아 둘 수는 없었다.

"우리 경찰 형님들, 사적인 감정은 없으니 언짢게 생각 마시죠." 토니는 가벼운 발걸음으로 변호사를 따라나서며 빈정대듯 이야기했다.

Scene #4

클론다이크 갱에 소속된 토니는 물 만난 고기나 다름없었다. 온통 아일랜드 출신뿐인 조직에 웬 이탈리아 애송이가 들어왔다니!

갱에 가입한 지 얼마 안 됐을 때는 나머지 조직원으로부터 곱지 않은 시선을 받았지만, 토니가 알 스핀골라를 죽였다는 소문이 돌면서 적대감은 눈 녹듯 사라졌다. 미심쩍은 이탈리아 꼬마는 빠르게 조직에 스며들었다.

토니는 자신의 업적을 자랑하기는커녕 언급조차 하지 않았다. 낮이고 밤이고 알 스핀골라 패거리가 토니 곁을 맴돌며 빈틈을 노렸으니 굳이 그날 밤 사건을 입 밖에 낼 필요는 없었다.

토니는 어디를 가든 무장한 경호원을 대동했다. 클론다이크 갱 조직원도 토니가 경호원을 뒀다는 사실은 모르고 있었다. 토니의 비상한 머리는 곧 두각을 드러냈고, 얼마 안 가 행동대장 자리에 올랐다.

토니는 클론다이크에게 한 가지 요구사항을 분명히 밝혔다. 강도나 절도, 퍽치기 같은 치졸한 짓은 절대 하지 않겠다는 것이었다. 이때 토니가 자기 뜻을 알리기 위해 했던 말은 훗날 갱스터 세계에서 유명한 문구로 남았다.

"돈 몇 푼 벌자고 멍청한 짓은 안 합니다."

윤리나 도덕의 문제가 아니었다. 문제는 늘 돈이었다. 발생 가능한 위험과 예상 수익을 잘 따져 계획을 행동으로 옮길 가치가 있는지 결정해야 했다. 어쨌든 쓸데없이 힘이나 빼는 짓은 하고 싶지 않았다. 센 척 허세를 부리며 남들이랑 경쟁하고 싶은 마음도 없었다. 토니는 강탈과 협박의 경계를 아슬아슬하게 넘나들며 고상하고 부드러운 방식으로 수익을 올렸다.

예를 들자면 이런 식이다. 동네 구멍가게를 찾아가 매달 몇 백 달러쯤 내면 가게가 털리거나 늦은 밤 집으로 돌아가는 길에 퍽치기를 당하는 일이 없도록 보호해 주겠다고 이야기한다. 주인을 설득시키는 데 걸리는 시간은 고작해야 몇 분 남짓이다.

멍청하고 겁 많은 부모 또한 손쉬운 먹잇감이 된다. 매달

일정 금액을 상납해 아이들이 납치 등 범죄의 대상이 되는 사태를 막을 수 있다고 말하면 십중팔구는 기다렸다는 듯 지갑을 연다. 그렇게 한 번만 잘 이야기해 두면 매달 부하를 보낼 때마다 순순히 수금에 협조한다.

보험료 납부와 별반 다르지 않다. 토니는 하루에도 이런 아이디어를 몇 개씩 제안했고 늘 성공적인 결과를 거뒀다.

토니는 클론다이크에게 이렇게 말했다.

"말 몇 마디만 잘하면 돈이 저절로 굴러들어오는데 왜 애꿎은 사람을 못살게 군답니까. 제 방식대로 일을 처리하면 훨씬 안전하고 재미있게 돈을 벌 수 있어요."

모든 조직원이 토니를 존중했다. 그럴만한 이유가 있었다.

토니가 사람을 죽였다는 소문이 파다하게 퍼졌기 때문이다. 딱 한 번, 자신을 보호하기 위해 잔뜩 겁에 질려 방아쇠를 당겼을 뿐이지만, 토니에게 붙은 살인자라는 꼬리표는 이제 평생 떨어지지 않을 터였다. 그리고 이 꼬리표가 강점이 될 것인지 약점이 될 것인지는 토니의 행동에 달렸다.

토니는 이제 매주 만 달러씩 벌어들였다. 갱스터 조직이 수백만 달러를 벌어들이기 시작한 것은 금주법이 시행된 후였으니 당시 분위기를 생각하면 이는 꽤 짭짤한 수익이었다.

비비안과 관계도 만족스러웠다. 토니는 비비안에게 깔끔한 아파트를 얻어주고 일을 그만두라고 일렀다.

"다른 남자가 자기의 예쁜 다리를 쳐다보는 게 싫어서 그래.” 토니는 달콤한 말로 비비안을 설득했다. “이제 내가 돈을 충분히 버니까 자기는 편하게 쉬어.”

대부분의 금발 아가씨가 그렇듯 비비안 또한 편하고 안락한 삶을 누리고 싶었기에 그녀는 아무 말 않고 토니의 말에 따랐다.

토니는 여전히 부모님 집에 머물렀지만 조만간 집을 나오려고 생각하고 있었다. 당장은 시기가 좋지 않았다. 토니가 알 스핀골라 살인 사건의 용의자로 지목됐다가 풀려났다는 이야기를 동료에게 들었는지 얼마 전 퇴근하고 집에 돌아온 벤이 한바탕 난리를 피웠기 때문이다.

가족이 숨을 죽이고 지켜보는 가운데 벤은 토니를 그야말로 쥐 잡듯 잡았다. 토니는 교활하게 억울한 표정으로 줄곧 침묵을 지키다가 적절한 순간에 그럴듯한 변명을 늘어놨다.

취조실의 형사들이 그랬듯 가족들 또한 토니는 알 스핀골라 살인 사건과 아무런 관련이 없다는 결론을 내릴 수밖에 없었다.

어느 토요일 저녁 일곱 시쯤 비비안의 아파트를 찾은 토니가 기분 좋게 인사를 건넸다.

“자기, 오늘 밤에는 뭐할까?” 토니가 물었다.

“콜로시모에 가고 싶어.”

“안 돼. 그쪽은 영 꺼림칙해. 노스사이드 쪽에도 괜찮은

데 많잖아."

"싫어. 오늘은 콜로시모에 꼭 가고 싶단 말이야." 비비안은 아랫입술을 부루퉁하게 내밀고 고집을 피웠다.

"그쪽은 안 된다고 했잖아."

"왜?"

"토요일 저녁에는 스핀골라 패거리가 그 근처에서 어슬렁거린단 말이야."

"무서워?" 비비안이 토니를 비웃었다. 뭐가 그리 마음에 안 드는지 연신 빈정대는 태도를 유지했다.

"무섭긴!" 토니가 벌컥 소리를 질렀다. "쓸데없이 뒤에서 총 맞을 일을 피하려는 것뿐이야."

"뭐…, 정 그렇다면야 어쩔 수 없지. 아이크 블룸은 어때?"

"거기도 콜로시모랑 그리 멀진 않은데. 그래도 그 정도면 그럭저럭 괜찮을 것 같네. 좋아, 오늘은 아이크 블룸으로 가지."

토니는 대부분의 소지품을 아파트에 보관했다. 깨끗하게 씻고 면도를 한 뒤 고급 수제 정장을 깔끔하게 갖춰 입었다.

거실을 나서는 토니의 재킷 속 왼쪽 어깻죽지 총집에는 묵직한 연발 권총이 매달려 있었다. 오른쪽 조끼 주머니에는 섬뜩한 푸른빛이 감도는 자그마한 권총이 담겨 있었다.

화려한 초록색 이브닝드레스에 부드러운 하얀색 망토를

걸친 비비안은 무척 아름다웠다. 감탄을 자아내는 선남선녀 커플이었다. 두 사람은 길가에 주차된 커다란 리무진에 올라탔다. 토니의 리무진이었다. 토니는 언젠가 형보다 더 좋은 차를 가지고 말 것이라는 다짐을 생각보다 빠르고 쉽게 이루어냈다.

22번가에 있는 거대한 나이트클럽인 아이크 블룸에서 토니와 비비안은 발코니 가장자리 테이블에 앉았다. 다른 사람 눈에 띄지 않고 클럽 전체를 관찰할 수 있는 자리였다.

게다가 말발굽 모양 발코니 가장 끝에 벽을 등지고 앉은 덕분에 뒤에서 습격당할 위험도 없었다. 토니는 마음 편히 저녁을 즐길 수 있었다.

토니와 비비안은 고급 요리에 훌륭한 샴페인을 곁들여 식사했다. 거의 스트립쇼나 마찬가지인 화려한 공연을 얼마간 구경하다가 담배를 피우고, 술을 마시고, 수다를 떨며 편하게 시간을 보냈다.

열한 시쯤 되자 클럽에 손님이 밀려들기 시작했다. 토니는 한 사람 한 사람을 주의 깊게 관찰했다. 열두 시 반쯤에는 빈자리가 거의 없었다. 적으로 보이는 사람은 없었다. 의심스러운 인물조차 보이지 않았다. 토니는 그제야 마음을 놓고 비비안과 춤을 추러 나갔다.

두 사람은 거의 모든 음악에 맞춰 춤을 췄다. 피곤해지면 잠깐씩 자리로 돌아와 값비싼 술을 홀짝이면서 휴식을 취했다. 클럽에서는 매시간 새로운 공연이 펼쳐졌다. 온몸에 다이아몬드를 휘두른 몸집 좋은 여자 가수가 부드러운 목소리로 달빛 아래서 나누는 사랑을 노래했다.

토니는 의자에 기대 듣는 둥 마는 둥 공연을 구경했다.

별안간 몸을 똑바로 세우고 맞은편 발코니 가장자리에 앉은 여자를 뚫어져라 쳐다봤다. 여자의 검은 머리카락이 눈부시게 찰랑댔다. 아름다운 흰색 드레스를 입은 여자는 매우 어려 보였다. 여자와 동행한 거구의 남자는 프로 권투 선수 같았다.

"끝내주네!" 토니가 감탄했다.

"누구?" 비비안이 쏘아붙이듯 물었다.

"맞은편에 하얀 드레스 입은 검은 머리 여자."

비비안은 불안한 듯 눈을 가늘게 뜨고 뒤를 돌아봤다. 그리고는 다시 토니에게 시선을 옮겼다.

"별로, 평범한데?" 비비안이 짐짓 아무렇지 않은 척 대답했다.

"질투나?"

"질투? 저 여자한테? 그럴 리가. 깡패처럼 생긴 남자나 데리고 다니는 여자한테 질투는 무슨."

"깡패 맞을걸." 토니가 차분하게 응수했다. "더 악질일 수도 있고. 그래도 저 여자는 물건이네. 뭐 하는 여자인지 궁금하군."

"보나 마나 몸 파는 계집일걸."

"매춘부는 절대 아니야." 토니가 반박하더니 지나가는 웨이터를 불러 세웠다. "저쪽에 하얀 드레스 입은 검은 머리 여인이 누구인지 아나?"

웨이터는 여자를 잠깐 쳐다보더니 웃으며 대답했다.

"제인 콘리 양입니다."

"처음 들어 보는 이름인데…" 토니가 웅얼댔다.

"아마 별명은 들어 보셨을 겁니다." 웨이터가 빙긋 웃으며 말을 이어나갔다. "'건레이디'라고…, 알고 계십니까?"

"젠장!" 토니가 감탄했다. "저 여자가 그 건레이디라고?"

"예. 혹시 불미스러운 일이 일어날까 봐 웬만하면 정체를 숨겨드리고 있습니다. 이해해 주시리라 믿습니다."

"아, 물론이지." 토니가 웨이터를 안심시켰다.

"도대체 건레이디가 뭔데 야단이야?" 웨이터가 떠나기만을 기다렸던 비비안이 따지듯 물었다.

"우리 순수한 아가씨, 이쪽 세계에 문외한인 줄은 알았지만 생각보다 심각한데. 아무것도 모르는 자기를 위해 특별히 설명해주지. 진짜로 실력 좋은 총잡이는 다른 조직원뿐 아니라 경찰 쪽에서도 유명해. 길에서 마주치면 앞뒤 안 가리고 무조건 불러 세워서 검문할 정도야. 몸수색 없이 두 블록만 가도 운이 좋은 편이지. 정찰 도는 경찰관이고 잠복 수사관이고 할 거 없이 눈에 불을 켜고 달려든다고. 수색을 피하려면 눈가림을 해 주는 사람이 필요하겠지? 그래서 보통은 근사하게 차려입은 어린 아가씨를 데리고 다니지. 젊고 예쁜 여자가 총을 가지고 다닐 거로 의심하는 사람이 누가 있겠어? 여자가 대신 총을 가지고 있다가 필요한 상황에 재빠르게 건네주고 천천히 가던 길을 마저 간다고. 총잡이가 일을 끝내면 여자를 따라가서 다시 총을 숨겨. 총을 돌려받은 여자는 순식간에 사라지지. 차를 타든 택시를 잡든 어디로 걸어가든 감쪽같이 모습을 감추는데 서두르는 낌새가 전혀 없다고 하더군. 그러니까 경찰이 남자를 붙잡아서 온몸을 샅샅이 뒤져도 아무것도 못 찾는 거지. 이해가 돼?"

"그렇게 대단한 것 같지도 않은걸."

"몰라서 하는 말이야. 괜찮은 건레이디를 구하는 건 하늘의 별 따기라고. 똑똑하기만 해서는 안 되고 배짱까지 좋아야 하거든. 게다가 저기 건너편에 앉아 있는 여자는 유명한 건레이디야. 웨이터가 거짓말을 하지 않았다면 말이지.

몇 년 전부터 소문은 들었는데 진짜 이름은 오늘 처음 듣는군. 뉴욕에서 리치 벤슨이랑 처음 손발을 맞추다가 벤슨이 감옥에 들어간 뒤로는 레프티 켈리 쪽에 붙었다고 했어.

켈리가 죽고 나서 활동 구역을 이 동네로 옮겼다던데….

에이스 다비랑 일한다는 이야기는 들었는데 아직도 그런지는 잘 모르겠군. 혹시 같이 온 남자가 에이스 다비인가?"

"아니야."

"자기가 어떻게 알지?"

"저번에 파티에서 한 번 만난 적이 있어."

토니와 비비안은 다시 춤을 추러 나갔다. 건레이디와 남자도 내려와서 춤을 췄다. 가까이서 보니 여자는 더욱 아름답고 매력적이었다. 토니는 여자에게서 눈을 떼지 못했다. 어찌나 정신이 팔렸는지 다른 남자가 비비안에게 작업을 거는데도 눈치를 못 챌 지경이었다.

덩치가 큰 근육질 남자는 지나치게 꼭 맞는 회색 정장을 입고 있었다. 남자는 어린아이가 인형을 안듯 한쪽 팔에 자그마한 금발 여자를 끼고 춤을 췄다. 금발 페티시가 있는 게 분명했다. 아무리 좋게 봐줘도 신사라고 볼 수 없었다. 남자는 술에 잔뜩 취해 소란을 피웠다.

남자는 비비안에게 손을 흔드는가 하면 춤을 추다 비비안이 가까워지면 윙크를 날리면서 은근히 추파를 던졌다. 토니의 검은 얼굴이 분노로 벌겋게 달아오르기 시작했다. 두 커플이 다시 가까워지자 남자는 대놓고 수작을 부렸다.

"안녕, 귀염둥이!" 남자가 능글맞게 웃으며 비비안에게 말을 걸었다. "다음에는 나랑 한 곡 땡길까?"

토니는 비비안을 옆으로 밀쳐두고 남자의 품에 안긴 금발 여자를 낚아챈 다음 남자의 멱살을 잡아 힘껏 패대기쳤다.

남자는 넘어지지 않았지만 거의 삼 미터 가까이 비틀대며 밀려 나갔다.

"이리 와. 나가자." 토니는 비비안의 허리를 감싸 안고 걸음을 돌렸다.

두 사람이 잡은 테이블 위쪽으로 이어지는 비상계단이 있었다. 토니가 급하게 계단을 올라가면서 미친 듯이 손을 흔들어 웨이터를 불렀다.

"제대로 한 방 먹이셨습니다." 웨이터가 고소하다는 듯 웃으며 계산을 했다. "맞아도 싸죠. 그나저나 꽤 골치 아픈 일이 생길지도 모르겠습니다. 저 남자가 누군지는 알고 계시죠?"

"누군데?"

"플라나간 경찰서장입니다."

"제기랄!"

토니는 계산서를 힐끗 보더니 백 달러짜리 지폐 두 장을 테이블에 올려 두고 비비안과 함께 허둥지둥 클럽을 빠져나왔다.

"플라나간이 누구야?" 비비안이 거의 달리다시피 토니를 따라 차에 올랐다.

"경찰서장. 미친개로 유명해."

"어떡해. 우리 큰일 나는 거 아니겠지?"

"내가 문제지!" 토니가 쏘아붙였다.

네 블록쯤 지나 토니는 속도를 줄였다. 경호원과 거리를 좁히기 위해서였다. 그때, 사이드미러로 뒤쫓아 오는 자동차

헤드라이트가 반사됐다. 토니는 다시 속도를 올렸다.

비비안의 아파트에 도착해 길가에 대충 차를 댔다. 비비안은 서둘러 차에서 내렸다. 따라오던 자동차가 옆을 지나치면서 총을 쐈다. 총성과 불빛을 뒤로 하고 차는 순식간에 어둠속으로 사라졌다. 비비안이 소리를 지르며 돌아왔다.

"토니!" 비비안이 초조하게 외쳤다. "괜찮아?"

토니는 기다시피 차에서 내렸다. 뒤따라오는 차가 가속하는 소리를 듣자마자 몸을 낮춰 총알을 피할 수 있었다.

"괜찮아. 스치지도 않았어!" 토니가 으르렁댔다. "운이 좋았지. 자기가 먼저 내린 덕분에 살았어. 한 사람 누울 자리만 겨우 있었거든. 아주 급하게 차에서 내리던데, 혹시 뭐 알고 움직인 건 아니겠지?"

"토니…, 어떻게 그런 말을 할 수 있어?"

"젠장! 방금 죽을 뻔한 인간이 못 할 말이 뭐가 있겠어."

Scene #5

플라나간 경찰서장은 곧장 토니를 향해 이빨을 드러냈다. 월요일 정오에 형사 한 무리가 클론다이크의 술집에 쳐들어와 라운지에 있는 수많은 사람 중 토니를 콕 집어 끌어냈다.

“왜 이러는지 알 것 같습니다.” 급작스러운 형사들의 방문으로 당황한 클론다이크에게 토니가 설명했다. “괜찮을 겁니다. 일단 기다려보고 몇 시간이 지나도 제가 돌아오지 않거든 그때 변호사를 붙여주십시오.”

형사는 토니를 경찰서로 끌고 가 서장실에 밀어 넣고는 문이 부서지라 닫고 나갔다. 사무실에는 토니와 플라나간 둘만 남았다.

플라나간이 자리에서 일어나더니 책상을 돌아 토니 앞으로 왔다. 덩치가 보통이 아니었다. 두꺼운 몸에 다부진 턱, 냉소가 감도는 입, 좁은 미간과 자비라고는 찾아볼 수 없는 날카로운 회색 눈이 잔인한 인상을 자아냈다.

"저번에 아이크 블룸에서 겁도 없이 나한테 손을 댄 게 네 놈이지?" 플라나간이 윽박질렀다.

"예, 서장님." 토니가 침착하게 대답했다. "누구라도 똑같이 대응했을 겁니다. 다른 남자가 서장님 여자를 그런 식으로 모욕했다면 서장님도 가만히 계시지는 않았을 거 아닙니까."

"그렇단 말이지? 그런데 난 너처럼 별 볼 일 없는 놈이 데리고 다니는 여자는 무슨 짓을 당해도 별로 모욕적일 것 같지 않거든. 안 그래?"

플라나간이 커다란 손등으로 토니의 뺨을 내려쳤다. 예상치 못한 공격에 토니는 잠시 비틀거렸다. 뺨과 입술에 찌르르한 고통을 느끼고 날카로운 숨을 들이쉬었다. 아무래도 입술에 멍이 들 것 같았다. 토니는 분노에 휩싸여 당장이라도 플라나간에게 주먹을 날릴 것처럼 손을 들어 올렸다.

"이 새끼가 어디서 손을 올려?" 플라나간이 경고했다. "지금 당장이라도 밖에 있는 애들 불러서 피떡으로 만들 수 있으니까 뒤지기 싫으면 행동 조심하는 게 좋을 거야."

"그러시겠죠." 토니가 비아냥댔다. "그런 타입이니까요."

"그런 타입이라니, 무슨 뜻이지?"

"아무것도 아닙니다."

"무슨 꿍꿍이야?"

"그런 거 없습니다."

"없다고? 클론다이크네 술집에서 질 안 좋은 애들이랑 어울려 놀면서 그런 말이 먹힐 거로 생각했나? 발뺌은 그만두고 순순히 털어놓지 그래. 요즘 그쪽에서는 뭘 해서 돈을 벌지?"

"별다른 건 없습니다."

"다르게 질문하지. 클론다이크 밑에서 무슨 일을 하지?"

"그냥 시키는 일을 할 뿐입니다."

"아주 돌대가리는 아니다, 이거지?" 플라나간이 위협적인 목소리로 다그치더니 다시 한번 토니의 뺨을 후려쳤다. 토니가 반사적으로 손을 들어 올리자 엉덩이에 꽂아 둔 총을 뽑아 들었다. "그 손 내려! 이 양아치 새끼야. 내가 오늘 너한테 예의범절이라는 걸 좀 가르쳐 주려고 하거든. 자, 이제 그만 포기하고 실토하지. 강도? 절도? 어느 쪽이야?"

"강도나 절도는 한 번도 해 본 적이 없습니다. 앞으로도 할 생각 없고요." 토니가 당당하게 받아쳤다.

"그러면 그 비싼 옷이랑 차는 다 무슨 돈으로 산 거지?"

"제 나름대로 방법이 있습니다."

"그렇겠지." 플라나간이 냉소적인 태도로 응수했다.

"그러니까 나는 그 방법을 알고 싶다고. 이 정도 참아 줬으면 된 것 같은데. 이제 그만 털어놓지 그래. 아니면 지금 당장 밑에 애들 불러서 못 볼 꼴 보게 해 줄 수도 있어."

"안 그러는 게 좋을 겁니다." 토니가 대꾸했다. 차갑게 가라앉은 눈빛과 목소리가 위협적이었다. "나중에 제가 크고 나서 한 몫 챙겨 드릴지 모를 일 아닙니까?"

"네가 날 챙긴다니, 진심으로 하는 소리냐?" 플라나간이 윽박질렀다. "내가 너 같은 양아치 새끼들한테 넘어갈 것 같나?"

"너무 확신하지 마시죠. 다 그렇게 먹고 사는 거 아닙니까. 챙길 수 있을 때 챙겨 두셔야죠."

"이 건방진 새끼가!" 플라나간이 소리쳤다. 분노로 목까지 시뻘겋게 달아올랐다. "잘 들어!" 마지막 경고였다. "너한테 낭비할 시간이 아까워서 일단은 보내주는데 이 동네를 뜨는 게 좋을 거야. 하루의 시간을 준다. 이해했나?"

"이해했습니다. 그렇다고 제가 동네를 뜰 건 아니지만요."

토니는 유유히 경찰서를 빠져나왔다. 당장 살인이라도 저지를 것 같은 얼굴로 클론다이크의 술집으로 돌아갔다. 앞뒤 사정을 설명하자 클론다이크는 당혹감을 감추지 못했다.

"상황이 안 좋아." 한참을 침묵하던 클론다이크가 마침내 입을 뗐다. "플라나간은 집요해. 마음만 먹으면 상대가 누구든 삶을 끔찍하게 만들 수 있는 남자라고."

"엿이나 먹으라죠!" 토니가 코웃음을 쳤다. "그렇게까지 대단한 인물은 아닌 것 같던데요."

토니는 플라나간의 경고를 무시하고 도시에 머물렀다. 클론다이크의 말이 증명되기까지는 그리 오래 걸리지 않았다.

플라나간은 생각보다 치밀하게 토니의 목을 옥죄어왔다.

하루에도 몇 번씩 불시검문을 당했다. 경찰은 길을 걷는 토니를 멈춰 세우는가 하면 클론다이크의 술집을 불쑥 찾아와 여기저기 쑤시고 다녔다. 시간과 장소를 가리지 않았다.

언제든 토니가 눈에 띄면 소지품을 뒤지고 쓸데없는 질문을 던졌다. 상황이 이렇다 보니 토니는 총을 가지고 다닐 생각조차 못 했다. 괜한 문제를 일으킬 필요는 없었다.

문제는 알 스핀골라 갱의 잔당이었다. 그들은 토니의 뒤를 쫓으며 호시탐탐 기회를 노렸다. 토니는 매일 살얼음판을 걷는 듯했다.

하루는 형사 한 무리가 비비안의 아파트를 발칵 뒤집어 놨다. 일부러 토니가 비비안과 함께 있을 때 찾아온 것이다.

형사는 절도 신고가 들어온 물건을 찾는다는 핑계로 아파트를 이 잡듯 뒤졌다. 여기에 그치지 않고 비비안에게 심문까지 요청했다. 심문보다는 다그침에 가까울 정도로 포악한 태도였다.

"알 스핀골라한테서 이 여자를 빼앗아 왔다지?"

비비안 곁에 서 있던 형사 한 명이 토니를 바라보며 음흉하게 웃었다. "이제야 이해가 되는군. 이 정도면 꽤 반반한 편이니까 말이야…. 어때, 아가씨. 언제 나랑 데이트 한번 할까?"

"감히 어디서…" 토니가 화를 억누르지 못하고 나서려던 참이었다.

"당신 같은 사람이랑은 말도 섞기 싫어요!" 비비안이 차갑게 쏘아붙이고는 고개를 확 돌렸다.

"글쎄, 아가씨 의지로 어떻게 할 수 있는 일이 아닐 텐데."

형사가 대답했다. "저 깡패 같은 놈들이랑 어울리다 보면 원치 않게 경찰을 상대해야 할 경우가 많이 생길 거거든. 그러니까 너무 비싸게 굴지 말라고, 예쁜이. 귀엽게 굴다 보면 우리가 잘 봐줄 수도 있다고."

그 주 금요일, 클론다이크가 토니를 사무실로 불러들였다.

좋게 말해 사무실이지 집기라고는 낡은 책상에 칠이 다 벗겨진 의자 두 개가 전부인 볼품없는 방이었다.

클론다이크는 코트를 벗은 채 군데군데 얼룩이 진 조끼를 단추조차 채우지 않고 대충 걸치고 있었다. 묵직한 금색 회중시계의 줄이 가슴팍을 가로질렀다. 눈을 가릴 정도로 중절모를 깊게 눌러 써 모자챙이 거의 코끝에 닿아 있었다.

흡연으로 검게 변한 입은 불도 붙이지 않은 시가를 질겅질경 씹고 있었다.

"토니, 앉지." 클론다이크가 권유했다.

토니는 클론다이크가 무슨 용무로 자신을 사무실로 불렀는지 짐작할 수 없었다. 느낌이 좋지 않았다. 보통은 클론다이크가 술집 한쪽 구석에서 수하를 불러 지시를 내리면 조직원이 명령에 따라 일을 처리한 후 전리품을 갖다 바치는 식으로 일을 처리했다. 굳이 사무실까지 토니를 불렀다면 뭔가 중요한 전달사항이 있는 게 분명했다.

"이번 주 내내 생각해봤네…" 클론다이크가 어렵게 운을 뗐다. "토니 자네를 어떻게 하면 좋을지 말이야. 이래저래 곤란한 처지잖아. 알 스핀골라 쪽 애들도 골치 아프지만, 문제는 플라나간이야. 그치는 자네를 감방에 잡아넣을 핑계가 생길 때까지 끈질기게 물고 늘어질 거야. 괜히 미친개가 아니라고. 한 번 문 먹잇감은 절대 놓치지 않지. 매주 넉넉히 봉투라도 쥐여 주면 얘기가 달라지겠지만. 뭐, 자네가 아직 그 정도는 안 되지 않나. 버티는 수밖에 없다는 건데…. 자네만 괴롭히면 또 모르겠지만 저쪽에서 계속 쑤셔대면 결국 골치 아파지는 건 나란 말이지. 물론 자네가 제일 힘들겠지.

하루가 멀다고 술집에 형사가 드나드니 나도 마음이 편치 않아. 저렇게 기웃대다가 뭐라도 건수가 있으면 잡고 늘어질 텐데…, 우리도 언제까지 이렇게 지낼 순 없잖나. 조직이 잘 돼야 자네도 돈을 벌지. 그래서 말인데, 당분간은 발길을 좀 끊어 줬으면 하네."

"제명이라는 뜻입니까." 토니가 싸늘하게 대꾸했다.

"아니지. 제명이라니. 자네 같은 인재를 어디 구하기 쉽나. 그런데 생각해보게. 경찰이 눈에 불을 켜고 달려드는데 우리가 언제까지 이런 식으로 버틸 수 있겠어?"

"틀린 말은 아닙니다. 그런데 제가 시작한 사업은요? 제 지분이 꽤 되는 걸로 알고 있는데요."

"자네 몫은 챙겨 주겠네. 장소만 알려 주면 매주 토요일 밤 애들을 시켜서 돈을 보내주지. 한 푼도 떼먹지 않을 테니 걱정하지 말게. 자네가 어떻게 했는데 내가 당연히 그 정도는 해 줘야지. 그냥 이 근처만 피해 달라는 말이야. 다른 애들도 먹고살아야 하지 않겠나."

토니는 클론다이크와 악수를 하고 사무실 밖으로 나왔다.

토니 하나 때문에 조직 전체가 망하게 생겼으니 이해는 했지만 억울한 마음은 어쩔 수 없었다.

술집에 있던 클론다이크의 심복이 조심스럽게 다가왔다.

"조심해." 그는 한껏 목소리를 낮추고 경고했다. "알 스핀골라 쪽 움직임이 심상치 않아."

"한두 번도 아니고…" 토니가 차갑게 반응했다.

"나도 알아. 그런데 이번에는 조짐이 안 좋아. 어떻게든 피를 보겠다고 이를 갈고 있다더군."

"염두에 두지." 토니가 말했다. "어떻게 될지는 모르겠지만 일단은 돌아가서 총을 챙겨야겠어. 가지고 다니다가 경찰에 발각되기 전에 버리든가 해야지."

토니는 천천히 골목으로 나가서 길 건너편 문간에 쭈그려 앉아 담배를 피우는 경호원에게 손짓했다. 경호원이 길을 건너왔다. 키가 크고 날씬한 체격이었는데 하얀 피부와 날카로운 턱 때문에 검은 눈이 더욱 도드라졌다.

"알 스핀골라 패거리가 뒤를 노린다고 들었다." 토니가 경호원에게 일렀다. "지금 나한테는 총이 없어. 아파트에 가서 무장할 계획이니 주위를 잘 살피도록."

토니는 재빨리 좌우를 살피고 뒤를 돌아 빠르게 걷기 시작했다. 혹시 주변에 수상한 인물이 보이지 않는지 주변을 경계하느라 눈동자가 바쁘게 움직였다. 경호원은 코트 주머니 깊숙이 손을 찔러 넣은 채 삼십 미터쯤 떨어져 토니를 뒤따라갔다.

비비안은 끊임없이 따라붙는 경찰의 감시와 괴롭힘에 외출을 꺼리기 시작했다. 원래는 그날도 토니와 저녁을 먹고 영화를 보기로 했지만, 압박을 도저히 견디지 못하고 아파트로 돌아왔다.

토니는 아랑곳하지 않고 혼자 영화관으로 갔다. 미국이 막 세계대전에 참전한 시기였다. 영화가 시작되기 전, 스크린에서 해외파견 의사가 있는 신체 건강한 청년의 입대를 기다린다는 광고가 흘러나왔다. 토니는 코웃음을 쳤다. 어떤 멍청이가 저런 광고에 낚여 목숨 아까운 줄 모르고 전쟁터에 뛰어든단 말인가? 적어도 토니는 아니었다. 나라를 위해 봉사하라니? 나라가 그를 위해 해준 게 뭐 있다고? 영화가 끝나고 토니는 냉소적인 쓴웃음을 지며 극장을 나왔다.

토니는 혹시 위협적인 누군가 따라붙지 않았는지 주변을 살폈다. 법의 테두리 안팎에서 토니를 노리고 있으니 잠시도 마음을 놓을 수 없었다. 다행히 의심스러운 자는 보이지 않았다. 토니는 걸음을 재촉했다.

지난 토요일 밤 비비안의 아파트 앞에서 한바탕 소란이 일어난 뒤 수리를 맡긴 차가 아직 정비소에서 나오지 않아 어쩔 수 없이 걸어가야 했다.

번화가를 지나 인적이 드문 골목으로 접어들었다. 어둠 속에서 발소리가 들려 왔다. 누군가 토니의 뒤를 쫓고 있었다.

토니는 조심스럽게 고개를 돌려 뒤를 돌아봤다. 길 건너편에 남자 세 명이 보였다. 어느 정도 거리가 있긴 했지만 안심할 순 없었다. 온몸의 피가 차갑게 식는 것 같았다. 토니는 조심스럽게 코트 주머니 속 권총을 그러쥐었다.

뒤따라오는 남자 셋이 알 스핀골라 패거리라고 장담할 순 없다. 우연히 방향이 겹쳤을 수도 있다. 토니는 뒤따라오는 세 명이 자신을 노리고 있는 게 확실한지 확인해 보기로 했다. 재빨리 모퉁이를 돌아 왼쪽 골목으로 들어간 후 속도를 높였다. 남자들이 길을 건너더니 거의 뛰다시피 토니를 따라왔다. 그들은 토니와 적절한 거리를 유지하려는 것처럼 이번에도 골목 하나를 사이에 두고 토니를 지켜봤다.

그들의 목적은 암살이 아니었다. 토니는 세 남자가 자신을 미리 준비된 장소로 몰고 있음을 깨달았다. 죽음의 덫이 서서히 목을 죄어왔다. 어떤 수를 써도 뒤따라오는 놈들을 떨어뜨려 놓을 방법은 없었다. 섣부른 도주는 명을 재촉할 뿐이었다.

도와달라고 소리를 질러 봐도 결국에는 총에 맞아 죽을 것이 뻔했다. 이 동네에서는 다들 제 한 몸 건사하기 바빠 다른 사람이야 죽든 말든 눈 하나 깜빡하지 않는다. 결국 남은 건 상대측이 공격하길 기다렸다가 총격전을 벌이는 방법뿐이었다.

사형 선고나 다름없는 상황에 부닥쳤음에도 토니는 결코 침착함을 잃지 않았다. 두려움은 상상의 산물이다. 그리고 갱스터가 으레 그렇듯 토니는 상상력이 그리 뛰어난 편은 아니었다.

세 남자가 갑자기 길을 건너더니 곧장 토니를 향해 다가오기 시작했다. 결단을 내려야 했다. 먼저 행동에 나서는 편이 유리했다. 토니는 재빨리 어두운 문간에 몸을 숨기고 방아쇠를 당겼다. 남자들도 가만히 당하고만 있지는 않았다. 골목에 총성이 연달아 울려 퍼졌다.

그들은 토니를 향해 욕설을 내지르며 연신 총을 쏴댔다.

순간 토니의 경호원도 나타났다. 경호원의 총구에서 불빛이 뿜어져 나왔다. 세 남자는 토니와 토니의 경호원 사이에 꼼짝없이 갇힌 신세였다.

토니는 냉정함을 유지한 채 천천히 정확하게 총을 겨눴다.

세 명 중 한 명이 쓰러졌다. 움직임이 없는 걸 보니 죽은 듯했다. 또 하나가 쓰러지는가 싶더니 힘겹게 몸을 일으켜 나머지 한 명을 부축한 채 허둥지둥 달아났다.

멀리서 경찰차 사이렌 소리가 들렸다. 총성을 듣고 급하게 현장을 찾은 게 분명했다. 토니는 몸을 숨기고 있던 문간에서 나와 쓰러진 남자에게 눈길조차 주지 않은 채 어둠 속을 달렸다. 토니가 경호원의 손목을 잡아채고 악취가 풍기는 어두운 골목으로 끌고갔다.

"잘했다." 토니가 백 달러짜리 지폐 한 장을 경호원의 손에 쥐여 줬다. 여전히 발은 바쁘게 움직이고 있었다. "한 놈은 죽었고 한 놈은 다쳤어. 일단 최대한 빨리 증거를 인멸하고 여길 벗어나야 해. 담장 너머로 총을 던져!"

토니가 먼저 권총을 던졌다. 곧 경호원도 총을 버렸다.

"이제 경찰한테 잡혀도 증거를 찾기는 어려울 거다. 그렇다고 잡혀도 된다는 말은 아니야. 골목 끝에서 찢어지자. 최대한 빨리 여기서 멀어져. 의심을 살 정도로 급하게 움직이지는 말고. 명심해, 경찰한테 붙잡혀도 너랑 나는 오늘 만난 적이 없는 거야. 알겠나?"

경호원이 고개를 끄덕이더니 골목 끝에서 오른쪽으로 방향을 꺾어 어둠 속으로 사라졌다. 토니는 반대 방향으로 갔다. 얼마 후 토니는 총격전이 일어난 현장에서 일곱 블록 떨어져 있었다. 서둘러 걷는 와중에 많은 생각이 오갔다.

죽은 놈은 알 스핀골라 조직원이 틀림없었다. 경찰도 어렵지 않게 놈의 정체를 알아챌 것이다. 사건에 토니가 연루됐음을 밝히는 것은 시간문제였다. 오늘 밤 일로 토니는 더욱 위험해졌다. 경찰도 알 스핀골라 패거리도 토니의 피에 굶주려 있었다. 잠시라도 지체했다간 신변이 위험해질 게 분명했다.

사태가 진정될 때까지 몇 달만이라도 도시를 떠나 있는 편이 안전했다. 하지만 어디에서 무엇을 한단 말인가?

그때, 영화관에서 본 광고가 떠올랐다. 토니는 허탈하게 웃었다. 입대라니…. 생각해보니 나쁘지 않은 선택지였다. 누구도 토니가 입대했을 것이라곤 생각지도 못하리라.

게다가 돈 한 푼 들이지 않고 세계여행을 하면서 다양한 경험을 할 수도 있다. 미국이 참전했으니 전쟁은 얼마 안 가 끝날 것이다. 몇 달간 휴가가 주어졌다고 생각하니 차라리 마음이 편해졌다.

그러는 동안에도 상황은 점점 심각해져 갔다. 지금쯤이면 토니가 있을 만한 곳에는 경찰들이 쫙 깔려 있을 것이다.

집으로 갈 수는 없었다. 비비안의 아파트나 클론다이크의 술집도 위험하기는 마찬가지였다. 토니는 근처 길거리에서 클론다이크에게 전화를 걸었다.

"보스." 토니가 한껏 목소리를 낮추고 신상을 밝혔다.

"토니입니다. 방금 알 스핀골라 쪽이랑 총격전이 있었습니다. 한 놈은 죽고 한 놈은 다쳤어요. 아마 지금 절 찾고 있을 겁니다. 당분간 도시를 뜨기로 했습니다. 떠나기 전에 잠깐이라도 보스랑 비비안을 보고 싶은데 술집이나 아파트는 너무 위험해요. 어디로 가면 되겠습니까?"

"내 애인 아파트에서 보는 편이 낫겠군." 클론다이크가 애인의 이름과 주소를 알려줬다. "거기는 안전할 거야. 먼저 가서 기다릴 테니 바로 넘어오게."

토니는 비비안에게 전화를 걸고 바로 택시를 잡았다. 조용한 동네에 자리한 호화로운 아파트였다. 토니는 주소가 맞는지 다시 한번 확인하고 3층으로 올라가 조용히 문을 두드렸다. 클론다이크가 조심스럽게 문을 열고 토니를 맞이했다.

덩치가 크고 볼썽사나운 금발 여자가 클론다이크의 곁을 지키고 있었다. 여자의 이름은 거티로 머리숱이 많고 창백해 보였다. 텅 빈 듯한 푸른 눈동자와 눈 아래 짙게 드리운 그림자, 풍만한 몸매가 방탕한 분위기를 풍겼다. 옅은 보라색 슬립에 염색한 모피를 두르고 방울이 잔뜩 달린 슬리퍼를 신고 있었다.

거티는 별거 아닌 말에도 연신 날카롭게 웃음을 터뜨렸고, 술이 모자랄까 초조해했다. 아파트는 프랑스 스타일로 꾸며져 있었다. 벽에는 푸른색 안감이 걸려 있었고, 바닥에는 온갖 가구가 가득해 걸음을 옮기기 힘들 정도였다.

토니는 상황을 간단히 설명하고 잠시 도시를 떠나 있을 예정이라고 알렸다. 클론다이크는 토니가 없는 동안 비비안과 과리노 부인에게 매주 토니 몫으로 벌어들인 돈을 보내 주기로 약속했다.

그때 비비안이 도착했다. 클론다이크는 단둘이 시간을 보낼 수 있도록 거티를 데리고 다른 방으로 갔다. 클론다이크에게 기대하기 어려운 배려였다. 토니는 비비안에게 그날 저녁 있었던 일을 이야기해 주고 당분간 군대로 도피할 것이라고 했다.

"토니, 죽으면 어떡해." 비비안은 입대를 반대했다.

토니가 씩 웃으며 대답했다. "여기 있는 것보다는 안전할걸. 가만히 있으면 죽거나 감방에서 몇 년 썩거나 둘 중 하나야."

"자기 없이 나는 어떻게 살라고…" 비비안이 눈물을 흘리며 애원했다.

"내가 없는 동안 보스가 매주 돈을 챙겨 줄 거야." 토니가 흐느끼는 비비안을 달랬다. "내가 돌아올 때까지 몇 달만 기다려. 금방 올 거니까 걱정하지 말고. 그리고 내가 돌아왔을 때…" 토니의 목소리에 날이 섰다. "자기가 날 기다리고 있겠지?"

"오, 토니. 당연하지. 무슨 그런 말을 해." 비비안이 토니에게 달라붙어 격렬하게 키스하더니 울음을 터뜨렸다. "사랑해, 자기. 제발 무사히 돌아와 줘."

토니는 비비안과 열정적으로 입을 맞췄다. 그리고 클론다이크와 함께 서둘러 밖으로 나왔다. 세상이 무너진 듯 서럽게 흐느끼는 비비안의 울음소리가 귓가에 맴돌았다.

클론다이크는 토니를 차에 태우고 사우스벤드로 갔다. 토니는 차가 도시 경계를 넘을 때까지 자동차 바닥에 납작 엎드려 있었다. 새벽 한 시에 뉴욕으로 떠나는 기차가 있었다.

토니는 그 기차를 탔다.

이틀 뒤, 뒤를 쫓던 적들에게서 벗어나 입대했다. 아무도 토니에게 어디에서 뭘 하다 왔는지 입대를 결심한 이유가 무엇인지 묻지 않았다.

Scene #6

토니 과리노는 군대에 훌륭히 적응했다. 상부의 지시에 따라 기관총 중대에 배정된 토니는 놀라운 활약을 보였다. 특히 포격이 쏟아지는 전장에서도 침착함을 잃지 않는 모습은 장교에게 깊은 인상을 남겼다.

토니가 입대 전 어떤 삶을 살았는지 몰라서 하는 이야기였다. 혼자 목숨을 걸고 고군분투하던 사내가 수천 명의 엄호를 받으며 전장에 나섰으니 물 만난 고기가 따로 없었다.

참호 활용 또한 뛰어났다. 골목길에서 총격전을 벌이며 지형지물을 이용하던 습관이 군대에서도 빛을 발했다. 무엇보다 토니에게 전쟁은 심심풀이 놀이나 마찬가지였다. 토니는 겁 없이 전투에 뛰어들며 전장을 누볐다.

토니는 6개월 만에 중대에서 처음으로 중사로 진급했다.

중대원은 대부분 시골 출신으로 토니와 공통점이라곤 찾을 수 없었다. 그들은 토니를 썩 좋아하지 않았지만, 토니에게는 뭐라 형용할 수 없는 타고난 리더의 '자질'이 있었다.

중대원은 군말 않고 토니의 지시에 복종했다.

한 번은 이런 일이 있었다. 어느 날 밤, 숲속에서 끔찍한 교전이 발생했다. 토니는 의식을 잃은 대령을 등에 업은 채 연신 눈 앞을 가리는 피를 손으로 대충 훑어내며 숲을 빠져나왔다. 상황이 좋지 않았다. 모든 장교가 부상을 입고 쓰러져 있었다. 지휘관을 잃은 병사는 어쩔 줄 몰라 우왕좌왕했다.

토니는 조심스럽게 대령을 땅에 내려놓고 병사 두 명에게 응급처치를 명령했다. 그리고 눈에 흘러내리는 피를 닦아낸 뒤 당연하다는 듯 현장을 지휘했다.

토니는 동이 틀 때까지 세 개 중대를 이끌었다. 어느덧 정신을 차린 대령은 제자리를 찾은 양 병사를 편안하게 통솔하는 토니를 보고 놀라움을 감출 수 없었다. 토니는 저격수가 무섭지도 않은지 나지막한 언덕 위에 떡하니 앉아 있었다. 무릎 위에 리볼버를 올려놓고 마치 먹잇감을 찾듯 예리한 눈빛으로 전선을 내려다보았다.

군복이 찢어져서 드러난 맨다리는 진흙투성이였다. 피에 젖은 손수건으로 머리를 동여매었고, 그 틈새로 보이는 형형한 눈빛과 날카로운 입매에서는 광기가 느껴졌다.

"지금까지 배짱 좋은 놈들을 수도 없이 봤지만 이런 경우는 생전 처음이군!" 대령이 곁을 지키는 장교에게 감탄하며 말했다.

"웬만한 소령보다 능숙하게 전투를 지휘하고 있어. 흐름을 제대로 파악하고 명령을 내리잖아. 독일군이 이쪽으로 지나갔더라면 죄다 몰살당했을 거야."

대령은 흩어진 병사를 한데 모으기 위해 엉망이 된 참호를 헤치고 다니는 토니를 불렀다. "이리 내려오게. 돌아가서 상처를 치료하도록."

"장교가 한 명도 안 남았습니다." 토니가 고집스럽게 대답했다. "대부분이 지난밤 사망했습니다. 다행히 목숨을 구한 장교도 몇 있었지만, 부상을 입어 본부로 돌려보냈습니다.

의식이 있었다면 전장에 남겠다고 했을 겁니다. 다들 정신을 잃은 상태라 충돌이 빚어지지는 않았습니다만, 병사들의 사기 진작을 위해 누군가는 남아 전투를 지휘해야 합니다."

토니가 말을 이어나갔다. "책임자가 없으면 병사가 움츠러드는 경향이 있습니다. 다른 장교가 도착할 때까지 전장을 지키겠습니다."

"정말 대단하군!" 대령이 다시 한번 놀라움을 표시했다.

"믿어지는가. 언제 머리통이 날아갈지 모르는 상황에서도 명령을 거부하고 전장에 남겠다니!"

대령은 다시 목소리를 높여 토니를 불렀다. "나는 라일리 대령일세. 스톤 대위를 보내 병사를 살피도록 하겠네. 이제 그만 거기서 내려오게. 알겠나? 지금 당장 본부로 돌아가서 상처를 치료하게나. 자네 같은 인물이 감염으로 죽기라도 하면 내가 못 견딜 것 같아서 그러네."

그제야 토니는 위험천만한 언덕을 내려와 대령에게 경례를 올렸다. 아무 말 없이 악수를 청하는 대령의 손을 맞잡은 뒤 마지못해 본부로 복귀했다.

그날 저녁 라일리 대령은 지난밤 토니가 어떤 활약을 보였는지 자세히 보고받았다. 라일리 대령은 토니의 활약상을 총사령부에 곧장 전달했고, 총사령부는 토니에게 수훈 십자 훈장과 무공 십자 훈장을 수여했다. 토니는 그저 얼떨떨했다. 자신이 왜 훈장을 수여받았는지 알 수 없었다.

토니는 고향 골목에서 싸움이 났을 때와 똑같이 단지 주어진 상황에 필요한 조처를 했을 뿐이었다.

마침내 휴전 협정이 내려왔고 토니는 자유의 몸이 됐다.

고향으로 갈 준비는 이미 끝낸 지 오래였다. 토니는 덜떨어진 군인들을 데리고 경마장을 누볐다. 도박에도 제법 재능이 있었는지 얼마 안 되는 돈이 어느새 만 달러로 불어났다.

토니는 어디를 가든 벨트 주머니에 돈을 넣고 허리춤에 찬 다음 남의 눈에 띄지 않게 군복 재킷으로 잘 덮어 뒀다.

그렇게나 소중한 돈이었지만 전 재산을 잃어도 좋으니 단 한 시간만이라도 비비안과 함께할 수 있길 간절히 바란 적이 한두 번이 아니었다.

군대는 토니에게 정교한 살상 기술을 가르쳤다. 이뿐 아니라 언제든 주저하지 않고 사람의 목숨을 거둘 수 있는 과감함과 잔인함을 갖추도록 온갖 교육도 실시했다. 전쟁이 끝나기가 무섭게 정부는 명예로운 제대라는 그럴듯한 핑계를 대며 토니를 사회로 내보냈다.

군대에서 익힌 지식은 모두 잊어버리고 법을 준수하는 모범 시민으로 평화롭게 살아가길 바라는 눈치였다. 전쟁의 끔찍한 참상을 경험한 군인이 평범한 시민의 삶으로 돌아가기는 쉽지 않았다. 게다가 토니는 그럴 생각조차 없었다.

토니는 몰라보게 달라진 얼굴과 짭짤한 돈벌이가 돼 줄 신선한 아이디어를 가지고 고향으로 돌아왔다. 새로운 아이디어를 실행에 옮긴다면 지역사회에 한바탕 피바람이 불 게 분명했다.

토니는 군대에서 훈장과 흉터 두 가지를 얻었다. 숲속에서 끔찍한 전투가 있던 날 밤 활약으로 받은 훈장은 자랑거리가 못 됐다. 토니는 군복 안주머니에 훈장을 넣고 혹여 리본 끄트머리가 다른 사람 눈에 띌까 봐 단추를 단단히 잠갔다.

왼쪽 귀부터 시작해 턱까지 길게 남은 커다란 흉터야말로 토니에게는 훈장이나 다름없었다.

상처가 나면서 입 주위 신경과 근육이 마비돼 왼쪽 입꼬리가 미묘하게 뒤틀렸다. 사소한 변화였지만 외모가 놀랍도록 달라졌다. 웃을 때도 왼쪽 입매는 전혀 움직이지 않아 소름끼치게 불길한 느낌을 줬다.

토니는 서둘러 역을 빠져나왔다. 군복에 군모를 갖춰 입은 토니는 의기양양한 소년처럼 보였다. 군복 재킷 주머니에는 자동 권총이 들어 있었다. 독일 장교를 죽이고 기념품으로 챙겨 둔 물건이었다. 토니는 당장 비비안을 만나러 가기로 했다.

세상에! 비비안을 다시 품에 안을 수 있다니! 유연하게 움직이던 비비안의 가녀린 몸을 생각하니 머리부터 발끝까지 짜릿해졌다.

토니는 급하게 택시를 잡아타고 주소를 부른 후 최대한 빨리 운전하라고 기사에게 명령했다. 두 블록만 더 가면 비비안의 아파트에 도착한다. 한 치 앞을 가늠하기 어려울 정도로 어두운 밤이었음에도 굶주린 토니의 두 눈은 비비안과 함께 지내던 아파트를 단번에 찾아냈다. 불이 켜져 있었다.

비비안이 집에 있었다! 비비안이 아직 그곳에 살고 있다면 말이다.

순간 불길한 생각이 머리를 스쳐 지나갔지만, 이내 황당하다는 듯 웃으며 고개를 저었다. 비비안은 자신을 애타게 기다리고 있을 게 분명했다.

토니가 떠나던 날 밤 서럽게 눈물을 흘리며 기다리겠다고 약속하지 않았던가.

토니는 택시 기사에게 팁을 넉넉히 쥐여 주고 허겁지겁 아파트로 달려가 우편함에 적힌 이름을 확인했다.

비비안 러브조이.

역시 비비안은 그들의 추억이 남은 아파트에서 그를 기다리고 있었다. 이런저런 일을 처리하느라 바쁜 나머지 비비안에게 편지를 못 보낸 지도 벌써 두 달이 지났다. 비비안이 깜짝 놀랄 걸 생각하니 기분이 좋아졌다.

토니는 혹시 공동현관이 열려 있나 문을 당겨 봤다. 문이 열렸다. 가벼운 발걸음으로 순식간에 3층까지 올라갔다. 그리고 잠시 숨을 고른 뒤 문을 두드렸다. 집 안에서 인기척이 느껴졌지만, 문은 굳게 닫힌 채였다. 답답해진 토니는 다시 한번 문을 쾅쾅 두드렸다.

문이 살짝 열렸다. 비비안을 안으려던 토니의 팔은 아래로 처졌고 두 눈은 분노로 불타올랐다. 웬 쥐새끼같이 생긴 어린놈이 서 있었다. 딱 봐도 사기꾼처럼 생겼는데 코와 입술에서 묘하게 관능적이고 열정적인 분위기가 흘렀다. 남자는 민소매 티셔츠 한 장만 걸치고 있었다.

토니는 문을 열어젖히고 남자를 거의 넘어뜨리다시피 세게 밀치고 아파트 안으로 들어갔다.

"비비안 어디 있어?" 토니가 물었다.

비비안이 깜짝 놀라 침실에서 나왔다. 토니가 선물한 값비싼 가운을 입고 있었다. 가운 안에 잠옷을 입긴 했지만 새하얀 다리가 훤히 드러나 있었다.

"누구세요?" 비비안이 겁에 질린 채 물었다. "지금 남의 집에 함부로 들어와서 뭐 하시는 거예요?"

토니의 숨이 턱 막혔다. 비비안은 토니를 알아보지 못했다.

"나야, 토니. 보다시피 인상이 좀 변했지." 토니는 자신도 모르게 손가락 끝으로 왼쪽 뺨에 남은 끔찍한 흉터를 쓸어내렸다. "그런데 네년이 지금…"

"토니!" 비비안은 깜짝 놀란 표정으로 토니의 곁에 다가와 믿을 수 없다는 듯 토니의 얼굴을 올려다봤다. "한 달 반쯤 전인가, 자기가 죽었다는 기사가 났어."

"그래서? 내가 지금 이렇게 아주 팔팔하게 살아 있는데."

토니는 낯선 남자를 돌아봤다. 남자는 문을 닫고 가만히 서서 두 사람을 바라보고 있었다. 토니는 사나운 눈초리로 남자를 훑어봤다. "저건 누구지?" 토니가 물었다. 살기가 어린 음산한 목소리에 비비안은 몸을 움츠렸다.

"친구…, 그냥 친구야." 비비안이 대답했다.

"그냥 친구라고?" 토니가 씁쓸하게 되묻더니 경멸스러운 눈빛으로 남자를 노려봤다. 어떻게 할까 생각하는 듯 잠시 서성이더니 침실로 들어가 옷장을 벌컥 열었다. 비비안의 소지품 사이로 남자 물건이 보였다.

신발부터 정장, 심지어 잠옷도 있었다. 토니는 자신이 참전하기 전 두고 간 물건이 아닌지 유심히 살펴봤다. 아니었다.

토니의 옷은 단 한 벌도 남아 있지 않았다. 거실에 서 있는 쥐새끼의 물건이 분명했다. 토니는 거실로 뛰쳐나갔다. 분노로 온몸이 떨렸다.

"이 개 같은 년이 양다리를 걸쳤겠다!" 토니의 악문 잇새로 으르렁대는 소리가 울렸다. "클론다이크가 매주 보내 주는 내 돈으로 저 새끼를 먹여 살리고 있었다는 말이지?"

"토니, 오해야." 비비안이 헐떡이며 애원했다. 비비안은 안 나오는 목소리를 어떻게든 쥐어짜 내려는 듯 덜덜 떨리는 두 손으로 목을 감싸고 상황을 설명하려 애썼다. "토니, 자기가 생각하는 그런 게 아니야. 자기가 떠나고 나서 다른 남자는 쳐다본 적도 없어. 이 사람은 자기가 죽었다는 기사가 난 다음에 만났어. 정말이야! 맹세해."

"참 빨리도 갈아탔군 그래. 첫날부터 살림을 합친 건 아닐 거 아냐? 기사가 잘못 난 건 아닌지 알아볼 생각은 한 적도 없는 것 같고. 이렇게 금방 살아서 나타날 줄 알았으면 기다리는 척이나 했을 텐데, 꿈에도 몰랐겠지. 보아하니 죽었다는 소식을 듣자마자 새 남자를 찾은 것 같은데. 옷장엔 죄다 화려하고 야한 옷뿐이고 상복은 한 벌도 없더군. 애도할 마음은 전혀 없었나 봐? 네년한테 난 그저 돈줄일 뿐이었지!"

토니는 주체할 수 없는 분노에 휩싸였다.

눈앞이 하얗게 흐려졌다. 토니는 조금도 주저하지 않고 주머니에서 권총을 꺼내 들었다. "네년이 나를 가지고 놀았겠다! 이 더러운 년!"

비비안을 향한 끔찍한 욕설은 총소리에 묻혔다. 비비안은 목을 움켜쥐고 쓰러졌다. 부드러운 카펫 위에 피가 웅덩이처럼 고였다. 남자는 재빨리 의자 뒤에 몸을 숨겼지만, 토니의 총알을 피해 가지는 못했다. 살육을 마친 토니는 빈 권총을 쿠션 안에 숨겨놓고 가방을 챙겨 서둘러 아파트를 빠져나왔다.

Scene #7

열두 시가 조금 넘은 시간이었다. 아파트에 들어가 두 생명을 죽이고 나올 때까지 마주친 사람은 한 명도 없었다. 토니는 목격자가 없을 것이라 확신했다.

아파트에서 두 블록 떨어진 곳에서 택시를 타고 도시에서 가장 고급스러운 호텔로 향했다. 경찰이 토니에게 수배령을 내려도 고급 호텔은 뒤져 볼 생각조차 하지 않을 것이다.

길거리에는 군복을 입은 남자가 흔했다. 심지어 토니가 묵으려는 호텔 로비에도 군인이 심심찮게 보였다. 그 시절 군복은 눈에 띌 만한 복장이 아니었다. 토니는 콜로라도에서 온 J. H. 덴버라고 신분을 속이고 체크인했다. 커다란 욕실이 딸린 근사한 방이었다.

토니는 군복을 벗고 안락의자에 두 다리를 쭉 펴고 앉아 담배를 피우며 생각을 정리했다. 방금 비비안과 그녀의 새 애인을 죽였다. 만에 하나라도 살아 있을 확률은 없다.

방아쇠를 세 번인가 네 번 당겼고, 토니의 사격 실력으로 목표물을 놓쳤을 리도 만무했다. 토니는 후회하지 않았다.

비비안은 애초에 토니를 사랑한 적이 없었다. 토니는 그제야 현실을 인정했다.

한편으로는 비비안의 입이 영영 열리지 않을 것이라는 사실에 안도감이 느껴졌다. 비비안이 맘만 먹는다면 언제든 알스핀골라를 살해한 범인으로 토니를 지목할 수 있었다.

게다가 질투도 심해 화가 나면 무슨 짓이든 할 수 있는 성격이었으니 늘 불안했다. 비비안이 사라지고 나니 한결 편하게 숨을 쉴 수 있었다.

비비안은 토니가 죽었다는 기사가 났다고 했다. 혹시 거짓말은 아니었을까? 양다리가 들키자 변명거리를 찾으려고 되는 대로 지껄였을 가능성도 무시하지 못했다. 비비안의 말이 사실인지 확인해야만 했다. 만약 신문에 토니가 죽었다는 기사가 실린 게 사실이라면 앞으로의 계획이 완전히 달라질 것이다.

토니는 의자 옆 테이블에 놓인 수화기를 들고 클론다이크의 술집으로 전화를 걸었다.

"클론다이크를 바꿔주시오."

토니는 혹시 정체가 들킬까 일부러 쉰 목소리를 냈다.

"클론다이크는 6개월 전에 죽었습니다." 낯선 목소리가 대답했다.

"그것참 안됐군. 도시를 떠난 지 오래돼서 소식을 못 들었소. 다른 게 아니라 클론다이크 밑에서 일하던 친구를 찾고 있는데. 토니라고…, 혹시 아시오?"

"토니 과리노 말입니까? 무슨 바람이 불었는지 전쟁이 터지자마자 입대했다고 들었습니다. 휴전 직전에 프랑스에서 사망했다고 합니다."

"어디서 들었소?"

"신문에 난 사망자 명단에 올라 있었습니다. 그런데 누구십니까?"

토니는 사내의 질문에 대답하지 않고 전화를 끊었다. 짜릿한 전율이 일었다. 비비안의 말이 사실이었다. 고향 사람들은 모두 토니가 죽었다고 생각했다. 사망 기사와 동시에 토니는 경찰과 알 스핀골라 패거리의 추적에서 벗어났다.

게다가 토니는 생각보다 외모도 많이 변해 있었다. 비비안조차 토니를 못 알아봤으니 혹시 다른 사람에게 들키지 않을까 걱정할 필요가 없었다.

토니 과리노는 죽었다. 토니는 새로운 신분으로 살아가기로 했다. 그러는 편이 가족들에게도 안전하다. 토니의 부모님과 형제자매는 이미 토니가 프랑스에서 전사했다 생각하고 장례를 치렀을 것이다. 토니는 크게 웃음을 터뜨렸다. 이게 웬 횡재냐!

토니는 밤새 마음 편히 자고 다음 날 느지막이 일어나 호텔 바로 앞에 있는 커다란 가게에서 평상복을 잔뜩 구매했다. 새로 산 옷을 호텔 방으로 보내라고 가게 주인에게 지시한 다음 곧장 호텔로 돌아와 조간신문을 종류별로 사서 방으로 올라갔다.

비비안과 애인이 살해당했다는 기사가 일면에 떡하니 실려 있었다. 범죄 정황을 추측 조차할 수 없다는 기사가 대부분이었다. 토니는 신문에서 지난밤 죽인 남자의 정체를 확인했다.

… 노스사이드 도박장 주인이자 유명한
주류밀매업자인 '개구리' 멀린이 살해당했다.
… 살인에 사용된 무기는 아직 발견되지 않았고,
범죄 원인이나 용의자도 특정되지 않았다.
… 벤 과리노 경사가 사건을 맡았다.

토니는 마지막 문장을 읽고 황당하다는 듯 웃음을 터뜨렸다. 어느새 형이 경사로 진급했다니. 나 원 참! 형제가 범인과 형사 관계로 만난다면 재미있지 않겠는가!

순간 토니의 얼굴이 언제 웃었냐는 듯 딱딱하게 굳었다.

형제가 대치하는 상황이 그리 재미있을 것 같지는 않았다.

새로 산 옷이 도착했다. 토니는 옷을 갈아입고 거리로 나섰다. 아침을 든든히 챙겨 먹고 전쟁 전에 살던 동네로 향했다. 불쑥 부모님이 운영하는 식료품점에 들어가 가족을 만나고 싶다는 충동이 일었다.

하지만 이내 마음을 다잡고 반대 방향으로 걸음을 옮겼다.

익숙한 얼굴이 종종 눈에 띄었다. 토니를 알아보는 사람은 한 명도 없었다. 토니에게는 눈길조차 주지 않았다.

토니는 갱스터 바닥이 돌아가는 상황을 파악하기 위해 금주법을 피해 불법으로 운영되는 술집을 전전하며 하루를 보냈다. 주변에서 하는 이야기에 귀를 기울이며 의심을 피할 수 있는 범위에서 최대한 많은 질문을 던졌다. 필요한 정보는 모두 얻었다.

토니가 떠나 있는 동안 갱스터들은 주류 밀매로 엄청난 수익을 올렸다. 유통을 두고 조직 간 경쟁이 치열해지고 있었다. 언제 살인이 일어나도 이상하지 않았다.

금주법이 선포되자마자 재빠르게 통제권을 독점한 남자가 있었는데 얼마 후 링컨 파크에서 말을 타다 떨어져 죽었다고 한다. 극악무도한 갱스터의 마지막치고는 너무 허무했다.

주변에서는 그가 잔악한 삶을 살았던 만큼 끔찍한 죽음을 맞이할 것으로 생각했다. 어쨌든 남자가 죽고 우두머리 자리가 비자 힘깨나 쓴다는 놈들이 죄다 왕좌에 달려들었지만,

조직의 구심점이 되기에는 하나같이 역량이 부족했다.

조직을 집어삼키는 데 실패한 중간보스는 각자 충성을 맹세한 부하들을 데리고 갈라섰다. 토니가 도시에 돌아왔을 때쯤엔 대여섯 개의 조직이 활동하고 있었다. 조직마다 활동 구역이 암묵적으로 정해져 있었고, 다들 호시탐탐 영역을 넓힐 기회를 노렸다.

토니는 이야기를 듣자마자 다른 사업과 마찬가지로 잘 굴러가는 조직이 결국에는 가장 높은 수익을 올리게 돼 있음을 깨달았다.

실상은 토니가 가지고 다니는 권총만큼의 능력도 갖추지 못한 갱스터가 대부분이었다. 우두머리든 졸개든 마찬가지였다. 갱스터 세계는 약육강식의 법칙을 따른다. 과거에도 그랬고 앞으로도 그럴 것이다. 힘이 엇비슷하다면 똑똑한 인간이 꼭대기에 서는 것이 당연했다.

면밀한 조사 끝에 토니는 시세로에 본부를 둔 조니 로보가 그나마 이 근방에서는 영리하게 조직을 운영한다는 결론을 내렸다. 시세로는 도시 서쪽 외곽에 자리한 동네로 면적은 꽤 넓었지만 허름하고 음산했다. 외부인은 어디까지가 도시의 경계에 포함되는지 알 길이 없었다.

시세로는 행정구역상 엄연히 다른 지역으로 구분됐기에 시의회나 경찰의 개입을 받지 않았다. 갱스터 조직이 활동하기에 그보다 적당한 장소는 없었다.

토니는 그날 밤 당장 조니 로보를 만나러 갔다.

지금이야 대부분의 갱스터가 자신의 위치가 노출될까 최대한 비밀스럽게 움직이지만, 당시에는 크게 신경 쓰지 않는 분위기였다. 덕분에 토니는 어렵지 않게 조니 로보 조직이 본부로 삼은 호텔을 찾아갈 수 있었다. 형편없는 평판에 비해 호텔 내부는 무척 깔끔하고 고급스러웠다.

조니 로보는 30대 중반으로 보이는 땅딸막하고 까무잡잡한 남자로 머리부터 발끝까지 비싼 옷으로 쫙 빼입었고, 손가락에는 알이 굵은 다이아몬드 반지를 끼고 있었다.

잘생겼다고 하긴 어려운 얼굴이지만, 호감 가는 미소를 띤 채 쉬지 않고 검정 시가를 씹어댔다. 로보는 몇 년 동안 시세로에서 온갖 부정을 저지르고 도박장을 운영하며 부를 축적해 왔다. 금주법은 더 큰 돈을 벌어들일 기회일 뿐이었다.

토니는 한눈에 조니 로보가 마음에 들었다. 직접 행동하고 명령만 내리는 데 그치지 않고 전략을 세울 수 있는 남자가 눈앞에 있었다.

토니가 단도직입적으로 부탁했다. "이틀 전에 전역했습니다. 조직에 가입하고 싶습니다. 밑에서 일하게 해 주십시오."

"먼저 신분부터 밝혀야 하지 않겠나?" 로보가 본능적으로 의심을 드러냈다.

"토니 카몬테입니다."

이 세상에 토니 과리노는 없었다. 토니는 새로운 이름으로 살아가기로 했다.

“전에 조직 생활을 해 본 적이 있나?” 로보가 예리하게 토니를 살펴보며 물었다.

“예. 입대하기 전 클론다이크 조직에서 중간보스를 맡았습니다. 물론 지금은 완전히 털고 나왔습니다. 별로 자랑스러운 과거는 아닙니다. 잊을 수 있다면 잊고 싶습니다.”

“자네 탓은 아니지. 워낙에 작은 조직이니까 말이야.”

“그렇게 작지는 않았습니다.” 토니가 재빨리 대답했다. “저희 쪽에서는 그래도 한 주에 만 달러 정도 벌었습니다.”

“그래?” 로보가 한층 흥미롭다는 듯 토니를 바라봤다.

“머리가 꽤 돌아가는가 보군.”

“뭐, 나쁘지는 않습니다.” 토니가 솔직하게 인정했다. 그리고 자랑스럽게 덧붙였다. “강도나 절도 같은 험한 일은 한 번도 해 본 적이 없습니다. 순전히 제 능력만으로 올린 수익입니다.”

“알았네.” 로보가 웃었다. 이미 머릿속으로는 토니가 대충 어떤 일을 했는지 그림이 그려졌다. “앞으로 나한테도 큰 힘이 돼 줄 것 같군. 그렇다 하더라도 우리 조직에 들어온 이상 바닥부터 시작해야 돼. 당분간은 수습 기간이라고 생각하게. 트럭 운전을 맡도록. 매주 오백 달러씩 주지.”

토니는 실망을 감추지 못했다. 트럭 운전이라니…, 잡일이라고는 해 본 적이 없는 몸인데.

남들이 치고받고 할 때 토니는 머리를 써서 신사적인 방법으로 짭짤한 수익을 올렸다. 입대 전과 상황이 많이 달라졌다고는 하지만 한때 토니는 그쪽 세계에서 엘리트로 소문이 자자했다. 어쨌든 마다할 입장은 아니었다. 큰물에서 더 큰 인물로 성장하고 싶다면 조니 로보 조직에 들어가야 한다.

"알겠습니다…" 토니는 마지못해 제안을 받아들였다.

"하지만 최소한의 기간만 채우고 트럭 운전은 그만두고 싶습니다. 누굴 데려와도 할 수 있는 일 아닙니까."

"총은 쏠 줄 아나?" 로보가 부드럽게 물었다.

"예. 쏴 본 적 있습니다."

"군대에서 말인가?"

"입대 전에도 쏴 봤습니다."

"재미있군. 트럭 운전을 그리 오래 해야 할 것 같지는 않네…. 그래, 총은 있나?"

"없습니다."

"하나 구해주지. 돈은 넉넉하고?"

"예. 몇천 정도 있습니다."

"잘됐군. 주변에서는 모르게 해. 저기 길 건너 은행에 말해둘 테니 내일 가서 금고 하나 빌려다가 거기에 보관하도록. 쓸데없이 현금을 많이 가지고 다니지 말게나. 괜히 긁어 부스럼 만들 필요는 없지. 내일 정오에 여기서 보도록 하세."

이제 토니는 진짜 갱스터 조직의 일원이 됐다.

미국에서 둘째가는 대도시 외곽 일대를 장악하고 주류 밀매와 도박으로 어마어마한 돈을 벌어들이는 거대하고 강력한 조직은 토니에게 날개를 달아 줄 것이다.

토니는 시세로의 대규모 주류 공장에서 정부의 눈을 피해 몰래 주조한 위스키를 도시 서쪽 외곽 구역에서 불법으로 장사하는 술집으로 운반하는 데 대부분의 시간을 보냈다.

로보가 이미 경찰에게 뇌물을 먹여 놨기에 검문에 걸린 적은 한 번도 없었다. 문제는 배달 중간에 트럭을 습격하는 약탈범이었다. 약탈범이 갈수록 기승을 부렸다. 토니는 트럭에 권총 두 자루와 자동 권총 한 자루를 싣고 다녔지만, 습격만 생각하면 긴장한 탓에 입가가 딱딱하게 굳어졌다.

어느 날, 토니가 한 가지 아이디어를 생각해 냈다. 강철 가림막으로 운전석을 감싸고 방탄유리를 시공하면 트럭이 습격을 당하더라도 총에 맞을 걱정이 없으니 운전수가 한결 수월하게 고객이 주문한 물건을 지켜낼 수 있지 않을까?

토니는 로보에게 아이디어를 보고했다.

"훌륭해!" 로보는 토니의 아이디어가 무척 마음에 들었다.

"당장 실행에 옮기도록 하지. 이건 얼마 안 되지만 보너스라네." 로보는 두꺼운 지폐뭉치에서 백 달러짜리 지폐 몇 장을 꺼내 토니에게 건넸다. "이 정도면 운전은 충분히 한 것 같군. 내일 밤에 여기로 나오도록. 일 하나 맡아 줘야겠어."

토니는 다음 날 약속된 시간에 로보의 사무실을 찾았다.

어깨가 으쓱했다. 이제 승진도 했으니 조직에서 중요한 역할을 맡을 것이다.

“노스사이드 조직이 우리 구역을 침범하려고 기회를 보고 있네.” 로보가 설명했다. 늘 웃음기를 머금고 있던 두 눈에 분노의 빛이 어둡게 내려앉았다. “될 수 있으면 피 보는 일 없이 조용히 넘어가고 싶군. 일단은 술집을 찾아가서 다른 데서 물건 받을 생각은 꿈도 꾸지 말라고 단단히 일러놨으면 하는데…, 그 일을 자네가 맡아줬으면 하네.”

토니는 로보의 지령을 받아들였다. 바지 뒤춤에 묵직한 권총을 쑤셔 넣고 서둘러 사무실에서 나왔다. 얼마 후 토니는 지저분한 동네 어귀에 있는 커다란 술집에 도착했다.

바 주변을 서성이다 술을 주문하고 값을 치른 후 의심을 사지 않도록 천천히 바 가장자리의 구석진 자리로 향했다.

술집 전체가 시야에 들어와 상황을 통제하면서 협상을 진행하기에 적합했다. 총을 꺼내 들기 딱 좋은 위치였다.

토니와 주인을 제외하고 사십 명 정도가 술집에서 술을 마시고 있었다. 가난한 동네에서 장사하는 싸구려 술집이 으레 그렇듯 여기저기 뒤섞여 왁자지껄하게 떠들어대며 부어라 마셔라 난장판을 이뤘다. 토니는 담배에 불을 붙였다.

그리고 빠르게 뒤춤에서 총 두 자루를 꺼냈다. 한 자루는 바를 향해, 다른 한 자루는 나머지 술꾼을 향해 겨눴다.

"다들 너무 긴장하지 말라고. 다 같이 술이나 한잔하지."

토니가 조용히 명령했다. "내가 쏜다."

다들 놀란 눈으로 토니를 바라봤다. 토니의 손에 들린 총 두 자루의 위력은 엄청났다. 남자들은 이게 도대체 어떻게 된 일인가 하는 얼굴로 조심스럽게 바 근처에 모였다.

주인은 토니의 지시에 따라 술을 내오기 시작했지만, 자신을 똑바로 겨누고 있는 권총에 자꾸 시선이 향했다.

토니는 연거푸 몇 잔을 계속 권했다. 위스키, 진, 와인, 맥주 등 술집에서 파는 술이란 술은 다 마신 것 같았다. 마침내 술이 완전히 동났다. 토니는 권총을 까딱이며 주인에게 가까이 오라는 신호를 보냈다.

"행여 노스사이드 쪽에서 물건을 받아올 생각은 안 하는 게 좋을 거야." 토니가 목소리를 잔뜩 깔고 위협했다. "로보한테 주문하라고. 정이라는 게 있잖나? 혹시라도 노스사이드에서 술을 받았다간 오늘처럼 총을 손에 쥐고만 있는 데서 끝내지 않을 테니까 잘 생각해. 난 이만 가볼 테니 마저 재밌게 놀라고!"

토니는 뒷문으로 나가 반 블록 떨어진 골목으로 뛰어갔다.

그리고 큰길로 나와 택시를 잡았다.

Scene #8

"토니, 잘했다." 다음 날 아침, 토니의 보고를 받은 로보가 칭찬했다. "총을 들이밀고는 자네가 쏜다고 했다며? 얼마나 웃었는지." 로보는 고개를 젖히고 웃음을 터뜨렸다.

토니의 눈이 가늘어졌다. "그런 건 보고한 적이 없는 것 같습니다만…"

"자네는 안 했지." 로보가 인정했다. "내가 자네를 혼자 보낼 줄 알았나? 어젯밤 혹시 도움이 필요한 상황이 생길까 봐 우리 쪽 조직원 두 명을 미리 술집에 보내 놓았네."

토니는 허울 좋은 말에 속지 않았다. 어젯밤 술집에 있던 조직원은 토니가 일을 어떻게 처리하나 지켜보는 감시자나 마찬가지였다. 조니 로보는 생각보다 훨씬 영악한 남자였다.

"아주 그럴듯하게 첫 임무를 마쳤어. 조만간 간단한 일 몇 가지를 더 맡길 생각이니 앞으로도 잘해주길 바라네. 주급은 천 달러로 올리지."

토니는 술집 관리를 맡았다. 로보에게 납품을 받는 술집은 다른 업체에 한눈을 팔지 않도록 관리하고, 다른 조직에서 술을 구입하는 술집은 로보와 거래를 트도록 설득했다.

위험한 임무였지만 토니는 천직을 찾은 듯 도시를 누비고 다녔다. 가난한 환경에서 제대로 된 교육조차 받지 못한 채 자랐다는 사실을 믿기 힘들 정도로 토니의 말솜씨는 훌륭했다. 게다가 토니는 마음만 먹으면 사람들의 마음을 움직이는 근사한 미소를 지을 수 있었다. 성공은 정해진 수순이었다.

어느 날 오후 평소처럼 술집을 돌아다니던 토니에게 커다란 차 한 대가 소름 돋는 바퀴 소리를 내며 급정거했다.

"어이, 거기!" 거북한 목소리가 토니를 불러 세웠다. "이리 와!"

토니는 걸음을 멈췄다. 험악한 남자 넷이 차에 타고 있었다. 총신을 짧게 개조한 리볼버의 뭉툭한 주둥이가 토니를 똑바로 겨눴다. 토니는 이제 꼼짝없이 죽겠구나 생각했다.

다사다난했던 지난날이 주마등처럼 스쳐 지나갔다. 이제 정말 끝인가? 별 볼 일 없는 양아치가 쏜 총에 치욕스러운 죽음을 맞이한다고?

선불리 총을 뽑아 들려다간 죽을 게 분명했다. 도망가려고 해도 마찬가지였다. 지금으로써는 저들의 말에 순순히 따르는 게 최선이었다. 토니는 차에 다가갔다.

"무슨 용건이지?" 토니가 애써 공포를 누르고 아무렇지 않은 척 대답했다.

"잘 들어!" 대장으로 보이는 남자가 윽박질렀다. 넙데데한 얼굴에 조그맣고 날카로운 회색 눈과 찌그러진 코가 험악한 인상을 줬다. "노스사이드 조직이 하는 사업에 괜한 훼방 놓지 말라고. 그쪽에서 멀쩡하게 장사 잘하는 술집을 들쑤시고 다니면서 돈을 다 빼가는 걸 모를 줄 알았나? 좋은 말로 할 때 그만둬. 오늘은 경고로 끝나지만, 자비를 베푸는 건 이번 한 번뿐이야. 다음에는 드라이브 당할 각오 하라고."

차가 순식간에 사라졌다. 토니는 잠시 그 자리에 서 있었다. 그들은 대놓고 토니를 위협했다. 갱스터 세계에서 드라이브는 최악의 보복을 의미했다. 드라이브는 늘 죽음으로 끝났다. 보통 시체는 으슥한 교외에서 발견됐는데 죽음만으로는 분이 풀리지 않았는지 대개는 끔찍한 고문의 흔적이 남아 있었다. 귀나 코, 혀가 없는 시체는 흔했다. 온갖 흉악한 방법으로 난도질당한 시체는 고통을 짐작게 했다.

드라이브에 끌려간 갱스터는 마침내 목숨을 앗아간 총알이 자비롭게 느껴졌으리라. 괘씸한 상대에게 복수하는 동시에 주변에 본보기를 보이는 것이 드라이브의 목적이었다.

토니는 배짱 좋게 경고에도 아랑곳하지 않고 활동을 계속했다. 대신 총 한 자루를 더 챙기고 무기 없이는 절대 집 밖을 나서지 않았다. 어딜 가든 조심스럽게 주위를 살폈다. 그리고 입대 전에 그랬듯 무장한 경호원을 고용했다.

어느 정오, 토니는 당장 사무실로 들어오라는 로보의 호출을 받았다. 낯빛이 창백했다. 잔인한 빛이 서린 검은 눈은 공격을 앞둔 방울뱀의 그것과 같았다.

“앉아.” 로보가 명령했다. 따뜻한 미소는커녕 형식적인 인사조차 없었다. 토니는 뭔가 심각한 일이 일어났거나, 일어날 예정임을 감지했다. “스왈리가 드라이브에 끌려갔어.”

토니는 저도 모르게 침을 삼켰다. 검붉은 얼굴이 하얗게 질렸다. 스왈리는 로보의 오른팔로 토니와 같은 임무를 수행하고 있었다. 경고가 먹히지 않자 양아치 같은 놈들이 기어이 행동에 나선 것이다!

“멜로즈 공원 구석에서 시체가 발견됐네.” 로보가 씁쓸하게 이야기를 계속했다. “손과 발이 묶인 채 총알을 수십 발이나 맞았더군. 주머니에 들어 있던 무슨 종이 쪼가리로 신원을 판별했다고 전화가 왔어.”

“노스사이드 놈들 짓이 확실합니다.” 토니가 목소리를 낮추고 며칠 전 있었던 일을 설명했다.

“아무래도 자네가 다음 표적인 것 같군.” 로보가 분노했다. “걱정 말게, 그놈들이 자네는 물론 우리 조직원 누구도 건드리지 못할 거야. 내가 그렇게 만들 예정이네. 개새끼들이 겁도 없이 설치는 꼴을 두고 볼 수는 없지. 조금 위험한 일이 될 수도 있는데 해 볼 생각 있나?"

"자신 있습니다."

"좋아. 성공하면 보답은 제대로 하지. 오늘 저녁 8시에 턱시도 차려입고 사무실로 오도록. 턱시도는 있나?"

"없습니다."

"제대로 한 벌 갖추도록 해. 입을 일이 자주 생길 거니까. 오늘 일을 성공시키려면 옷부터 제대로 차려입어야 돼. 어쨌든 8시 정각에 복장 똑바로 챙겨서 여기서 만나지. 총이랑 여자를 준비해 놓겠네."

토니는 서둘러 사무실을 빠져나왔다. 기묘한 흥분감에 심장이 세차게 뛰었다. 누군가를 죽이는 일이 분명했다. 살인은 언제나 가슴을 뛰게 했다. 제아무리 노련한 총잡이라도 일을 앞두고 흥분하기는 마찬가지였다. 게다가 로보는 오늘 밤 건레이디를 붙여주겠다고 했다.

비비안에게 추근거리던 플라나간의 멱살을 잡았던 그날 밤, 클럽에서 봤던 그 유명한 건레이디가 나오지는 않을까?

아름다운 흑발이 눈앞에 아른거렸다. 확률이 낮기는 했지만 아주 불가능한 이야기는 아니었다. 토니는 간절한 기대를 품고 저녁이 되기를 기다렸다.

그날 저녁 로보의 사무실 앞에 선 토니의 가슴이 미친 듯이 두근거렸다. 문 너머에 건레이디가 있을까? 토니는 늘 그 여자를 만나보고 싶었다. 토니는 로보의 명령에 따라 '제대로' 옷을 갖춰 입고 있었다. 체격이 건장하고 자세가 곧은데다 이발까지 깔끔히 해 두니 토니도 제법 잘 생겨 보였다.

노크하고 잠시 기다린 다음 문을 열고 들어갔다. 로보의 옆자리에 건레이디가 앉아 있었다. 그 여자였다. 토니는 한눈에 여자를 알아봤다. 감탄이 나오려는 걸 겨우 참았다.

세상에! 미치도록 아름다웠다. 가슴이 깊게 파인 드레스는 미끈한 몸매를 고스란히 드러냈다. 섬세한 검은 머리칼이 어깨로 흘러내렸다. 상앗빛 피부를 감싼 눈부신 새하얀 드레스가 어두운 매력을 한층 강조했다. 길게 늘어뜨린 짙은 머리칼에는 진한 푸른빛이 흘렀다. 커다란 두 눈에서 내면의 불꽃이 이글거렸다. 어여쁜 입술은 잘 익은 열매처럼 불그스름했다.

"제인, 토니, 서로 인사하게." 로보가 둘을 간단히 소개했다. "앉게. 이렇게 차려입으니 아주 멋지군."

토니는 관찰하듯 뚫어지게 바라보는 여자의 어두운 두 눈을 의식하며 자리에 앉았다.

"아주 중요한 일이야. 잘해줄 거라고 믿네." 로보가 말했다. "어쩌면 내가 너무 과한 걸 바라는지도 모르지. 하지만 자네라면 할 수 있을 것 같아. 자네가 워낙 충성스러운 걸 아니까 나도 이런 기회를 주는 거야. 실패하면 두 번째 기회는 없어. 나야 다른 놈한테 맡기면 그만인 일이니까 아쉬울 게 없지. 물론 나는 자네가 성공할 거라고 믿고 있네. 오늘 밤 목표는 제리 호프먼일세."

"제리 호프먼 말입니까?" 토니가 반문했다. 여자는 아무런 말도 하지 않았다. 놀란 미동조차 없었다.

"그래." 로보는 덤덤하게 말을 이어나갔다. "노스사이드 최고 거물이자 조직 보스인 제리 호프먼 말일세. 지금 당장은 그를 대체할 만한 인물이 없지. 호프먼만 죽이면 조직 전체가 무너질 거야. 우리 조직에서 한 짓이라는 걸 금방 눈치채도 정확히 누가 그랬는지는 모를 걸세. 두 사람이 오늘 어리바리하게 굴면 이야기가 달라지겠지만, 그러지는 않겠지.

어쨌든 그쪽에서는 호프먼이 죽고 나면 나머지는 알아서 꼬리를 내릴 거야. 위험부담이 큰 임무인 만큼 그만한 보상이 주어질 걸세."

"알겠습니다." 토니가 간결하게 대답했다. "하겠습니다. 계획이 어떻게 됩니까?"

"오늘 호프먼이 엠버시 클럽에서 파티를 연다고 하더군."

"엠버시 클럽이요? 그 호프먼이요?" 아무 말도 않고 묵묵히 자리를 지키던 여자가 의심스러운 듯 물었다. 풍부하고 깊지만 허스키한 목소리였다. 목소리마저 짜릿했다.

"그렇다네." 로보가 짧게 웃으며 답했다.

"어떻게 엠버시 클럽을 뚫었나 싶겠지. 이 세상에 돈으로 안 되는 게 어디 있겠나? 어쨌든 오늘 거기서 호프먼이 주최하는 소규모 파티가 열릴 거야. 판검사랑 정치인 몇 명만 모아 놓고 하는 작은 파티지. 거기서 습격을 당할 거라고는 의심조차 안 할 테니 당연히 경호원도 없을 거고. 자네들 얼굴도 알려지지 않았으니깐 그놈 숨통 끊어 놓는 게 그리 어렵지는 않을 거야. 별다른 지시사항은 없네. 상황 돌아가는 거 봐가면서 알아서들 잘하라고. 방법은 상관없어. 어떻게든 죽이기만 하게. 토니, 총은 가지고 왔나?"

"물론입니다."

"이리 주게. 오늘 밤에는 제인이 총을 가지고 다닐 거야.

준비가 됐다 싶으면 제인한테 신호를 보내도록. 일이 끝나면 총은 바로 돌려주고. 제인이 감쪽같이 숨겨 줄 걸세. 실력이 좋아. 그러면 누가 자네를 의심해서 몸수색해도 뭐가 나올 리 없지. 알겠나?"

토니는 마지못해 총을 건네고 로보가 준 엠버시 클럽 입장권을 받았다. 사무실 밖에는 로보가 준비한 리무진이 기다리고 있었다. 토니는 제인을 에스코트하며 엠버시 클럽으로 향했다.

엠버시 클럽은 금주법이 선포되고 우후죽순 생겨난 고급 나이트클럽 중에서도 손님을 가려 받기로 유명했다. 클럽에서는 음식, 공연, 오락뿐 아니라 최고급 술도 제공했다.

제아무리 돈 많고 유명한 인물이라도 회원 카드가 없으면 입장이 불가능했다. 로보가 토니의 지갑 속에 꽂힌 카드를 어디서 구했는지는 알 수 없었지만, 보스가 말했듯 이 세상에 돈으로 안 되는 걸 찾기는 어려웠다.

클럽 한구석에 잘 꾸며 둔 테이블 열두어 개가 놓여 있었다. 호프먼의 파티를 위한 테이블이 분명했다. 토니는 클럽 매니저에게 부탁해 파티 장소 바로 맞은편, 채 십 미터도 안 떨어진 테이블에 자리를 잡았다. 출입구와도 멀지 않고 중간에 장애물도 없어 작전상 후퇴를 하기에도 탁월한 위치 선정이었다.

토니는 다소 긴장한 채 음식을 주문했다. 건레이디와 함께 작전을 수행하기는 처음이라 그런지 기분이 묘했다. 직접 무기를 소지하지 않아도 언제든 원하면 총을 건네줄 여자가 곁에 있다니 낯설고 어색했다.

반면 제인은 진짜 데이트를 하러 나온 사람처럼 침착하고 즐거워 보였다. 덕분에 토니도 곧 평정을 되찾을 수 있었다.

가까이서 본 제인은 더욱 아름다웠다. 제인 같은 여자를 손에 넣으려면 어떻게 해야 할까.

둘은 식사를 하며 이런저런 대화를 나눴다. 대개 제인이 이야기를 하는 쪽이었다. 토니는 조용히 앉아 제인의 아름다움을 안주 삼아 술을 마시는 것만으로 만족스러웠다.

가끔 대화가 끊겼지만, 침묵 속에서 기분 좋은 긴장감이 느껴졌다. 토니는 둘 사이에 진전이 이루어지고 있다고 생각했다.

호프먼 일행이 클럽에 들어오며 한바탕 소란이 일었다. 클럽 주인이 직접 나와 손님을 맞이했다. 매니저와 웨이터들은 불편한 곳은 없는지 자리에 문제가 생기진 않았는지 꼼꼼히 확인했다. 검은돈이든 흰 돈이든 돈은 존중과 대우를 이끌어냈다.

토니는 상황을 유심히 관찰했다. 아무도 알려주지 않았지만, 붉은 얼굴에 부스스한 머리칼을 지닌 키 크고 덩치 좋은 남자가 호프먼이라는 사실을 단번에 눈치챘다. 토니는 나머지 일행도 주의 깊게 살폈다.

총잡이나 경호원으로 보이는 사람은 없었다. 아무래도 호프먼은 신원이 불분명한 자의 입장이 불가능한 고급 나이트클럽이라는 특성 때문에 완전히 마음을 놓고 있는 듯했다.

이런 분위기라면 호프먼을 손쉽게 제거할 수 있을 것이다.

타이밍만 잘 맞추면 된다.

토니는 놀라운 평정심을 발휘하며 아무렇지 않은 척 연신 담배를 태웠다. 제인은 쓸데없는 말을 늘어놓으며 가끔씩 이유 없이 깔깔 웃었다. 토니는 제인이 맡은 역할을 충실히 해내고 있음을 깨달았다. 제인 덕분에 두 사람은 가볍게 저녁을 먹으러 나온 커플처럼 보였다. 토니도 제인과 장단을 맞추려고 노력했지만, 태생이 워낙 과묵해서인지 쉽지 않았다.

게다가 목표물을 살피느라 도무지 대화에 집중이 되지 않았다.

호프먼의 테이블에서 샴페인을 터뜨렸다. 웃음소리가 점점 높아졌다. 토니는 웨이터를 불러 음식값을 계산했다. 그때 무대를 비추는 스포트라이트를 제외한 조명이 모두 꺼졌다. 화려하게 차려입은 젊은 남자가 스포트라이트 아래로 등장해 앞으로 있을 공연을 설명했다. 재치 있는 유머에 여기저기서 웃음이 터졌다. 다들 무대 위에 정신이 팔려있었다.

때가 됐다.

토니는 제인에게 살짝 고갯짓했다. 제인이 알겠다는 듯 끄덕이더니 애정이 가득 담긴 눈빛으로 토니의 오른손을 잡고 부드럽게 테이블 아래로 내렸다. 토니의 손이 제인의 무릎에 닿았다. 예상치 못한 접촉에 토니는 짜릿함을 느꼈지만 제인은 미동조차 없었다. 손등에 차가운 총신이 닿았다. 토니의 손가락이 자동 권총을 우악스럽게 움켜쥐었다. 토니는 안전장치를 해제하고 기다렸다.

여자 몇 명이 무대에 올라 우스꽝스러운 노래를 불렀다.

토니는 숨 막히는 긴장감 속에서도 웃음을 터뜨렸다. 어느덧 노래가 막바지를 향해 가고 있었다. 여자는 화려한 춤을 추며 고음을 내질렀다. 재즈 밴드의 연주가 정점에 다다랐고, 관객은 클럽에서 미리 나눠준 나무망치로 박자에 맞춰 테이블을 두드렸다.

귀청이 떨어질 듯 엄청난 소리가 클럽을 가득 메웠다.

토니는 제인의 무릎 위에 놓여 있던 총을 가져와 테이블 바깥으로 총구를 겨눴다. 총신은 테이블 아래 숨겨져 있었기에 작정하고 눈여겨보지 않는 이상 총을 발견하기는 어려웠다.

호프먼의 테이블까지는 방해물 하나 없이 탁 트여 있었다.

심지어 웨이터도 없었다. 토니는 조심스럽게 호프먼을 겨냥하고 순식간에 세 발을 쐈다. 호프먼의 몸이 앞으로 무너져 내렸다. 토니는 재빨리 권총을 제인에게 돌려줬다. 제인이 덤덤하게 권총을 받아 드레스 아래에 숨겼다.

휘몰아치는 재주 연주와 요란한 망치 소리도 총성을 감추지는 못했다. 클럽 안은 난장판이 됐다. 조명이 켜지자 다들 우왕좌왕 자리에서 일어나 겁에 질린 눈으로 호프먼의 테이블을 살폈다. 의자에 널브러진 호프먼의 새하얀 셔츠가 붉게 물들었다.

상황을 파악한 사람들은 엎치락뒤치락 클럽을 빠져나갔다. 경찰이 도착하기 전에 현장을 떠나기 위해서였다. 괜한 살인사건에 휘말려 경찰 조사를 받았다가 다음날 신문 일면에 얼굴이 떡하니 실릴 유명인사가 한둘이 아니었다.

토니와 제인은 소란스러운 틈바구니에 섞여 클럽을 떠났다. 일을 치른 지 5분이나 됐을까, 두 사람은 리무진 좌석에 편안하게 몸을 기대고 빠르게 현장을 벗어나고 있었다.

토니가 길게 한숨을 쉬었다.

"끝났군." 토니가 덤덤하게 말했다. 일을 마치자 언제 그랬냐는 듯 흥분이 침착하게 가라앉았다. 약간 들뜬 것 같기도 했다. "이 정도면 로보가 원하던 대로 잘 해낸 것 같아. 로보도 인정할 거야. 그나저나 보통 배짱이 아니던데?"

"요즘 같은 세상에서 살아남으려면 이 정도는 기본이죠."

토니는 손을 뻗어 제인의 손을 잡고 손가락을 은근하게 쓸어내렸다. 제인은 잡힌 손을 빼내려 하지 않았다. 짜릿했다.

"앞으로 자주 같이 일하게 될 것 같은데…" 토니가 쉰 목소리로 이야기했다. "좋은 친구로 지낼까? 종종 만나 놀면서?"

"나쁘지 않죠."

토니는 주체할 수 없는 충동을 느꼈다. 제인을 끌어안고 격정적으로 키스를 퍼부었다. 오래도록 억눌러 온 강렬한 열정이 마침내 해방구를 찾았다. 제인은 토니를 거부하지 않았다.

Scene #9

제리 호프먼의 죽음은 온 도시를 떠들썩하게 만들었다. 사람들은 도대체 어떤 위인이 위험천만한 살인 계획을 배짱 좋게 행동에 옮겼는지 떠들고 다녔다. 호프먼에게 총을 쏜 범인은 밝혀지지 않았지만, 갱스터는 물론 경찰 또한 누가 배후인지 눈치채고 있었다. 경찰은 조니 로보를 경찰서로 끌고 가 반나절 동안 심문했다.

그러나 로보의 알리바이가 확실하다는 것 외에는 어떤 정보도 알아낼 수 없었다. 애써 무언가를 숨기려는 기색도 보이지 않았다. 로보는 어느 하나 걸리는 게 없다는 듯 웃으며 자신은 아무것도 모른다고 진술했다. 노스사이드 갱은 로보의 말을 믿지 않았다. 그들은 언젠가 보스의 복수를 하고야

말겠다고 다짐했다.

토니와 제인은 그날 밤 엠버시 클럽에서 있었던 일을 입밖에 내지 않았다. 로보는 수고가 많았다며 두 사람에게 오만 달러씩 주고 나중에 괜찮은 건수가 생기거든 꼭 둘에게 맡기겠다고 약속했다. 제리 호프먼의 장례식은 성대하게 치러졌는데, 로보는 보란 듯 애도의 문구를 담은 화려한 근조화환을 보냈다.

토니에게는 다양한 조직 활동에 관여하도록 지시했지만, 술집을 돌아다니며 주인을 설득하는 시시껄렁한 업무는 더 이상 맡기지 않았다. 겨우 그런 일을 시키기에는 아까운 인재라고 생각했기 때문이다. 굳이 위험을 감수할 이유도 없었다.

토니는 이제 중간보스 자리에 올랐다. 바쁜 로보를 대신해 명령을 아래에 전달하고 진행 경과를 보고받았다. 토니를 거치지 않고 실행되는 작전이 없었다.

토니는 한가한 시간이 생길 때마다 제인을 만났다.

보면 볼수록 매력적인 여자였다. 반면 어딘가 알 수 없는 부분도 있었다. 꽤 오랜 시간을 함께 보냈지만, 아직 제인을 완전히 손에 넣지 못했다는 느낌을 떨칠 수 없었다. 토니는 마침내 용기를 내 제인에게 동거를 제안했다.

"결혼할 생각은 없어요." 제인이 잘 정돈된 예쁜 머리를 가볍게 흔들며 대답했다.

“나도 결혼에는 관심 없어.” 토니가 재빨리 덧붙였다. “결혼하자는 말이 아니야. 그냥 같이 살면 좋겠다고 생각해서…”

제인이 다시 한번 고개를 가로저었다.

“남자랑 같이 살아본 적이 없어요.”

“생각보다 괜찮을 수도 있잖아.”

“어쩌면요.” 제인이 토니의 눈을 빤히 들여다보며 순순히 인정했다. “하지만 괜찮지 않을 수도 있죠. 너무 가까워질까 무서워요. 열렬하게 사랑하던 연인도 시간이 지나면 서로에게 질려 헤어지잖아요.”

“다른 남자가 있는 건 아니고?”

“특별히 만나는 사람은 없어요.”

“만나는 사람이 있긴 한가 보지?” 토니는 질투를 숨기지 않았다.

제인이 가볍게 웃었다. “당연히 있죠. 여자들은 원래 한 번에 여러 사람을 만나요. 동시에 여러 사람을 좋아할 때도 많은걸요.”

“나를 조금이라도 좋아해?” 토니는 제인의 두 손을 꼭 잡고 물었다.

제인이 고개를 끄덕였다.

“그러면 내 제안을 고려해 주겠어?”

“생각해 볼게요.”

토니는 생각해 보겠다는 대답만으로도 행복했다. 제인 콘리는 무척 신비한 여자였다. 토니는 제인이 과거에 어떻게 살았는지 고향은 어디인지 알고 싶었다. 함께한 시간이 적지 않았음에도 불구하고 토니는 제인이 어떤 사람인지 전혀 알 수 없었다. 그 알 수 없는 매력이 토니의 마음을 완전히 사로잡았다는 점만은 분명했다.

애석하게도 토니는 복잡한 애인 외에도 골칫거리가 많았다. 제리 호프먼만 사라지면 평화가 찾아올 것이란 기대와 달리 노스사이드 갱은 꽤 영리한 인간을 찾아 보스 자리에 앉혔다.

새로운 보스는 '모사꾼 브루노'라는 별명으로 불리는 이탈리아 남자로 키가 작고 교활했다. 소문에는 브루노가 보복과 사업 확장을 목적으로 조직을 대대적으로 개편하고 있으며 승리를 위해 피비린내 나는 싸움도 불사할 생각이라 했다.

브루노는 전임 보스가 벌인 전쟁을 이어갈 예정이었다.

소문이 돌기 시작한 지 얼마 안 돼 사건이 터졌다. 조니 로보의 조직원 한 명이 드라이브에 끌려갔다. 인적이 한적한 외곽에서 발견된 시체의 가슴팍에는 '호프먼을 기리며'라는 글귀가 칼로 새겨져 있었다.

"토니, 나는 지금 이 상황이 마음에 안 든다네." 끔찍한 메시지를 담은 조직원의 시체가 발견되자 로보는 토니를 불러 불만을 표시했다.

"겁나는 건 아니시겠죠?" 토니가 물었다. 토니는 로보의 오른팔인 만큼 의견을 주고받는 데 거리낌이 없었다.

"좆같은 소리 하지 말라고!" 로보는 절대 아니라며 불쾌해 했지만, 토니가 보기에는 공포를 감추려고 일부러 사납게 짖는 개 같았다. "아무튼 거슬린단 말이야. 다음에는 자네나 내가 피떡이 돼서 발견될지도 몰라. 평생 총이나 쏴 대면서 언제 누구한테 뒤질까 불안해하긴 싫다고."

"엿이나 먹으라고 하죠!" 토니가 대답했다. "원래 이 바닥이 그런 거 아닙니까. 정 신경 쓰이신다고 하면 이 모사꾼인지 사기꾼인지 하는 인간은 제가 직접 처단하겠습니다."

"아니, 아직은 그럴 필요 없어. 이 정도로 끝난다면 굳이 벌집을 쑤실 필요는 없지. 괜한 전쟁을 벌이긴 싫어. 그 시간에 돈이나 버는 게 낫지."

토니는 조니 로보가 혐오스러웠다. 이전까지는 둘 사이의 본질적인 차이를 눈치채지 못했다. 로보는 돈을 벌기 위해 무슨 일이든 가리지 않는 약삭빠르고 부도덕한 인간일 뿐이었다. 전사보다는 사업가에 가까웠다. 전쟁같이 치열한 삶을 견뎌내며 뼛속 깊이 인간 혐오를 새긴 토니와는 완전히 다른 부류였다.

그로부터 얼마 후 토니는 처음으로 범죄와 공권력의 밀접한 유착관계를 직접 목격했다.

로보가 지방법원에 출석하며 경호원이자 보좌관으로 토니를 데리고 갔다. 지검장은 작달막한 남자로 넓적한 코와 고집스러운 주걱턱, 자그마한 눈이 야비한 인상을 줬다.

"더 이상의 소란은 용납할 수 없어!" 지검장이 로보를 윽박질렀다. "알아서 처리하라고."

"봉투 받으셨잖습니까."

"봉투는 받았지. 우리 구역에서 장사 계속하고 싶으면 앞으로도 꼬박꼬박 바치는 게 좋을 거야. 내가 자네 사업을 가지고 뭐라고 하는 게 아니지 않나. 골치 아픈 총격전에 자네 조직이 연관된 게 문제야. 도시 평판이 떨어지고 있어. 그것뿐이면 말도 안 꺼내겠는데 신문에 내 이름이 오르내린다고. 무능력하다나 뭐라나. 나도 웬만하면 그쪽 일에 개입하기 싫네. 그러니까 어떻게든 총질을 멈춰."

"저도 바라는 바입니다. 그런데 노스사이드 쪽에서 가만히 있질 않으니 어쩔 도리가 있습니까."

"그쪽에서는 자네가 문제라고 하던데. 오늘 아침에 브루노인지 뭔지 하는 인간 만나서 얘기 끝냈어. 자네 조직에서 건드리지만 않으면 더 이상 살인은 않겠다고 하더군. 그러면 이제 된 건가? 앞으로는 이런 일로 만나는 일 없게 하자고."

6개월 동안 평화가 유지됐다. 적어도 표면적으로는 그랬다. 살인사건은 일어나지 않았지만, 단순히 사고라기엔 주먹

다짐과 칼부림이 너무 잦았다. 사업을 둘러싼 경쟁 또한 날이 갈수록 치열해졌다. 양쪽 모두 모양새뿐인 휴전협정이 깨지고 다시 전쟁이 터지는 건 시간문제라는 사실을 잘 알고 있었다.

게다가 사우스사이드에 본부를 둔 갱단 두 군데에서 다른 조직 관할 구역을 기웃대기 시작했다. 도시 서쪽에 자리를 잡은 조직 다섯 군데에서도 갑자기 주류 밀매에 손을 댔다.

동맹을 맺어 전력을 확장하는 조직도 있었다.

토니는 지지부진한 상황이 점점 답답하게 느껴졌다. 짜증나는 점이 한둘이 아니었다. 마지막 조직원 살인에 대한 복수도 아직 못한데다가 다른 갱단이 로보 조직의 영역을 기웃대는데 총알 세례로 응징할 수 없다는 사실에 분개했다.

이쯤이면 오래 참았다. 토니는 혼자서라도 전투에 나서기로 했다. 그 무렵 전쟁에 도화선이 되는 사건이 발생했다.

토니와 조니 로보는 조직의 본부로 삼은 호텔 1층에 있는 레스토랑에서 식사를 하고 있었다. 갑자기 밖에서 총알 쏟아지는 소리가 들리더니 유리창이 산산조각 났다. 쉴 새 없이 날아오는 총알에 레스토랑은 순식간에 아수라장이 됐다.

총알 하나가 토니의 팔을 스쳤다. 토니는 재빨리 테이블을 뒤집어 바리케이드를 치고 로보를 끌어당겨 테이블 뒤로 몸을 숨겼다. 총성이 묘하게 익숙했다. 기관총이었다!

왜 진작 기관총을 쓸 생각을 못 했을까. 전쟁터에서 기관총이라면 질리게 만져 봤다. 사격 실력도 어디 가서 빠지지 않으니 마음만 먹으면 돈을 놓고 피 튀기는 전쟁을 벌이는 갱스터 세계에서도 손쉽게 우위를 점할 수 있을 것이다.

토니는 도발이 반가웠다. 저쪽에서 먼저 시비를 걸었으니 토니 또한 똑같이 지저분한 방식으로 갚아 줄 예정이었다.

상대는 대놓고 조니 로보를 노렸다. 전에 없이 대담한 움직임이었다. 로보의 어깨에 총알을 박아 넣었으니 성과가 아예 없지는 않았다. 심각한 부상은 아니었지만, 총격을 당했다는 자체가 엄청난 심리적 타격을 줬다.

상처 입은 사냥감을 떠올리게 하는 눈빛은 로보의 몸에 새겨진 흉터처럼 영원히 사라지지 않았다. 로보는 어디까지나 전사를 부리는 지휘관이었지 전사는 아니었다. 애초에 그런 종류의 긴장감을 견딜 수 없게 태어난 인간이었다.

보스 암살 시도에 토니는 걷잡을 수 없이 분노했다. 조직을 해체할 게 아니라면 절대 그대로 넘겨서는 안 됐다. 토니는 아무에게도 알리지 않고 몰래 기관총 한 자루를 구했다.

그리고 어느 날 밤 혼자만의 전쟁을 벌이기로 했다.

노스사이드 갱이 본부로 삼은 건물 1층에는 꽃집이 있었다. 갱을 창시한 위대한 보스 타미 마르틴의 취미가 꽃꽂이였기 때문이다. 안타깝게도 타미는 그렇게 애지중지하던 꽃집에서 최후를 맞이했다. 종전 후 다른 조직의 총알에 목숨을 잃은 최초의 갱 두목이라는 타이틀은 덤이었다.

큰 성당을 맞은편에 둔 꽃집은 어둡고 인적이 드문 길가에 자리하고 있었다. 토니는 자동차 뒷좌석에 앉아 부하에게 천천히 차를 몰아 꽃집 앞을 서행하라고 지시했다. 무릎 위에는 리볼버처럼 총알이 연사되는 신형 기관총이 놓여 있었다.

차가 서서히 움직이기 시작하자 토니는 기관총을 어깨에 메고 아래위층 할 것 없이 꽃집을 향해 총알을 갈겨댔다. 총성이 울리자마자 2층에 불이 켜졌다. 누가 총에 맞았는지 확인할 길은 없었지만, 피해를 적잖이 미친 것만은 분명했다.

토니는 흐뭇하게 웃으며 현장을 벗어났다. 그들이 했던 방식 그대로 똑같이 갚아줬을 뿐이다. 갱스터 전쟁에 기관총을 도입한 후 서로 한 대씩 주고받았으니 아직까지는 동점이었다.

Scene #10

토니는 한때 왼쪽 뺨을 가로지르는 흉터가 축복이라 여겼다. 생김새가 몰라보게 달라져 새로운 삶을 살 수 있었기 때문이었다. 하지만 축복은 어느새 저주가 됐다. 눈에 띄는 흉터는 토니에게 낙인을 찍었다.

어둠의 세계에서 토니는 '스카페이스Scarface'로 유명했다.

로보 쪽은 말할 것도 없고 다른 조직에서도 토니를 알고 있었다. 이 바닥에서 유명세는 은밀하게 일을 처리하는 데 방해가 될 뿐이었다. 토니는 바뀐 얼굴로 새로운 삶을 시작할 때 다짐한 계획에 지장이 생길까 두려웠다.

걱정은 거기서 그치지 않았다. 제인이 흉터를 싫어할지도 모른다는 생각에 애가 탔다.

여자들은 흉측한 흉터를 가진 남자를 좋아하지 않았다.

시간이 흐르면서 흉터가 점차 옅어지기는 했지만, 아무리 좋게 봐줘도 아름다움과는 거리가 멀었다.

토니와 제인은 거의 매일같이 만나 근사한 데이트를 즐기고 행복한 시간을 보냈다. 하지만 토니는 두 사람의 거리가 처음 만난 날, 즉 제리 호프먼 암살 작전에 같이 투입됐던 그날 밤과 똑같이 멀게만 느껴졌다. 토니 자신도 믿기 힘들었지만, 제인을 향한 갈망은 날이 갈수록 커졌다.

"할 말이 있어, 예쁜이." 어느 밤, 토니가 고백했다. "사랑해. 말로 다 못 할 만큼…. 뭐라고 해야 좋을지 모르겠군. 다른 건 안 바라니 그냥 내 마음을 증명할 기회를 줘. 오래전 내가 한 제안을 받아들여 줬으면 해. 부탁이야."

제인은 무슨 생각을 하는지 도무지 알 수 없는 눈빛으로 토니를 빤히 쳐다봤다. 시간이 얼마나 지났을까, 마침내 제인이 입을 열었다.

"알겠어요…. 내일 같이 아파트 보러 가요."

"그래 주겠어?" 토니는 기뻐 어쩔 줄 모르겠다는 듯 소리쳤다.

"일단은 한 달만요. 한 달 동안 마음에 안 드는 부분이 있으면 그땐 내가 떠나도 아무 말 말아요. 당신을 아예 만나지 않겠다고 할 수도 있어요. 제 조건은 이게 다예요. 그래도 나와 살고 싶어요?"

"당연하지."

"좋아요. 약속한 거예요."

"마음에 안 드는 부분이 없으면 어떻게 되는 거지?" 토니가 물었다.

"음…, 한동안 같이 살게 되겠죠." 제인이 조용히 대답했다.

그날 밤 제인의 집을 나설 때 토니는 정복감에 취해 어쩔 줄 몰랐다. 마침내 해냈다. 저 고고한 여자를 결국 손에 넣고야 말았다. 일단은 한 달 동안이라 했지만 상관없다. 무슨 수를 써서든 제인이 떠나지 않게 할 자신이 있었다.

토니는 다음 날 아침 로보를 만났지만, 제인과 같이 살게 됐다는 말은 하지 않았다. 사생활을 굳이 다른 사람에게 말할 필요는 없었다. 게다가 로보는 정신이 완전히 딴 데 팔려 있어 여자 이야기를 꺼낼 만한 상황이 아니었다.

토니는 로보가 초점 없는 눈으로 멍하니 천장이나 바닥을 응시하며 초조하게 사무실을 서성이는 모습을 가만히 바라보고 있었다. 이유는 모르겠지만 가끔씩 불안과 두려움이 눈에 스쳤다. 보스가 도대체 왜 저러는 걸까?

"토니, 할 말이 있네." 로보가 겨우 운을 뗐다. "앉지."

토니는 책상 옆에 적당히 자리를 잡고 앉았다. 말로 설명할 수는 없지만 뭔가 엄청난 사건이 일어날 것 같았다.

한참을 안절부절못하며 돌아다니던 로보가 마침내 커다란 의자에 몸을 묻더니 시가에 불을 붙였다.

“얼마 전 꽃집에 총알 세례를 퍼부었다는 얘기를 들었네.”

로보가 이야기를 시작했다.

“그렇습니다만…” 토니가 날카롭게 반문했다. 질책을 받을 만한 일을 저질렀다고는 생각하지 않았다.

“경고 하나는 제대로 한 것 같군. 아무리 그래도 너무 위험한 짓이었네. 자네는 좀 더 몸을 사릴 필요가 있어.”

“조심하겠습니다. 어쨌든 오랜만에 꽤 짜릿하더군요.”

“그랬겠지.” 로보가 순순히 인정했다. “자네 같은 남자한테는 그랬을 거야. 그런데 안타깝게도 나는 그런 부류가 아니라서 말이야. 나야 평화롭게 돈이나 벌면 그만일세. 기관총이라니…, 내가 감당하기에는 너무 벅차. 이제 돈이야 차고 넘칠 만큼 벌었어, 토니. 평생 써도 부족함이 없을 만한 돈이 내 수중에 있다고. 그래서 말인데…, 여행을 떠날까 하네. 몬테카를로 쪽이나 하바나 같은 곳 어디든 좋으니 마음 편히 여생을 보낼 수 있는 곳으로 가려고.”

“얼마나 떠나실 계획입니까?”

“몇 년이 될진 모르겠네. 다시 돌아오지 않을지도 모르고.”

“조직은 어떡하고요! 이대로 떠나시면 분명히 무너지고 말 겁니다.”

"나도 알아. 잘 나가는 조직을 이대로 무너지게 놔두기엔 너무 아깝지 않겠는가? 적당한 인물이 있으면 내 자리를 물려줄까 하는데…. 자네 생각은 어떤가?"

"계획이 있으셨군요." 토니는 로보가 무슨 말을 하려는지 눈치채고 재빨리 덧붙였다. "누가 됐든 보스만큼 해내기는 쉽지 않겠지만, 분열을 막을 능력만 된다면 그럭저럭 나쁘지는 않을 것 같습니다. 요즘 들어 꽤 쏠쏠하게 돈벌이가 될 만한 사업 몇 가지가 눈에 들어오더군요."

불법으로 벌어들일 수 있는 어마어마한 이익을 이야기하는 토니의 목소리는 마치 먹잇감을 앞에 둔 짐승처럼 욕망에 젖어 있었다.

"그래." 로보가 인정했다. "아직까지는 기회가 무궁무진해.

토니…, 어떻게 생각하나? 조직을 이끌어 나갈 수 있겠나?"

"할 수 있습니다." 토니는 자신만만했다. "기회를 주십시오."

"좋아. 잘 알겠지만 자네 같이 어린 친구가 맡기에는 책임이 막중한 자리일세. 나이가 든다고 나아지지도 않지만 말이야. 어쨌든 나는 자네를 내 후임으로 삼기로 했어. 잘 해낼 거라 믿네. 매달 내가 알려주는 장소로 순익의 절반을 보내게. 돈이 제때 도착하지 않으면 도시로 돌아와서 다른 방법을 찾아야겠지."

토니와 로보의 시선이 마주쳤다. 두 사람의 이해관계가 완벽하게 맞아떨어졌다. "물론 나머지 절반은 자네와 조직원 몫일세. 삼 분의 이는 자네가 갖고, 삼 분의 일은 앞으로 자네의 수족이 될 스티브 리버티에게 주게."

"스티브 리버티를 저한테 붙여주시겠다고요?" 토니가 따졌다. 토니는 리버티를 끔찍이도 싫어했다.

"그래. 연륜으로 보나 경험으로 보나 자네한테 큰 도움이 될 거야. 게다가 리버티는 늘 충성스러웠지. 조직에 해가 될 만한 짓은 절대로 안 할 거라고 장담하네. 자네한테 문제가 생기면 리버티가 상황을 통제할 걸세."

"리버티는 알고 있습니까?"

"아직. 자네랑 이야기가 끝나고 한두 시간쯤 있다 불러서 따로 말해 볼 작정이야."

이후로 두 시간 동안 로보와 토니는 조직을 어떻게 운영할 것인지를 두고 깊은 대화를 나눴다. 토니는 보스가 하는 말을 경청하는 척했지만, 머릿속으로는 조직의 세력을 확장할 무자비한 계획을 세우느라 바빴다. 혼자 간직해 왔던 상상을 실현시킬 생각에 토니의 두 눈이 핏빛으로 물들었다.

토니와 논의를 마무리한 로보는 리버티를 사무실로 불러들였다. 리버티는 30대 후반의 못생긴 남자로 아직도 구식 갱스터 차림을 벗어나지 못했다.

볼품없는 스웨터와 챙모자를 걸친 채 비슷한 부류와 함께 지저분한 술집 한구석에서 연신 담배를 뻑뻑 피워 대며 목청껏 소리를 질러 댔다. 야비한 회색 눈, 한쪽으로 휜 코, 비열하게 비틀어진 입이 역겨웠다.

토니는 리버티를 증오했다. 리버티도 토니를 딱히 좋아하진 않았다. 애초에 토니와 리버티는 서로 다른 세대를 대표하는 갱스터로 공통점이라고는 눈을 씻고 찾아봐도 없었다.

리버티는 전쟁이 터지기 전, 모든 일을 '주먹구구'로 처리하던 시절의 대표 인물이었다. 힘만 있으면 모든 문제를 해결할 수 있다고 믿었다.

반면 토니는 사업가처럼 영리하게 머리를 굴리는 부류였다. 범죄를 저지를 때도 효율을 따졌다. 돈 냄새라면 기가 막히게 맡았으며, 눈 깜짝할 사이에 일을 치르면서도 흔적 하나 남기지 않고 깔끔하게 마무리 지었다.

로보는 리버티가 능력 있고 충성스럽다 했지만 토니는 믿지 않았다. 애초에 능력과 충성을 증명할 만한 활약을 하는 것을 본 적이 없었다. 토니는 자신의 의사는 무시한 채 측근을 정해 두고 알아서 잘 요리해 보라는 로보의 지시가 마음에 들지 않았지만 상관없었다. 리버티가 계속 거슬리게 군다면 제거해버릴 생각이었다. 방법이야 많았다.

"그래, 토니. 환상의 팀워크를 보여주자고!" 로보가 곧 일선에서 물러날 예정이라는 이야기를 들은 리버티는 호탕하게 웃었다. 날카로운 눈에 숨겨진 교활한 표정과 거친 목소리에 묻어나는 건방진 태도가 토니의 신경을 건드렸다.

"그러시죠." 토니는 차갑게 대꾸하고 로보와 대화를 이어나갔다.

토니는 묘한 기분으로 호텔을 나왔다. 물론 기뻤다. 거대한 조직의 우두머리가 된다니! 늘 꿈꿔 왔던 일이다. 평소 거슬리던 부분은 깨끗이 정리하고 한탕 제대로 벌여볼 생각에 마음이 들떴다.

문제는 리버티였다. 알면 알수록 혐오스러운 남자였다.

도저히 믿을 수 없는 인간이라 생각했다. 리버티는 약삭빠르게 토니의 일거수일투족을 감시해서 로보에게 보고할 게 분명했다. 어쨌든 리버티 문제는 조만간 해결할 예정이었으니 신경을 끄기로 했다.

토니는 함께 머물 아파트를 구하기 위해 제인을 만나 승진 소식을 알렸다. 제인은 새 장난감이 생긴 어린아이처럼 기뻐했다.

"정말 굉장한 기회잖아요!" 제인은 한껏 들떠 감탄을 반복했다. "몇 년 뒤에 손 씻고 은퇴하면 되겠어요."

"은퇴라니? 나는 현장이 좋아. 보스가 된다고 해서 사무실에 숨어 있을 생각은 없다고. 밑에 애들만 재미 보게 놔두면 쓰나. 가끔씩 총질도 해줘야 스트레스가 풀리지. 자기도 한 번씩 같이 즐기자고. 처리해야 될 일이 한둘이 아니야.

로보가 떠나고 나면 제대로 한번 해 볼 생각이야. 지금처럼 어중간하게 사업을 벌일 생각은 없어. 일단 우리 구역에 알짱대는 잔챙이들을 싹 다 쓸어버려야지."

토니와 제인은 깔끔한 동네에 지어진 지 얼마 안 된 아파트를 찾았다. 가구도 모두 갖춰져 있었다. 월세가 어마어마했지만 두 사람 마음에 꼭 들었다.

게다가 토니는 곧 거대한 조직의 보스가 될 테니 더 이상 돈 걱정은 할 필요가 없었다. 토니는 아파트를 계약하고 한 달 치 방세를 현금으로 지불했다. 두 사람은 바로 다음 날 새 아파트에 입주했다. 제인은 신혼을 맞이한 새 신부처럼 행복해했다.

로보는 그 주 금요일 토니의 배웅을 받으며 사우스사이드의 작은 역에서 뉴욕으로 향하는 기차에 올랐다. 다행히 기자에게 들켜 사진이 찍히는 불상사는 일어나지 않았다. 그렇게 로보는 모두의 눈을 피해 평화를 찾아 떠났다. 토니는 로보의 부재가 알려지기 전에 능력을 인정받아 조직을 완전히 장악하고 사업을 정상궤도에 올릴 수 있길 바랐다.

토니는 전임 보스를 떠나보내고 로보가 사무실로 사용했던 호텔 방으로 돌아왔다. 리버티가 제 자리인 양 로보의 의자에 편안히 몸을 파묻고 책상 위에 두 발을 떡하니 올려둔 채 시가를 피워 대고 있었다.

"어이, 토니!" 리버티가 토니를 맞이했다. 마치 아랫사람을 대하는 것 같은 여유로운 태도에 토니는 짜증이 났다.

"다른 의자에 앉으시죠." 토니가 싸늘하게 대꾸했다.

"내 자리입니다."

"오, 그렇지." 리버티가 자리를 옮겨 앉으며 본론을 꺼냈다. "앞으로 조직을 함께 꾸려나가야 할 처지 아닌가. 대화나 좀 나누려고 왔지."

"뭐 대화할 거리나 있겠습니까." 토니가 냉정하게 말을 자르더니 책상에 놓여 있던 서류 몇 장을 가볍게 훑어봤다.

선을 넘지 말라는 신호였다.

"아직 구체적인 계획은 없습니다. 일이 생기거든 불러서 지시를 내릴 테니 기다리고 계시죠."

두 남자는 한참 동안 서로를 노려봤다. 토니는 코트 안주머니에 오른손을 찔러 넣고 리버티가 불만을 표시하길 기다렸다. 건수만 있으면 지금 당장 목숨을 끊어 놓을 생각이었다.

불행인지 다행인지 리버티는 순순히 물러났다. 야비한 두 눈동자가 뱀처럼 가늘어졌다. 추악한 입매가 불쾌감에 비틀렸지만, 곧 억지로 표정을 풀고 웃음을 지어 보였다.

"알겠네." 리버티가 대답했다. "보스의 말에 따라야지."

리버티는 모자를 집어 들고 사무실 밖으로 나갔다. 토니가 첫 번째 힘겨루기에서 승리를 거뒀다.

토니는 이게 끝이 아니라는 것을 본능적으로 알고 있었다.

갈등은 미뤄졌을 뿐 사라지지 않았다.

토니는 머릿속으로 앞으로의 계획을 세우고 서류를 정리하느라 며칠 동안 밤낮 가리지 않고 바쁘게 일했다. 최근 들어 조직의 실적이 저조해졌다. 효율도 떨어지고 수입도 줄었다. 그간 로보가 유혈사태를 피한 탓이었다. 처리할 일이 많았다. 먼저 조직원에게 자긍심과 자신감을 심어주기로 했다.

적과 전투 두어 번만 승리하면 사기는 저절로 올라간다.

상대측에서 몇 명 정도 죽어 주면 더할 나위 없겠지만 피 맛만 보여줘도 충분할 것이다. 군기부터 제대로 잡혀야 돈을 벌 수 있다. 토니는 두 달 안에 지금까지 로보가 벌어들인 돈보다 더 큰 수익을 낼 생각이었다.

밤늦은 시각 알이라는 조직원이 방문객이 있다고 보고를 올렸다. 조그마한 쥐같이 생긴 알은 토니 밑에서 사무실 문지기 겸 경호원으로 일했다.

"플라나간이 찾아왔습니다." 알이 방문객의 신원을 밝혔다.

책상 앞에 앉아 있던 토니가 재빨리 고개를 들어 알을 쳐다봤다.

"누구라고?" 토니가 되물었다.

"경찰서장입니다."

즐겁다는 듯 토니의 입매가 비열하게 틀어졌다. 플라나간이 찾아왔다고?

토니는 나이트클럽에서 남의 여자를 희롱했다가 한 대 맞았다는 이유로 끈질기게 자신을 괴롭혀 결국 도시 밖으로 쫓아내 버린 남자를 똑똑히 기억하고 있었다.

토니는 언제든 방아쇠를 당길 수 있도록 서랍에서 투박한 권총을 꺼내 책상 위에 올려두고 알에게 명령했다.

“안으로 모시지!”

토니의 음산한 목소리에 분노가 묻어났다.

Scene #11

플라나간 경찰서장이 사무실 문을 열고 들어왔다.

새로 부임한 보스가 자신을 반길 것이라곤 기대하지 않았다. 그는 경찰서장이라는 특수한 지위가 상대에게 어떤 압박을 가하는지 잘 알고 있었던 만큼 오만하고 자신만만한 태도를 잃지 않았다.

토니는 자리에 앉아 오른손으로 책상 위에 올려둔 권총을 가볍게 쓰다듬으며 경찰서장을 맞이했다. 느긋한 척 의자에 몸을 기대고 있었지만, 플라나간의 얼굴을 보는 순간 분노가 치밀었다. 과연 플라나간이 자신을 알아볼지 궁금했다.

플라나간은 토니를 알아보지 못했다. 삼 년 전 나이트클럽에서 멱살잡이를 했다가 내쫓기듯 도시를 떠난 소년이 왼쪽 빰에 커다란 흉터를 새기고 돌아와 거대한 조직을 지휘한다고는 상상조차 못 하는 눈치였다. 아니, 애초에 새파랗게 어린 애송이와 빚었던 갈등 자체를 까맣게 잊은 듯했다.

플라나간은 양쪽 손을 호주머니에 쑤셔 넣고 단단한 두 다리를 넓게 벌리고 서 있었다. 잔혹함이 감도는 회색 눈동자가 로보 조직의 새로운 보스를 가만히 내려다봤다.

"조니 로보는 어디 있지?" 플라나간이 물었다.

"자리를 비우셨소." 토니는 감정이 조금도 느껴지지 않는 차가운 목소리로 대답했다.

"누가 그걸 몰라서 묻나?" 플라나간이 입매를 사납게 비틀며 으르렁댔다. "누굴 병신 취급하려고. 어디 갔는지 당장 불어!"

"도시를 떠나셨습니다. 당분간 돌아오지 않을 거요."

플라나간이 코웃음을 쳤다. "헛소리하지 마. 난 로보한테 매달 받아야 할 게 있다고."

"아! 그렇지. 잠시만 기다리시오."

토니는 책상 서랍을 열고 상납 목록을 기록해 둔 작은 수첩을 꺼냈다. 수첩에는 로보 조직에서 뒷돈을 받는 공무원의 이름과 계급, 매달 지급하기로 약속한 액수가 적혀 있었다. 토니는 알파벳순으로 깔끔하게 정리된 목록을 재빨리 훑어봤다.

그간 로보는 조직의 평화와 번영을 위해 매달 경찰서장에게 오천 달러씩 바치고 있었다.

토니는 수첩을 다시 서랍에 넣었다. 그리고 두툼한 돈뭉치를 꺼내 경멸스럽다는 듯 책상 위에 던졌다.

"여기 있소. 당연히 돈값은 제대로 해 주시겠지."

"그동안 내 덕분에 편하게 살아놓고 이제 와서 건방지게 그딴 소리를 한다고?" 플라나간이 돈을 주머니에 대충 구겨 넣으며 윽박질렀다. "거슬리게 하지 마. 내가 마음만 먹으면 이깟 소꿉놀이는 끝이야!"

"그러시겠지." 토니가 조용히 대꾸했다. "그런데 우리 애들도 가만히 당하고만 있지는 않을 텐데."

"무슨 뜻이지?"

"아무것도." 토니는 플라나간에게 보낸 은밀한 경고가 제대로 먹혔음을 깨달았다. "그래, 플라나간 서장님. 이쯤이면 볼일은 다 끝난 것 같으니 통성명이나 합시다. 토니 카몬테요. 로보 조직의 새 보스입니다."

"당신이 새 보스라고?"

"그렇소." 토니가 근엄하게 대답했다. "조니 로보는 어제 휴가를 떠났소. 언제 돌아올지 모릅니다. 아마 돌아오지 않을 거요. 돈이라면 충분히 벌었으니 이제 이쪽 일에서는 손을 떼고 싶다더군. 아예 조직을 떠난 건 아닙니다. 어쨌든 중요한 결정은 나한테 일임하기로 했소."

"다른 조직원이 가만있지 않을 텐데. 자네 능력을 의심할 걸세.”

“아마도…, 한 명쯤은 그럴 수도 있겠죠.” 토니는 권총을 만지작대며 의미심장한 눈빛으로 플라나간을 올려다봤다.

“아무튼!” 플라나간이 말을 계속했다. “놀라운 소식이군.

요즘 들어 조니 로보가 딴 데 정신이 팔린 것 같긴 했어.

한동안 잠잠하다 싶었더니 속셈이 있었군.”

“잠잠해도 지나치게 잠잠했지.” 토니가 동의했다. 조직에 활기를 불어넣을 생각에 두 눈이 번뜩였다. “이제부터는 얘기가 달라질 거요. 내가 그렇게 만들 거니까.”

“다른 조직에서 들으면 꽤 흥미로워하겠는데.”

“굳이 나서서 알릴 생각은 없소. 시간이 지나면 저절로 소문이 퍼지겠지. 일부러 소식을 흘리거나 신문에 기사를 낼 필요는 없지 않겠습니까? 오늘은 그냥 급하게 서장님의 도움이 필요할 경우를 대비해서 내 소개를 하려는 것뿐이오.”

토니는 사무실을 나서는 플라나간의 널찍한 등을 바라보며 비웃었다. 플라나간은 합법과 불법의 경계에 아슬아슬하게 서서 양쪽의 단물을 빨아 먹는 인간의 표본이나 마찬가지였다.

이익을 얻을 수만 있다면 경찰로서 의무고 윤리의식이고 중요하지 않았다. 결국 플라나간의 목적은 하나뿐이었다.

돈이 된다면 법이야 어떻게 되든 상관없었다. 조직을 소탕하는 것보다 조직에 협조하는 편이 훨씬 유리했다.

결국 경찰도 인간이었다. 일 년에 고작 오만 달러도 안 되는 쥐꼬리만 한 돈을 쥐여 주고는 범죄자를 소탕하고 법을 수호하라니…, 슬쩍 눈만 감아 주면 아무것도 안 하고 몇만 달러를 벌 수 있는데 어떤 멍청이가 위험을 무릅쓰고 어둠의 세계에 맞서 싸운단 말인가.

토니가 플라나간을 비롯한 경찰의 생리를 고민하고 있을 때 누군가 노크를 했다.

"들어와." 토니는 혹시 모를 상황을 대비해 문을 향해 총구를 겨누고 손님이 들어오길 기다렸다.

문이 열리고 쥐처럼 생긴 문지기 알이 사무실로 들어왔다.

토니는 긴장을 풀고 총을 내려놨다.

"방금 아래층 담배 가게에 전화가 한 통 들어왔습니다."

알이 보고했다. "배달 트럭을 운전하던 찰리 마르티노가 습격을 당해 총에 맞았다고 합니다. 지금 메이우드 정비소에 있답니다. 여기 주소를 받아 놨습니다. 당장 의사를 보내지 않으면 목숨을 구하기 힘들 거라고 들었습니다."

"왜 사무실에 바로 연락하지 않고 담배 가게로 전화를 걸었지?" 토니가 의심을 거두지 못하고 질문했다.

"외부인한테 사무실 번호를 알려서는 안 된다고 생각한 것 같습니다. 마르티노는 믿을 만한 녀석입니다. 실력도 꽤 괜찮고요." 알이 간곡히 부탁했다. "제가 보증합니다."

“그렇다면 당연히 사람을 보내야지. 하지만…, 노스사이드 갱에서 나를 노리고 자작극을 벌였을 확률도 무시하면 안 돼. 제대로 확인해 보고 행동에 옮기자고.”

토니는 알에게 보고를 받은 지 5분도 안 돼 그날 밤 마르티노의 동선과 지난 행적을 확인할 수 있었다. 로보 조직이 얼마나 체계적으로 운영되는지 새삼 놀라웠다. 마르티노는 2년 전 조직에 합류해 누구보다 충성스럽고 성실하게 의무를 이행해 왔다. 흠잡을 구석이 없었다.

그날 저녁 마르티노는 멜로즈 공원에서 양주를 트럭에 실어 시세로 본부 근처의 창고로 옮기는 일을 맡기로 돼 있었다.

여담이지만 멜로즈 공원 근방에 거주하는 이탈리아 이민자 중 집에 불법 증류기가 없는 사람을 찾기가 어려웠다. 그들은 ‘취미 삼아’ 빚은 술을 조직에 팔아 부수입을 올렸다.

멜로즈 공원 측에서는 마르티노가 제시간에 트럭에 술을 실어 창고로 향했다고 증언했다. 반면 창고 측에서는 마르티노가 도착할 시간이 한참 지났는데도 소식이 없다고 했다.

아무래도 술을 운반하던 중 습격을 당했다는 소식이 사실인 듯했다.

“조직원 6명이나 7명쯤 데리고 단단히 무장해서 그 정비소로 간다. 두 대로 나눠서 움직일 거니까 준비하도록.”

토니가 명령했다.

식사를 주문하는 듯 목소리는 차분하기 그지없었지만, 검은 두 눈이 흥분으로 반짝였다. "내가 직접 가서 확인해야겠어."

토니의 지시에 따라 알은 서둘러 조직원들이 대기실로 사용하는 담배 가게로 내려갔다. 토니는 믿을 만한 의사에게 전화를 걸었다. 돈만 넉넉히 쥐여 주면 절차는 무시하고 기꺼이 총상을 치료해 줄 위인이었다.

혹시라도 조직 사이에 일어난 총격전이 경찰 귀에 들어가 귀찮은 일이 생길까 걱정할 필요도 없었다. 토니는 의사에게 정비소 주소를 전달하고 최대한 빨리 치료하라고 명령했다.

그리고 권총을 챙겨 아래층으로 향했다.

커튼으로 내부를 가린 커다란 자동차 두 대가 본부로 사용하는 호텔 뒤편 어두운 골목 어귀에서 대기했다. 초조한 듯 자동차 근처를 서성이는 조직원이 보였다. 근처에 다가가자 금속이 부딪치는 소리가 들렸다. 조직원들이 충돌을 대비해 기관총에 총알을 장전하고 있었다.

"준비됐나?" 토니는 마지막으로 무장 상태를 확인하고 출동 명령을 내렸다. "좋아! 출발한다!"

토니는 자동차 뒷자리에 자리를 잡았다. 조직원이 토니의 양옆과 앞자리에 앉았다. 예기치 못한 공격이 일어났을 때 보스를 보호하도록 인간 방어막을 형성했다. 나머지 조직원은 다른 차에 탔다.

솜씨 좋은 총잡이를 가득 실은 자동차 두 대가 굉음을 내며 도로를 가로질렀다. 충성스러운 조직원의 목숨을 구하게 될지 건방진 경쟁자의 목숨을 빼앗게 될지 알 수 없었다.

평화롭게 넘어가는 것도 나쁘지 않겠지만 토니는 내심 피 맛을 볼 수 있길 기대했다.

토니의 왼편에 기관총 두 대가 놓여 있었다. 토니는 손을 뻗어 기관총 하나를 잡아 투박한 총구를 무릎 위에 올려놓으며 이야기했다.

"직접 운전대를 잡아야만 마음이 편한 사람이 있지."

토니는 씩 웃으며 기관총을 쓰다듬었다. "나는 직접 총을 잡아야 마음이 편하더라고."

정비소에서 한 블록 떨어진 곳에 차를 세우고 시동을 껐다. 토니와 조직원은 그대로 차에 앉아 조심스럽게 주변을 살펴봤다. 의심스러운 움직임은 포착되지 않았다. 살상 무기를 가득 실은 자동차 두 대가 다시 굉음을 내며 목적지로 향했다. 마침내 정비소에 도착했다.

기름때가 시커멓게 묻은 정비복을 입은 남자가 옷자락에 손을 닦으며 밖으로 나왔다. 토니는 창문을 열고 남자에게 말을 걸었다.

"친구가 다쳤다고 해서 데리러 왔는데. 어디로 가면 되겠소?" 토니가 무뚝뚝하게 물었다.

"일단 사무실에 눕혀뒀습니다. 조금 전 의사가 도착해서 상처를 살피고 있습니다."

남자는 더러운 손으로 옆에 주차된 작은 승용차를 가리켰다. 토니가 호출한 의사의 차였다. 토니는 기관총을 들고 차에서 내렸다. 정비공을 따라 기름으로 얼룩덜룩한 정비소를 지나 사무실로 가는 내내 토니는 사방을 날카롭게 살폈다.

코트 안에 깊숙이 찔러 넣은 오른손이 언제든 기관총 방아쇠를 당길 준비가 돼 있었다. 뒤따라오는 조직원 또한 토니와 똑같이 주변을 경계하고 있었다. 조금이라도 의심스러운 움직임이 보인다면 상상도 못 할 만큼의 총알 세례가 토니를 엄호할 것이다.

정비공이 사무실이라고 한 곳은 칸막이를 세워 임시로 분리해 둔 공간이나 마찬가지였다. 토니는 좁고 허름한 사무실로 비집고 들어갔다. 상처를 살피던 의사가 고개를 들고 토니를 올려다봤다.

의사는 키가 작고 마른 남자로 창백한 안색과 눈매가 신경질적인 인상을 줬지만, 실력만은 쓸 만했다. 의사의 손에 목숨을 구한 수많은 갱스터가 이를 증명했다.

"부상이 꽤 심각합니다."

의사가 쓰러져 있는 조직원을 가리켰다. 술을 배달하던 중 습격을 당한 마르티노는 천으로 만든 간이침대에 축 늘어져 눈을 감고 힘겹게 숨을 쉬고 있었다.

"가슴에 총알을 두 방이나 맞았습니다. 출혈이 너무 심해요. 여기서는 치료가 힘들 것 같습니다. 안전한 장소로 옮기시죠."

"이동은 가능한가?" 토니가 물었다.

"예. 모르핀을 투여하겠습니다."

의사는 모르핀이 든 주사기를 꺼내더니 주저 없이 마르티노의 손목에 주삿바늘을 꽂고 약물을 주입했다. 몇 분 뒤 이제 막 어린 티를 벗은 조직원이 눈을 떴다.

토니는 마르티노 곁으로 다가갔다.

"아직 말을 하긴 힘들 겁니다." 의사가 주의를 시켰다.

토니는 부상을 입은 수하의 손을 잡았다. 두 사람의 시선이 마주쳤다. 이내 자신의 손을 맞잡은 인물을 알아본 소년의 눈에 반가움이 서렸다.

"노스사이드 갱 짓이었나?" 토니가 거칠게 질문했다.

"브루노 밑에 있던 놈들?"

마르티노는 어떻게든 대답을 하려고 애썼지만, 가슴에 뚫린 구멍 때문에 목소리가 나오지 않았다. 어쩔 수 없이 고개를 끄덕여 의사를 표현했다.

"알겠네. 곧 그놈들의 시체를 자네 눈앞에 대령하도록 하지." 토니는 무뚝뚝하게 복수를 약속하며 마르티노의 손을 한 번 꽉 쥐었다 놨다.

어둠의 세계에 속한 이들의 살벌한 대화를 엿들은 정비공의 눈이 휘둥그레졌다.

토니의 눈짓 한 번에 정비공은 마르티노를 정비소에 데려오기까지 이야기를 술술 털어놨다. 배수로에 빠진 차를 꺼내고 돌아오는 길에 한적한 도로에 소년이 심각한 상처를 입고 쓰러져 있기에 차에 실어 정비소로 데려왔다고 했다. 소년은 번호를 알려주며 전화를 걸어달라고 간청했고, 어떻게든 도와야겠다는 생각에 전화를 걸었다.

“그렇게 된 일입니다, 선생님. 제가 뭘 알겠습니까마는 괜히 신고니 뭐니 시끄럽게 굴면 안 될 것 같아서 부탁대로 전화나 걸었습니다.” 정비공이 말을 마쳤다.

“현명하군.” 토니가 정비공에게 백 달러짜리 지폐 한 장을 건네며 슬쩍 운을 띄웠다. “기억력은 좋은 편인가?”

“오늘 아침으로 뭘 먹었는지도 기억이 안 나는데요.”

정비공이 천연덕스럽게 대답했다. “집에 전화를 걸 때마다 수첩에 적어 놓은 번호를 확인해야 할 정도로 제가 깜빡깜빡합니다.”

토니가 씩 웃으며 정비공의 등을 가볍게 두드렸다. 돈과 권력을 지닌 자와 그렇지 못한 자의 이해관계가 깔끔하게 맞아떨어졌다.

토니는 마르티노를 데리고 조직이 본부로 사용하는 호텔로 돌아왔다. 의사는 어린 조직원의 목숨을 구하기 위해 온갖 처치를 시도했다. 토니는 리버티를 올려보내라는 명령을 내리고 사무실로 들어갔다.

로보는 토니의 오른팔로 리버티를 지목했지만 도무지 믿을 수가 없는 사내였다. 토니는 리버티가 언제든 뒤통수를 칠 수 있을 것으로 생각했다. 마침 적당한 사건도 터졌으니 리버티가 충성심과 능력을 증명할 수 있는 임무를 하나 맡겨 보기로 했다.

Scene #12

스티브 리버티가 부루퉁한 표정으로 사무실에 들어왔다. 리버티는 아직까지도 스웨터에 체크무늬 모자를 갖춰 쓰고 다녔다. 시대의 흐름을 읽지 못한 탓이다. 현대적인 감각이나 사업가다운 세련된 태도도 갖추지 못했다. 비싼 옷을 입고 고급 승용차를 몰았지만, 옛날 버릇을 못 버리고 길거리 양아치처럼 껄렁대며 상스러운 말을 툭툭 뱉어댔다.

"노스사이드 놈들이 다시 움직이기 시작했소." 토니가 바로 본론으로 들어갔다. "오늘 저녁 공원에서 창고로 술을 운반하던 트럭을 습격해서 조직원 가슴에 총알을 두 발이나 박아 놨더군. 방금 밑에 애들 몇 명 끌고 나갔다 호텔로 데리고 와서 복도에 눕혀 뒀소. 지금 의사가 어떻게든 목숨을 붙여 놓겠다고 난리를 치고 있는데 어떻게 될지는 잘 모르겠군. 메이우드랑 멜로즈 공원 사이에서 일이 터졌소. 겁대가리를 상실했는지 우리 쪽 구역에서 사고를 쳤어. 두 번 다시 이런 일이 없도록 싹을 뽑아 버릴 생각이오."

"막을 수 있을 것 같나?" 리버티가 고개를 한쪽으로 기울이고 담배 연기를 길게 뿜으며 침착하게 반문했다.

"어떻게든 막아야지." 토니가 책상에 주먹을 내리치며 으르렁댔다. "필요하다면 한 명도 남겨놓지 않고 죄다 멱을 따 버릴 예정이오. 요즘 들어 우리가 너무 몸을 사린 탓이지.

이 새끼들이 봐주니까 끝을 모르고 기어오르네. 로보는 제리 호프먼만 뒈지면 노스사이드 갱이 무너질 거라 그랬지.

그런데 보시오. 브루노라는 인간이 떡하니 호프먼의 자리를 차지하고 조직을 쥐락펴락하고 있다고. 요즘 타미 마르틴 이후 최고의 보스라는 평가도 들리더군. 차라리 제리 호프먼이 나을 뻔했소. 저쪽에서 먼저 시비를 걸어 왔으니 우리도 가만히 당하고만 있을 수는 없지. 전쟁을 준비해야겠소.

리버티, 당신도 알다시피 마르티노 같은 잔챙이 한 명 어떻게 된다고 조직이 망하지는 않잖소. 돈만 쥐여 주면 트럭 운전하겠다고 나설 놈들이 수두룩하다고. 조직을 무너뜨리려면 보스를 잡아야지. 대가리를 쳐야 된다 이 말이야. 우리가 아는 걸 그쪽이라고 모를까? 모사꾼 브루노가 누굴 노리겠소. 조만간 내 가슴에 총알을 박으려 들겠지. 당신도 그렇게 안전하지는 않을 거 같고. 그래서 당하기 전에 먼저 치는 게 현명할 것 같다고 결론을 내렸소. 리버티 당신이 그 일을 맡아 줬으면 하는데…"

리버티가 뻣뻣하게 굳었다. 못생긴 얼굴이 분노로 일그러졌다. "왜 하필 나지?"

"일을 제대로 처리해 줄 믿을 만한 사람이 필요하니깐."

"왜 직접 처리하지 않고?"

토니는 분노에 찬 눈으로 한참 동안 리버티를 쏘아보다가 겨우 화를 억누르고 입을 열었다.

"내가 그런 것까지 일일이 설명해야 하나? 뭔가 착각하고 있나 본데, 이 조직의 우두머리는 나요. 내가 위에서 명령을 내리면 당신은 그냥 거기에 따르면 된다고."

리버티가 실소를 터뜨렸다. 토니의 두 눈이 분노로 불타올랐다.

"내가 브루노 하나 처리 못 할 것 같나?" 토니가 사납게 소리를 질렀다. "이틀 안에 목을 따 버릴 수 있어. 지금도 손이 근질근질하다고. 필요하다면 언제든 직접 나설 예정이야.

그런데 보스라는 인간이 조직 운영은 뒷전이고 총질이나 하면서 싸돌아다니면 조직이 잘도 돌아가겠군. 나는 내 자리에서 내가 할 일을 하는 것뿐이야. 마찬가지로 내가 못 하는 일은 다른 사람한테도 안 시켜. 난 제리 호프먼 말고도 여럿을 골로 보냈어. 능력이라면 차고 넘치게 증명했지.

그런데 당신이 솜씨를 발휘했다는 이야기는 한 번도 들어본 적이 없군. 생각해서 챙겨주는 거니까 이번 기회에 실력을 보여주라고."

적나라한 비난에 견잡을 수 없는 분노에 휩싸인 리버티는 거친 숨을 몰아쉬었다. 당장이라도 총을 뽑아 들 태세였다.

토니는 리버티가 총을 겨누길 바랐다. 걸리적거리는 인간을 직접 치워버릴 구실이 필요했다.

리버티가 애써 마음을 가다듬고 윽박질렀다. "이 조직이 다 네 것 같나? 로보가 네놈한테 조직을 맡기긴 했지만 이렇게 혼자 멋대로 날뛰길 바란 적은 없어. 나랑 둘이 같이 조직을 운영하라고 이야기했던 걸로 기억하는데."

"그랬지…" 토니가 조용히 대답했다. "하지만 당신한테 직접 브루노를 죽이라고 한 게 아니잖아? 그냥 일을 처리하라고만 했지. 언제 어디서 어떻게 할 건지 계획을 짜고 실행하라는 거지. 직접 나서도 좋고 자신 없으면 밑에 애들 시켜도 상관없고. 어떻게든 브루노의 명줄을 끊어 놓기만 하라고."

"싫다면 어쩔 거지?" 리버티가 삐딱하게 물었다.

"조직을 떠나야지." 토니가 냉정하게 답했다.

"조니 로보가 남긴 명령은 어쩌고?"

"이제 와서 그게 다 무슨 소용인가. 내가 뭣 하러 복종하지 않고 뻗대는 인간을 조직에 남겨두겠나? 트럭 운전수나 당신이나 나한테는 다 마찬가지야. 내 밑에서 일하기 싫으면 조직을 떠나라고!"

토니는 주머니에서 묵직한 권총을 꺼내더니 책상 위에 던지듯 내려놨다. 리버티는 잠시 권총을 내려 보다 토니에게 시선을 돌렸다. 그리고 다시 눈을 내리깔고 자리에서 일어났다.

"알겠네. 브루노는 내가 처리하지." 마침내 리버티는 토니의 명령을 받아들이고 사무실 밖으로 나갔다.

토니는 리버티의 뒷모습을 보며 의기양양하게 웃었다. 리버티와 두 번째 기 싸움에서도 승리했다. 리버티를 잘 길들이면 꽤 쓸 만한 수하로 삼을 수도 있을 것이다. 앞으로 리버티가 어떻게 나올지는 모르지만 한 가지만은 확실했다. 토니는 리버티를 이기고 자신의 의견을 관철시켰다.

토니는 한동안 자리에 앉아 담배를 피우며 머릿속에서 상황을 정리했다. 아무래도 모사꾼 브루노가 이름값을 제대로 하는 것 같다. 골치 아픈 상대였다. 게다가 브루노가 몸담은 노스사이드 갱은 미국 전역에서 유명할 만큼 영향력이 컸다. 지금까지 보여준 행동을 분석해 봤을 때 노스사이드 갱은 로보 갱만큼 치밀하고 무자비한 게 분명했다.

토니는 로보에게 물려받은 조직을 키워 도시 전체를 자신의 발밑에 두겠다는 야심 찬 계획을 세웠다. 공교롭게도 브루노 또한 같은 계획을 세우고 있는 듯했다.

얼마 전 토니는 노스사이드 갱을 비롯하여 도시 북쪽을 본거지로 활동하는 대형 갱단 세 군데가 연합해서 도시 전체로 활동 영역을 확장하려 한다는 소문을 들었다. 이는 이익을 확보하기 위해 영역 다툼을 벌이던 갱단 세 개가 힘을 합쳐 도시의 주도권을 잡겠다는 선언이나 다름없었다.

곧 도시에 피비린내 나는 치열한 전투가 시작될 것이다.

가장 영리한 보스를 지닌 조직, 가장 실력이 뛰어난 조직원을 지닌 조직이 모든 이익을 가져간다. 토니는 살이 터지고 피가 튀기는 전쟁이 터지기만을 기다리고 있었다.

생각 정리를 마친 토니는 책상 밑에 달린 버튼을 눌러 알을 호출했다. 자그맣고 말라 쥐를 떠올리게 하는 조직원이 문을 열고 들어왔다.

"맡길 일이 하나 있어." 토니가 명령했다. "지금 당장 아래층에 가서 쓸 만한 놈이 있나 확인해보고 올라오도록."

채 오 분이 안 돼 알이 아래층 담배 가게에서 대기 중인 조직원 목록을 들고 돌아왔다. 토니는 잠시 목록을 훑어봤다.

"리날도를 데리고 와." 마침내 토니가 한 사람을 지목했다.

마이크 리날도는 키가 크고 날씬한 젊은 사내였다. 가무잡잡하게 그을린 피부에 유행하는 옷을 차려입은 리날도는 세련된 느낌을 줬다. 비싼 정장을 입혀 두면 특급호텔 로비에서 외국 귀족으로 오해할 정도로 우아한 외모를 가지고 있었다. 리날도는 로보 갱에서 가장 솜씨 좋은 총잡이 중 하나였다. 지금껏 토니는 총 꽤나 쏜다고 하는 인간들을 수없이 만나 봤지만, 리날도만큼 위협적이고 영리한 자는 찾기 어려웠다.

"리날도, 앉게." 토니가 권유했다. "일을 하나 맡아 줬으면 하네."

리날도는 바지에 주름이 잡히지 않도록 조심스럽게 옷매무새를 가다듬으며 자리에 앉았다. 필터 부분이 코르크로 된 시가를 입에 물고 진주로 장식된 은 라이터로 불을 붙였다. 리날도는 기대에 찬 표정으로 토니를 바라봤다.

"노스사이드 갱에 아는 놈들 있나?" 토니가 물었다.

"얼굴만 아는 놈이 몇 명 있습니다." 리날도가 조심스럽게 대답했다. 예상치 못한 질문에 리날도의 눈동자가 의심스럽게 가늘어졌다.

"한 놈 만나 봤으면 하는데. 자네가 가서 하나 잡아 와."

"무슨, 말씀이신지…"

"브루노 밑에서 일하는 놈을 하나 만났으면 해. 계급이 높을수록 좋지만 그건 일단 놔두고. 무슨 방법을 쓰든 상관없네. 목숨만 붙어 있으면 아무래도 좋아. 노스사이드 쪽 사업 비밀을 좀 파헤쳐 볼까 하는데."

"보스, 데려와 봤자 아무도 입을 열지 않을 겁니다."

"잘도 입을 다물고 있겠군." 토니가 비웃었다.

"지하실에 들어가 본 적 있나?"

"없습니다만…" 리날도가 대답했다. 안색이 급격히 창백해졌다. "들어 본 적은 있습니다."

"자네는 데려오기만 하게. 내가 입을 열게 할 테니." 토니가 잔인하게 웃으며 이야기했다. "말을 안 하고는 못 배길 거야. 괜찮은 정보원을 데리고 오면 내 자네한테 큰 거 한 장 주도록 하지."

리날도는 눈을 반짝이며 사무실을 나섰다. 한 번에 만 달러를 벌 만한 기회는 드물었다.

어느덧 새벽 한 시였다. 사무실에 남아서 처리해야 할 만큼 중요한 일은 없었다. 토니는 그만 정리하고 퇴근하기로 했다.

어둠의 세계에서 '건레이디'로 유명세를 떨치고 있는 아리따운 여인이 토니의 귀가를 기다리고 있었다. 한 달간의 동거를 위해 빌린 값비싼 아파트의 거실에 앉은 제인은 수수한 차림에도 눈부시게 아름다웠다.

불타는 듯 화려한 주황색 레이스 슬립 아래 아슬아슬하게 드러난 곡선이 위험한 매력을 뿜어냈다. 토니는 당장이라도 달려들고 싶은 충동을 꾹 누르고 제인에게 다가갔다.

무릎 위에 잡지를 펼쳐 놓고 앉은 제인의 눈가가 조금 전까지 울고 있던 것처럼 붉게 짓물러 있었다.

"왜 그래, 자기?" 토니는 제인에게 키스하고 부드럽게 말을 걸었다. "벌써 불행한 건 아니지?"

제인은 고개를 저었다.

"그냥 갑자기 이런 생각이 들어서요. 토니, 당신은 몸을 더 사려야 해요. 지금보다 훨씬 더요. 조니 로보가 떠나고 당신이 이제 조직의 보스 자리에 앉았으니 다들 당신을 제거하려 들 거예요. 어딜 가든 경호원을 대동하세요. 꼭이요."

"그래, 자기 말이 맞아. 내일 바로 경호원을 알아보도록 하지."

"경호원이 있어도 무기는 꼭 챙기고요. 지금보다 훨씬 단단히 무장하고 다녀야 해요."

"알겠어. 자기가 이렇게까지 말하는데 들어야지. 내일 밤에는 총을 들고 퇴근하지. 우리가 여기서 지내는 걸 아는 사람은 없지만, 어떻게 알아낸다고 해도 이런 고급 아파트에서 난동 부리는 건 불가능해."

"모르는 일이죠. 분위기가 심상치 않아요. 피바람이 불 거예요."

"많이 걱정돼? 혹시 겁먹은 건가?"

"겨우 이딴 걸로 겁을 먹다니요?" 제인이 파르르 떨며 화를 냈다. "내가 겁쟁이로 보여요? 내가 어떤 사람인지는 충분히 증명한 것 같은데요. 난 굳이 어리석게 위험을 감수할 필요가 없다는 말을 하고 싶은 거라고요."

제인은 자리에서 벌떡 일어나더니 토니의 팔에 손을 얹고 애원하듯 말했다. "토니, 자꾸만 나쁜 생각이 들어요. 당신한테 무슨 일이 생긴다면 나 자신을 용서할 수 없을 거예요."

토니는 제인의 말이 이상하다고 생각했지만, 성격이 워낙 과묵하고 무뚝뚝한 탓에 따로 의미를 캐묻지는 않았다.

마치 수수께끼 같았다. 그리고 얼마 안 돼 토니는 훨씬 더 큰 수수께끼를 마주하게 됐다.

Scene #13

다음 날 아침 토니는 조간신문에 대문짝만하게 난 기사를 보고 분노를 주체할 수 없었다. '도망친 보스'라는 머리기사가 일면을 장식하고 있었다.

기사에는 조니 로보가 도시를 떠나고 토니 카몬테라는 어리고 미숙한 갱스터가 조직을 이어받았다는 내용이 실렸다.

모든 신문이 플라나간 경찰서장의 인터뷰를 다뤘다. 플라나간은 로보의 잠적을 자신의 업적으로 돌렸다.

인터뷰에 따르면 로보 조직은 경찰의 집요한 추적을 견디지 못하고 와해되고 있으며, 머지않은 미래에 완벽히 사라질 예정이라고 했다. 플라나간은 경찰이 조직폭력배 소탕을 위해 최선을 다하고 있으며 결국에는 정의가 승리할 것이라는 입에 발린 말을 잘도 지껄여댔다. 시민의 안전이 무엇보다 중요하다니. 뒷돈이나 받아 처먹는 인간이 할 말은 아니었다.

플라나간은 지난 몇 년 동안 경찰이 고수해 온 입장을 다시 한번 강조하며 무의미한 인터뷰를 마무리했다. 어디서 정보가 흘러 들어갔는지 안 봐도 뻔했다. 플라나간은 손가락 하나 깜짝 않고 공을 세울 수 있는 유혹을 그냥 넘길 리 없는 인간이었다.

"이 개새끼가…" 토니의 꽉 깨문 잇새로 섬뜩한 목소리가 흘러나왔다. "내가 꼭 죽이고 만다."

토니는 본부로 차를 몰고 가는 동안 몇 번이나 사고를 낼 뻔했다. 조금이라도 신경에 거슬리면 창문을 내리고 무시무시한 욕설을 쏟아냈다. 사무실에 도착할 때쯤 냉정을 되찾았지만, 조용히 가라앉은 분노가 훨씬 위험했다. 토니는 지금까지 단 한 번도 배신자를 용서한 적이 없었다.

"지검장이 한 시간 동안 오 분 간격으로 전화를 걸었습니다." 쥐처럼 생긴 문지기 알이 보고했다. "출근하시자마자 전화하겠다고 얘기해놨습니다. 뭔가 단단히 수가 틀린 것 같은 목소리였습니다."

"엿이나 먹으라고 해!" 토니가 소리를 질렀다. "나한테 할 말이 있거든 직접 찾아오라고 해! 매달 돈을 그만큼이나 받아 처먹었으면 양심적으로 신경 쓰는 척이라도 해야지."

"보스, 조심하셔야 합니다." 알이 경고했다. "다른 조직 우두머리보다도 위험한 놈입니다. 쥐도 새도 모르게 끌려가서 제거당한 게 한둘이 아닙니다."

토니는 잠시 고민하다 나지막이 욕을 읊조리며 수화기를 집어 들고 지검장 사무실 번호를 눌렀다. 조금 뒤 통화 연결음이 끊기고 오래전에 로보와 함께 만났던 지검장의 걸걸한 목소리가 흘러나왔다.

"토니 카몬테!" 지검장이 무뚝뚝하게 말을 꺼냈다. "나 크라우더네. 신문에 보니까 로보가 도시를 떴다고 하던데."

"예."

"그래서 자네가 로보 자리를 이어받았고?"

"그렇습니다."

"로보랑 약속해 둔 내용이 있는데…, 혹시 전달받았나?"

"예. 액수와 내역을 기록해 둔 명단을 넘겨받았습니다. 앞으로는 제가 알아서 잘 챙겨드리겠습니다."

"전화로 쓸데없는 말 하지 마!" 지검장이 날카롭게 받아쳤다. 목소리에 초조함이 묻어났다. "그래. 별일은 없고?"

"별일은요. 너무 조용해서 탈입니다."

"무슨 짓을 하든 신문에 실리지만 않으면 상관없네."

"그거야 어렵지 않죠. 애들 입단속은 철저히 하고 있습니다."

"알겠네. 그럼 내일 오후에 모런을 보내도록 하지."

전화를 끊은 토니의 입에 비열한 미소가 걸렸다.

로보가 없으니 돈을 못 받을까 걱정하는 꼴이 우스웠다.

다음 날 오후 토니의 사무실에 보내겠다는 모런이라는 남자는 크라우더의 비서로 부임한 지 얼마 안 된 젊은 검사였는데 유능하다고 소문이 자자했다. 그래봤자 당분간은 크라우더 밑에서 돈 봉투나 배달하는 신세를 벗어나기 힘들 것이다.

오전 내내 토니를 만나려고 호텔 근처를 서성이는 기자가 한둘이 아니었다. 토니는 모든 인터뷰를 거절했다. 간단한 의견 표명조차 하지 않았다. 토니는 되도록 자신이 대중에 알려지지 않길 바랐다.

정오를 앞두고 알이 쪽지 한 장을 가지고 올라왔다. 하얀 종이에 여성스럽고 우아한 글씨체로 이렇게 적혀 있었다.

카몬테 씨에게.
오 분만 시간을 내 주실 수 있을까요?
미리 감사합니다!
- 캐서린 머튼

토니가 성가시다는 듯 인상을 쓰며 알을 노려봤다. "누가 보낸 거야?"

"모르겠습니다. 처음 보는 여자였습니다. 얼굴은 봐줄 만했습니다."

"그래?" 토니의 표정이 조금 밝아졌다. "다른 조직에서 보낸 건레이디처럼 보이지는 않고?"

"전혀요. 개미 새끼 한 마리도 못 죽일 것처럼 생겼습니다."

"좋아. 한 번 만나보도록 하지. 올려보내."

잠시 후 사무실로 들어온 캐서린을 보고 토니는 인터뷰를 수락하길 잘했다고 생각했다. '봐줄 만하다'라는 알의 묘사는 한참 부족했다. 캐서린은 아름다운 외모뿐 아니라 품위와 매력까지 갖췄다. 남자라면 누구나 탐낼 만한 여자였다.

젊은 남자라면 그녀의 환심을 사려고 애쓸 것이고, 늙은 남자라면 야속하게 흘러간 세월을 탓할 것이다. 늘씬하고 탄탄한 몸매에 순진한 눈빛을 가진 캐서린은 걸음걸이마저 침착하고 우아했다. 깔끔한 회색 트위드 정장과 귀여운 두상을 드러내는 검은 모자를 쓰고 있었다.

"토니 카몬테 씨. 만나서 반갑습니다." 캐서린이 예의 바르게 인사하며 악수를 청했다. "캐서린 머튼입니다."

토니는 가볍게 손을 맞잡았다. 조금 더 손잡고 있을 핑계가 없어 아쉽다는 생각만 들었다. 캐서린의 목소리는 깊고 부드러워 상대방에게 신뢰를 줬다. 맑게 반짝이는 푸른 눈동자에 재치가 그득했다.

"부탁 하나만 드려도 괜찮을까요?" 캐서린이 말을 꺼냈다.

"카몬테 씨 같이 기사도 넘치는 남성분은 늘 다른 사람을 도우면서 사실 테죠."

"음…, 그렇죠." 토니가 민망함에 얼버무렸다. "내가 할 수 있는 일이라면 도와주겠소."

"그럴 줄 알았어요! 저, 사실 지금 일자리를 잃어버릴 상황에 처했어요. 그런데 저는 제 일이 정말 좋거든요. 지금 절 도와주실 수 있는 분은 토니 카몬테 씨 한 사람뿐이에요."

"내가? 이야기나 한번 들어봅시다."

"저는 「이그제미너」 신문사 기자예요." 캐서린은 거의 울 것 같은 얼굴로 이야기를 이어나갔다. "오늘 아침에 편집장이 저를 호출하더니 카몬테 씨 인터뷰를 따오지 못하면 사표를 쓰라고 하셨어요."

"기자라고!" 토니가 소리쳤다. 검은 눈에 분노가 일렁였다.

"기자는 상대하지 않아."

"알아요, 알면서 와 봤어요. 카몬테 씨 입장도 이해한답니다. 아, 정말 어쩐담. 카몬테 씨를 만나지 못하면 직장을 잃을 게 분명하니 인터뷰 요청이라도 해 보자 싶었죠. 이대로 돌아가면 해고당하겠지만 어쨌든 만나주셔서 감사합니다."

캐서린은 한숨을 쉬었다. 한껏 움츠러들어 잠시 감정을 추스르는가 싶더니 훌쩍이는 소리가 들렸다. 토니는 조용히 담배에 불을 붙였다.

"기자 아가씨. 사업과 관련된 얘기는 알려줄 수 없어."

토니가 무뚝뚝하게 말했다.

"물론이죠!" 캐서린은 깜짝 놀란 얼굴로 토니를 쳐다봤다.

"애초에 물어볼 생각조차 하지 않았는걸요. 아무리 직장이 소중하다고 해도 그런 걸 바랄 수는 없죠. 저는 조니 로보 씨가 정말로 도시를 떠났는지, 토니 카몬테 씨가 차기 보스로 지목된 게 사실인지 확인할 수 있으면 그걸로 충분해요. 음, 이런 조직을 이끌려면 머리도 좋고 용감해야 할 것 같아요. 그런데 카몬테 씨는 매우 어려 보이시는데 벌써부터 이렇게 중요한 자리를 맡고 계신다니 굉장하네요!"

캐서린은 20분 동안 토니와 인터뷰를 진행했다. 전혀 문제될 게 없는 질문이었다. 이미 알려졌거나 조만간 알려질 만한 내용만을 다뤘기에 토니는 일말의 의심도 없이 인터뷰에 응했다.

"카몬테 씨는 정말 좋은 남편이 될 것 같아요." 캐서린이 초롱초롱한 눈으로 토니를 올려다보며 말했다.

캐서린을 바라보는 토니의 뒷덜미에 전율이 일었다.

"카몬테 씨처럼 위험천만한 삶을 사는 남자는 다들 안락하고 평화로운 가정을 꿈꾸잖아요."

캐서린은 능숙하게 대화 주제를 연애로 돌렸다. 얼마간 두 사람은 사랑과 결혼에 관한 이야기를 나눴다. 평범한 내용이 대부분이었지만, 때때로 캐서린은 '보스가 사랑하는 법'이라는 제목으로 기사를 내면 여성 독자에게 엄청난 반응을 끌어낼 수 있을 것이라며 토니에게 개인적인 의견을 구했다.

“이쯤이면 인터뷰는 충분한 것 같아요.” 그때 캐서린이 믿기 힘든 말을 꺼냈다. “혹시 비비안 러브조이라는 여자를 아시나요?”

예상치 못한 질문에 토니는 비명을 지를 뻔했지만 겨우 침착함을 유지했다. 평소 얼굴에 감정이 고스란히 드러나는 성격이 아니라 다행이었다. 비비안이라는 여자를 아냐고?

차라리 로미오한테 줄리엣을 아냐고 묻지 그래? 비비안은 토니를 어둠의 세계로 이끈 첫사랑이었다. 토니는 비비안을 독차지하기 위해 당시 도시에서 가장 잘 나가던 조직 보스를 죽였다. 비비안을 향한 무모한 사랑이 아니었더라면 살인을 저지를 이유가 없었다.

그런데 전쟁이 끝나고 고향에 돌아오니 비비안은 다른 남자와 바람을 피우고 있었다. 토니는 분노를 이기지 못한 채 두 연놈을 총으로 쏴 죽였다. 비비안이라는 이름을 듣자마자 과거의 치정극이 한 편의 영화처럼 머리를 스치고 지나갔다. 토니는 이내 냉정을 되찾고 앞에 앉은 여자를 쳐다봤다.

얼굴이 딱딱하게 굳은 게 느껴졌다.

“처음 들어 보는데…” 토니가 대답했다. “그건 왜 묻지?”

“비비안 러브조이라는 여자하고 인터뷰한 적이 있어요.”

캐서린은 아무렇지 않게 말을 계속했다. “그 여자가 보여 준 사진에서 카몬테 씨랑 닮은 사람을 본 것 같아서요. 눈매가 굉장히 비슷해요.”

토니는 피가 거꾸로 솟는 것 같았다. 토니가 아는 한 비비안은 자신의 사진을 가지고 있지 않았다. 비비안뿐 아니라 다른 사람도 마찬가지였다.

아니, 애초에 토니는 사진을 찍은 적이 한 번도 없었다.

토니는 늘 사진이 못마땅했다. 적의 손에 넘어가면 신원이 탄로 나는 건 시간문제였다.

"아 그리고 한 가지 더요." 캐서린이 자연스럽게 덧붙였다. "호프먼이 죽은 날 엠버시 클럽에 동행했던 흑발 미인을 아직 만나나요?"

두 번째 질문에 겨우 유지했던 평정심이 무너져 내렸다. 토니는 충격을 이기지 못하고 얼굴을 일그러뜨렸다. 토니와 그의 애인이자 동거인은 그날 밤 도시에서 가장 은밀한 나이트클럽에서 노스사이드 갱 보스였던 제리 호프먼을 죽였다.

로보의 명령이기도 했고, 돈을 벌 욕심도 있었다. 로보 외에는 그날 밤 토니와 제인이 엠버시 클럽에 잠입했다는 사실을 아는 사람은 없었다. 적어도 토니가 알기로는 그랬다.

"도무지 무슨 말을 하는 건지 모르겠군." 토니가 잡아뗐다.

"사실 그날 밤 저도 엠버시 클럽에 있었거든요. 저랑 같이 있던 남자가 눈에 띄는 인물 몇 명을 콕 짚어서 알려주더라고요. 카몬테 씨도 그중 하나였어요. 그분은 카몬테 씨가 이쪽 업계에서 굉장한 성공을 거둘 거라고 말씀하셨어요."

캐서린이 가볍게 웃으며 이야기했다.

"그 남자가 누구지?" 토니가 물었다.

"어머, 대답해드리기 조금 곤란한 질문이네요." 캐서린은 미소를 머금은 채 우아하게 자리에서 일어나더니 처음 사무실에 들어왔을 때처럼 손을 내밀었다.

"카몬테 씨, 소중한 시간 내주셔서 감사합니다. 오늘은 이 정도로 하고 돌아가죠. 다음에 좀 더 깊은 대화를 나눌 수 있으면 좋겠네요. 인터뷰 성실하게 응해 주셔서 정말 고맙습니다. 덕분에 계속 일을 할 수 있겠어요!"

캐서린이 떠나고 혼자 남은 토니는 이 상황이 그저 혼란스러웠다. 캐서린은 순진한 얼굴로 방심을 유도한 뒤 노련한 말솜씨로 토니의 입을 열게 했다.

그 여자는 도대체 어떻게 그런 정보를 얻었단 말인가? 어떤 목적으로 굳이 토니에게 접근해 지난 일을 언급한 걸까?

생각이 많아질수록 걱정은 커졌다. 토니는 걷잡을 수 없는 의심에 사로잡혀 수화기를 들고 「이그제미너」에 전화를 걸어 캐서린 머튼을 바꿔 달라고 했다.

잠시 후 토니는 천천히 수화기를 내려놨다. 머리가 어질어질했다. 그 신문사에는 캐서린 머튼이라는 사람이 없었다.

도대체 그 여자는 누구였을까? 토니를 찾아온 이유가 무엇일까?

Scene #14

술을 운반하다 노스사이드 갱에 습격당한 트럭 운전수 마르티노는 하루도 못 버티고 다음 날 오후에 사망했다. 말을 할 수 있을 만큼 체력을 회복하지 못하고 숨을 거두는 바람에 습격 당시의 상황이나 범인에 관한 이야기는 들을 수 없었다.

토니는 잠시 마르티노를 내려 보다 조직원들에게 가엾은 어린 동료의 시체를 확인하라는 명령을 내렸다. 임무를 수행하던 중 적에게 당한 동료의 싸늘한 시신을 직접 눈으로 확인하고 살기를 불태우라는 의미였다. 토니는 사람의 심리를 묘하게 자극하는 방법을 본능적으로 알았다.

모든 조직원이 마르티노의 시신을 확인했다.

우울한 침묵이 공기를 무겁게 짓눌렀다. 토니는 장례식을 성대히 치러 주라는 명령을 내리고 사무실로 돌아와 노스사이드 갱에 대가를 묻겠노라 다짐했다.

저녁 열 시가 조금 넘은 시간, 토니는 씁쓸한 하루를 마무리하고 퇴근하려던 참이었다. 그때 리날도가 사무실에 도착했다. 리날도 뒤로 다른 조직원 셋이 따라 들어왔다. 가운데에 낯선 남자 한 명이 붙잡혀 있었다. 과연 실력 좋은 총잡이답게 임무를 완수한 것 같았다.

"보스, 잡아 왔습니다." 리날도는 잔뜩 인상 쓴 인질을 우아하게 가리키며 보고를 올렸다.

"정체는?" 토니가 물었다. 쓸데없이 잔챙이를 잡아와서 귀찮게 구는 거라면 가만두지 않을 기세였다.

"베니 펠루소라고 노스사이드 갱에서 중간보스로 있는 놈입니다."

"몸수색은?"

"확실히 끝냈습니다." 리날도가 자신만만하게 대답했다.

"완전무장하고 있더군요."

"여기서 다시 한번 확인해. 아예 발가벗겨서 머리부터 발끝까지 샅샅이 훑어내리라고."

조직원 셋이 남자를 홀딱 벗겨 놓고 혹시 옷에 무기가 될 만한 물건을 숨기진 않았는지 꼼꼼히 확인했다. 토니는 커다란 책상 위에 느긋하게 두 다리를 올리고 앉아 그 모습을 지켜봤다.

인질로 잡혀 온 펠루소는 땅딸막한 남자로 도통 믿음이 가지 않는 험악한 외모를 지녔다. 어딘가 구린 데가 있는 듯한 시커먼 눈이 분노로 일그러졌다.

토니는 서랍에서 묵직한 권총을 꺼내 책상 위에 올려두고 오싹하게 차가운 무기를 손으로 천천히 쓸어내렸다.

"좋아." 마침내 몸수색이 끝나고 발가벗은 몸에 코트만 대충 걸쳐 둔 펠루소에게 토니가 말을 걸었다. "어이." 토니는 인질을 향해 총구를 겨눈 채 명령했다. "거기 앉아. 나머지는 내가 부를 때까지 나가서 대기하도록."

부하들이 사무실 밖으로 나갔다. 토니는 아무 말 없이 권총을 가지고 장난을 치며 펠루소를 노려봤다. 압박을 못 이긴 펠루소가 고개를 떨궜다.

토니가 물었다. "지금 네가 어디 와 있는지 아나?"

"내가 그것도 모를 것 같나?" 펠루소가 으르렁댔다.

"목숨을 부지하고 싶으면 태도를 고치는 게 좋을 거야."

토니가 윽박질렀다. "내가 누군지는 알고?"

"모르겠소."

"아무래도 소개를 좀 해야겠군. 나는 스카페이스, 토니 카몬테다. 로보 조직의 새로운 우두머리지. 그런데 내가 조니 로보처럼 신사적인 타입은 아니거든. 지금까지 내 손에 죽은 인간이 여섯인가, 여덟인가….

여기서 몇 명 더 죽여 봐야 내 인생이 뭐 달라지겠나.

암튼 너 같은 쥐새끼 하나 죽이는 건 일도 아니라고. 알아듣겠어?"

"알겠소." 토니의 기세에 눌린 펠루소는 총구에 눈길을 고정한 채 순순히 대답했다. 더 이상 반항할 기세는 보이지 않았다.

"내가 묻고 싶은 게 좀 있어서. 대답을 해줬으면 하는데."

"사람을 잘못 잡아 왔군. 난 한마디도 할 수 없소."

"지금 그럴 만한 처지가 아닐 텐데!" 토니는 책상 너머로 몸을 기울이며 무기력하게 포박당한 인질의 얼굴에 총을 들이밀었다. "대가리에 총알 박히고 싶어?"

"아…, 아닙니다. 그런데 내가 여기서 입을 열면 우리 쪽에서 가만히 있지 않을 겁니다."

"내가 좀 도와줄 수 있을 것 같군." 토니가 다시 의자에 몸을 파묻으며 말했다. "그쪽에서는 얼마 주나?"

"일주일에 천 달러 정도 받습니다. 더 받을 때도 있고요."

"천 달러라고? 그렇게 많지는 않군. 자네가 조직에서 하는 일을 생각하면 그것보다는 더 받아야 하지 않겠나?"

"그렇죠." 펠루소가 동의했다. 불만이 얼굴에 고스란히 드러났다.

"그래. 그런데 아마 지금 받는 것보다 더 받기는 힘들겠지.

그 브루노라는 양반 소문을 들어 보니 사람이 좀 인색하더군. 괜히 모사꾼이라는 별명이 붙었겠나? 그렇지? 다 그럴만한 이유가 있어서 그렇게 부르는 거지. 어이, 펠루소. 나는 도움이 되는 사람한테는 아주 관대한 편이야. 자네도 마음만 바꿔 먹으면 나랑 좋은 관계를 맺을 수 있을 것 같은데…. 어떻게 생각하나?" 토니가 책상에 팔을 괴고 물었다.

"한 번에 큰 거 열 장 정도면 괜찮은 거래 아닌가?"

인질의 눈에 생기가 돌았다. 펠루소는 초조한 듯 입술을 핥았다.

"맙소사!" 펠루소가 감탄했다. "당신한테 그만한 돈이 있는지는 모르겠지만 엄청나군요."

"아, 걱정 말게. 돈이라면 충분하니. 내가 원하는 정보만 넘겨주면 자네 몫으로 챙겨 줄 예정이야."

"뭐가…, 궁금합니까?"

"그래, 그렇게 나와야지." 토니가 만족스럽게 웃었다.

"브루노 조직에 대해 알고 싶은 게 아주 많아. 양조장이랑 창고는 어디 있는지, 주요 고객은 누군지, 사업 규모는 얼마나 되는지 그런 것들을 알려줬으면 하는데. 트럭은 어디에 보관하는지, 배달 루트는 어떻게 되는지 다 털어놓으라고.

이것 말고도 몇 가지 더 있을 것 같은데 나머지는 이야기를 나누면서 하나씩 생각해보도록 하지."

"젠장! 그런 정보를 넘길 순 없소."

"왜지?"

"죽을 게 뻔한데 어떻게 말을 합니까."

"입 다물고 있다간 어차피 나한테 죽을 거야."

"입을 열어도 죽고 닫아도 죽는데 뭐 어쩌란 말입니까."

"멍청한 새끼!" 토니가 윽박질렀다. "십만 달러는 받아서 그냥 모셔두려고 했나? 네가 노스사이드 갱에서 몇 년을 굴러야 벌 수 있는 돈이야. 이만한 돈을 만지기가 쉬운 줄 알아? 한탕 크게 벌었으면 뉴욕이든 멕시코든 대충 적당한 데 자리 잡아서 도박장이나 하나 차려놓고 편하게 살든가, 적당한 조직 골라서 들어가든가 하라고. 내가 이런 것까지 일일이 이야기해줘야 하나?"

"아닙니다. 저도 그러고 싶지만…, 조직에서 끝까지 따라붙을 겁니다."

"네가 어디서 뭘 하는지 그쪽에서 어떻게 알겠나? 안 보이면 드라이브에 끌려갔다고 생각하겠지. 매년 소리소문없이 사라지는 깡패가 몇 명인데 너 하나 없어졌다고 뭘 그렇게까지 하겠어?"

"그럴지도 모르죠. 그래도 저는 못 하겠습니다. 분명히 들킬 겁니다. 죽으면 돈이 다 무슨 소용입니까?"

"쓸데없는 소리 그만하고 아는 대로 불어!" 토니가 위협적으로 소리를 지르며 권총을 펠루소의 머리에 겨눴다. "입 다물고 있다간 대가리에 구멍 뚫릴 줄 알아."

펠루소의 얼굴이 유령처럼 창백해졌다.

두 눈을 번들거리며 초조한 듯 연신 입술을 핥아댔다.

"입을 열어도 닫아도 어차피 죽는다면…" 펠루소가 고집스럽게 대답했다. "의리라도 지켜야겠소."

"계속 입 다물고 계시겠다 이거지?" 토니가 빈정댔다.

발가벗은 인질에게는 얼굴 앞에 들이민 총구가 금방이라도 자신을 집어삼킬 것처럼 보였을 것이다. 펠루소는 숨을 크게 몰아쉬더니 두 눈을 꼭 감고 고개를 끄덕였다.

"정 그렇다면 내가 그 입을 열게 만들어 주지." 토니가 소리쳤다. "일어나!"

토니는 사무실 밖에서 대기하던 리날도를 불렀다.

"말이 안 통하는군. 지하실로 끌고 가."

리날도의 얼굴이 하얗게 질렸다. 리날도는 눈 하나 깜빡 않고 사람을 쏠 수 있었다. 하지만 고문은 이야기가 달랐다.

지하실에서 어떤 일이 일어날지 생각하는 것만으로 온몸의 피가 빠져나가는 것 같았다.

"빨리빨리 움직여!" 토니가 권총을 휘두르며 재촉했다.

"죽일 겁니까?" 지하실로 내려가는 엘리베이터 안에서 펠루소가 겁에 질린 채 물어봤다.

"아니…" 토니가 으스스하게 대답했다. "아직은 아니야."

토니는 호텔 지하에 은밀하게 마련해 둔 공간으로 펠루소를 데려갔다. 거친 나무계단을 따라 아래로 내려가자 콘크리트로 사방이 둘러싸인 커다란 방이 나왔다.

차가운 벽에는 쇠사슬을 비롯해 용도를 알 수 없는 온갖 기구가 걸려 있었다. 토니가 손짓하자 부하들은 펠루소의 몸에 걸쳐 둔 코트를 벗겨내고 손목에 쇠사슬을 단단히 채워 천장에 매달았다. 펠루소는 제대로 된 반항 한 번 못 해보고 양손을 결박당한 채 힘없이 늘어졌다.

토니가 눈짓하자 부하 한 명이 작은 화로를 가지고 와서 불을 붙였다. 토니는 날카롭게 날이 선 커다란 칼 한 자루를 집어 들더니 손가락으로 칼날을 쓸어내리며 인질을 노려봤다.

"베니 펠루소." 토니가 나지막이 속삭였다. "드라이브에 끌려갔다가 길가에 버려진 놈들의 시체를 본 적이 있을 거야. 상태가 그렇게 좋지는 않지. 귀가 잘려져 있거나, 혀가 뽑혀 있거나, 몸이 성하다고는 할 수 없지. 아직 싱싱하게 살아있을 때 해체 작업이 진행되는 건 잘 알고 있겠지? 어때, 짜릿하지 않나?"

토니가 화로로 몸을 돌리자 리날도가 말했다. "보스, 이런 말을 꺼내서 죄송합니다." 리날도는 목소리를 낮추고 토니에게 양해를 구했다. "솔직히…, 보고 있을 자신이 없습니다."

"딴 데를 보거나 밖으로 나가. 나도 이렇게까지 하고 싶진 않지만 누군가는 해야 되는 일이야. 우리 조직이 도시를 먹으려면 어쩔 수 없이 거쳐야 하는 과정이라고.

명심해, 리날도. 노스사이드 갱이 아니라 그 어떤 조직이라도 할 수만 있다면 주저하지 않고 우리랑 똑같은 짓을 할 거라고." 토니는 뒤에 있던 다른 부하를 향해 몸을 돌리고 무뚝뚝하게 물었다. "준비는 다 됐나?"

"여기 있습니다, 보스."

부하는 화로에서 기다란 쇠꼬챙이를 꺼냈다. 한쪽 끝이 시뻘겋게 달아 있었다. 토니는 쇠꼬챙이를 받아 들고 쇠사슬에 포박된 인질에게 다가갔다.

"자, 이제…" 토니가 섬뜩하게 협박했다. "계속 입을 다물고 있으면 이 꼬챙이가 아주 깔끔하게 몸을 관통해 줄 거야."

토니는 주황빛으로 이글대는 쇠꼬챙이를 서서히 펠루소의 맨살을 향해 내밀었다. 펠루소의 두 눈이 공포에 물들었다.

꼬챙이가 서서히 다가오자 절규하기 시작했다.

"실컷 소리 지르라고." 토니가 섬뜩하게 웃으며 말했다.

"어차피 아무도 못 들을 테니."

머리에 차가운 총구가 닿는 것까지는 견딜 만했다. 하지만 벌겋게 달아오른 쇠꼬챙이가 생살을 지지고 차마 입에 담을 수 없는 고문을 당할 생각을 하니 정신이 아득해졌다. 마침내 펠루소가 입을 열었다.

"젠장! 얘기하겠습니다! 다 말할게요!" 쇠꼬챙이와 피부 사이의 거리가 1센티까지 줄어들었다. 펠루소는 미친 듯이 소리를 질렀다. "제발! 그것 좀 치워요!"

토니가 한 시간에 걸쳐 펠루소를 심문하는 동안 리날도와 부하 몇 명이 옆에서 답변을 꼼꼼히 기록하고, 혹시 거짓 진술한 부분은 없는지 서로 대조해가며 검토했다. 강력한 적의 조직 운영 방식을 완전히 파악한 토니의 눈이 반짝였다.

"아까 이야기한 돈은 받을 수 있습니까?" 마침내 모든 정보를 실토한 펠루소가 조심스럽게 물었다.

"그래." 토니가 대답했다. "먼저 네가 한 말이 사실인지 확인하고, 미리 구상해 둔 계획 한두 가지만 행동으로 옮긴 다음 돈을 주도록 하지. 그때까지는 못 보내 줘. 물론 안 그러겠지만 혹시라도 네놈이 여기서 나가자마자 브루노한테 쪼르르 달려가서 무슨 일이 있었는지 일러바치면 곤란하거든.

그러니까 내가 됐다고 할 때까지는 여기 머물면서 마음 놓고 푹 쉬라고."

토니는 그 자리에서 리날도를 포함해 가장 영리한 조직원 여섯 명을 뽑아 펠루소가 이야기한 정보를 확인해보도록 지시했다. 조직원은 일주일 넘게 밤낮없이 도시를 돌아다녔다.

이들은 의심을 피하려고 시답잖은 농담을 던지며 노스사이드 갱의 활동을 조심스럽게 관찰했다. 열흘이 다 됐을 무렵 인질로 잡은 펠루소의 진술이 거짓은 아닌 것 같다는 보고가 올라왔다.

토니는 이미 승리를 거둔 듯 잔뜩 흥분해서 무기를 준비했다. 어둠의 경로를 통해 뉴욕에서 기관총 열댓 자루를 입수했다. 폭발물 전문 조직원은 갱단 사이에서 일명 '파인애플'이라 불리는 강력한 폭탄을 제조했다. 토니는 전투를 준비하는 동안 믿을 수 없는 에너지를 쏟아냈다. 살기와 광기가 뒤섞인 열정은 점차 전염돼 결국에는 모든 조직원이 당장이라도 노스사이드 갱을 찾아가 적의 숨통을 끊어 놓을 듯 사나워졌다.

어느 날 오후, 리버티가 으스대며 토니의 사무실을 찾아왔다. "자, 이제 전쟁 준비는 완벽히 끝낸 것 같군. 어디부터 칠 작정인가?"

"결정되면 알려드리겠소." 토니가 차갑게 대꾸했다.

"펠루소였나? 그놈은 어떻게 처리할 건가. 저대로 놔 줄 생각은 아니겠지?"

"처리라니! 노스사이드 갱과 전투만 계획대로 치러진다면 그놈에게 돈을 주고 서부행 기차에 태울 거요. 도시를 떠도 아쉽지 않을 액수를 챙겨주기로 약속했소."

"그래, 그건 나도 아네. 그런데 그만한 돈을 마련하기가 쉬운 것도 아니고, 벌써 빼낼 건 다 빼냈는데 조용히 없애버려도 상관없지 않겠나?"

일말의 상도덕도 없는 제안에 충격을 받은 토니는 형형한 눈빛으로 리버티를 쏘아봤다. "리버티, 나는 약속은 지킬 거요. 약속한 상대가 적이든 동료든, 약속한 내용이 옳든 그르

든." 토니의 꽉 깨문 잇새로 오싹한 목소리가 흘러나왔다.

"얼마 전 당신한테 임무를 맡기면서도 약속을 하나 했었지. 임무 수행에 실패하면 어떻게 되는지 잊은 건 아닐 거라 믿소."

리버티의 표정이 순식간에 바뀌었다.

"그 약속도 꼭 지킬 예정이오. 여름이 다 가도록 기다릴 생각은 없으니 빨리 움직이는 게 좋을 거야."

Scene #15

토니는 제인을 데리고 고급 나이트클럽으로 갔다.

두 사람은 활기 넘치는 분위기 속에서 추억을 떠올렸다.

아이크 블룸에서 제인을 처음 본 토니는 그녀의 아름다움에 홀려버렸다. 로보의 지시에 따라 은밀히 암살 작전에 투입된 토니와 제인은 엠버시 클럽에 앉아 제거 대상인 호프먼을 기다리며 인연을 맺었다.

제인과 함께 데이트에 나선 토니는 고급 정장을 완벽하게 갖춰 입었다. 멜빵에 권총집을 매달아 둔 탓에 재킷 왼쪽 어깻죽지가 불룩하게 튀어나왔다. 토니는 화려하게 장식해 둔 나이트클럽을 쭉 돌아봤다.

북적이고 왁자지껄한 모습이 시장판이나 마찬가지라 생각

하며 눈썹을 살짝 찡그리다 맞은편에 앉은 제인을 보고 흐뭇하게 웃었다. 제인은 눈부시게 아름다웠다. 클럽 안에 있는 그 어떤 여인도 제인에 비할 바가 못 됐다. 토니는 불현듯 한 달간의 동거가 끝나면 제인이 자신의 곁을 떠날지도 모른다는 생각에 심기가 불편해졌다.

그날 저녁 제인은 어딘가에 정신이 팔려 보였다. 손을 잠시도 가만두지 못하고 팔락대는가 하면 초조한 듯 연신 미간을 찡그리며 주변을 살폈다. 마주치고 싶지 않은 사람이 클럽에 와 있는 듯 행동했다.

"왜 그래, 자기?" 토니가 물었다.

"아무것도 아니에요. 그냥 흥이 별로 안 나서 그래요."

"오, 그러면 안 되지. 한 곡 추실까요, 아가씨?"

토니와 제인은 테이블에서 일어나 좁고 붐비는 무대로 자리를 옮겼다. 누가 봐도 잘 어울리는 한 쌍이었다. 제인은 워낙 훌륭한 댄서였고, 토니는 라틴계 특유의 리듬감을 타고났으니 두 사람의 춤은 흠잡을 데 없었다.

기분 좋게 춤을 추는 선남선녀를 보며 저 둘이 누군가의 목숨을 빼앗았을 것이라고는 생각지도 못할 것이다.

그것도 감정을 주체하지 못하고 우발적으로 저지른 살인이 아니라, 오로지 돈을 목적으로 철저한 계획에 따라 냉철하게 행동했으리라고는 더욱이 생각하기 힘들었다.

둘은 언제든 적당한 기회가 있으면 주저 없이 살인을 저지를 수 있는 부류였다.

법적으로 따지면 토니와 제인은 반박의 여지가 없는 살인자였으나 정작 본인들은 그렇게 생각하지 않았다. 두 사람은 자신의 선택이 정당하다고 생각했다. 게다가 조직과 관련이 없는 일반인에게 해를 입힌 적도 없고 앞으로도 없을 것이다. 그들은 오로지 표적만 깔끔하게 제거했다.

표적은 죽어도 마땅한 인간이었다. 그때 토니의 손에 죽지 않았더라면 일말의 죄책감도 없이 토니를 죽였을 게 분명했다. 적어도 토니와 제인은 무고한 목격자가 다치는 불상사가 발생하지 않도록 늘 조심했다.

나이트클럽의 분위기가 한창 무르익을 무렵, 겁도 없이 신문기자를 사칭해 사무실까지 쳐들어와 수수께끼 같은 질문을 던지고 홀연히 떠나버린 여자가 토니의 눈에 띄었다.

캐서린이었다. 그녀는 반짝거리는 보석이 잔뜩 달린 화려한 이브닝드레스를 차려입고 클럽 반대편에 앉아 있었다.

피부가 검고 잘생긴 남자와 함께였다. 남자는 튀는 구석이라곤 조금도 없이 평범해 보였지만 토니는 의심을 떨칠 수가 없었다.

토니는 캐서린이 왜 하필 오늘 이 장소에 나타났는지 궁금했다. 단순히 데이트하러 왔다면 다행이지만 혹시나 다른 꿍꿍이를 가지고 나이트클럽을 찾았을지도 모른다.

좀처럼 마음이 놓이지 않았다. 토니는 캐서린 또한 자신을 봤을지 궁금했다. 보지 못했길 바랐다.

"제인." 토니가 제인에게 말을 걸었다. "저쪽에 반짝거리는 흰색 드레스 입은 여자…, 혹시 누군지 알고 있나?"

제인이 고개를 돌려 건너편을 바라봤다. 마침내 의문의 여자를 발견한 제인의 눈이 커졌다.

"몰라요." 초조하게 입술을 깨물던 제인이 날카롭게 대답했다. 그러더니 갑자기 토니를 재촉했다. "여기서 나가요!"

토니는 영문도 모른 채 제인을 데리고 클럽 밖으로 나갔다. 제인은 거짓말을 하고 있었다. 하지만 도대체 왜?

아직 해가 뜨려면 한참 멀었지만, 거리에는 조간신문을 파는 소년이 돌아다녔다. 토니가 신문 한 부를 사서 펼쳐 들더니 별안간 얼굴을 와락 구기며 욕설을 내뱉었다.

"무슨 일 있어요?" 제인이 불안한 듯 물었다.

"리버티가 임무에 실패했어. 그 멍청한 새끼가 언젠가는 일을 망칠 줄 알았다고!" 토니가 신경질을 냈다.

제인이 토니의 손에서 신문을 빼앗아 들고 기사를 읽었다.

… 그날 밤 노스사이드 갱 두목인
브루노를 노리는 암살 시도가 있었다.
브루노는 기적적으로 상처 하나 없이
현장을 벗어났다.

경찰의 심문에 배후가 누구인지 대충 짐작은
가지만 이름을 밝히지는 않겠다고 대답했다.
… 한동안 잠잠했던 어둠의 세계에서
한바탕 전쟁이 일어날 것으로 예상된다.

"젠장! 이 병신 같은 새끼!" 토니는 분노를 견디지 못하고 소리쳤다. "그딴 머저리한테 애초에 일을 맡긴 내 잘못이야!

이제 브루노가 나를 노릴 거라고. 이번에 한 번 당할 뻔했으니 앞으로는 훨씬 더 조심스럽게 움직일 거야. 당분간은 그 사기꾼 새끼 칠 기회도 잡기 힘들게 뻔해."

"오, 토니. 어떡해요!" 제인이 울상을 지었다. "제발 몸조심해요."

분노한 토니는 차를 몰고 집으로 돌아가는 내내 입을 다물고 있었지만, 머릿속으로는 계획을 세우느라 바빴다. 마침내 두 사람이 머무는 고급 아파트에 도착한 토니는 집 앞에 제인을 내려주고 퉁명스럽게 말했다.

"주차만 하고 바로 돌아올게."

아파트에서 모퉁이를 돌아 한 블록만 가면 차고가 있었다.

핸들을 꺾는 순간 커다란 차 한 대가 굉음을 내며 빠르게 다가왔다. 토니는 위험을 직감하고 속도를 높였다. 의심스러운 차는 토니의 차를 놓치지 않겠다는 듯 곧장 뒤따라 붙었다. 길고 차체가 낮은 검은색 차였다.

창문에는 커튼을 쳐서 실내를 완전히 가렸다. 상대 조직에서 보낸 암살용 차량이 분명했다.

측면에서 붉은빛이 튀면서 기관총이 발사되는 소리가 들렸다. 토니가 탄 차에 총알 자국이 새겨졌다. 다행히 자동차 차체가 단단한 강철이고, 유리에 방탄 처리를 해 둔 덕분에 총알이 뚫고 들어오지는 않았다. 오리가 물을 털어내듯 총알이 우수수 튕겨 나갔다. 적의 정체가 무엇이든 토니의 목을 따기 전에는 물러날 생각이 없어 보였다.

차고에는 들어갈 수 없었다. 저들은 틀림없이 안까지 쫓아 들어와 토니를 죽일 것이다. 차고에서 근무하는 직원도 도움이 안 될 게 뻔했다. 어떻게든 조직이 본부로 사용하는 호텔 근처로 가야만 했다.

제아무리 집요한 암살자라도 겁 없이 상대 조직의 영역까지 따라오기는 힘들 것이다. 기어코 쫓아온다고 해도 호텔 1층의 담배 가게에는 늘 조직원이 상주하고 있었으니, 습격을 당한 토니의 자동차를 본다면 당장 반격에 나설 것이다. 조금만 버티면 위협에서 벗어날 수 있었다.

토니는 온 힘을 다해 가속 페달을 밟았다. 거대한 승용차가 앞으로 튕겨 나갔다. 도시의 고요한 밤거리를 미친 듯이 내달렸다. 암살자가 탄 차 또한 집요하게 토니의 뒤를 쫓았다. 몇 번인가 충격이 일어날 만큼 거리가 좁혀졌지만, 토니는 기를 쓰고 앞서나갔다.

한밤의 추격전이 계속됐다. 토니는 살기 위해, 저들은 죽이기 위해 온 힘을 다해 자동차를 몰았다. 바람 소리가 날 정도로 빠르게 내달리다 코너가 나오면 바퀴 자국을 남기며 핸들을 꺾었다. 조금만…, 조금만 더 가면 본부가 나온다.

거기까지만 가면 목숨을 부지할 수 있다.

뒤에서 총알이 쏟아지듯 발사되는 소리가 들렸다. 바퀴 두 개가 요란한 소리를 내며 터졌다. 어마어마한 속도로 달리던 자동차가 오른쪽으로 미끄러지더니 연석을 들이받고 거꾸로 뒤집혔다. 토니는 그대로 정신을 잃었다.

얼마 후 토니는 어둡고 비좁은 곳에 엉망으로 구겨져 엎드린 채 의식을 되찾았다. 카펫이 깔린 바닥에 주인을 알 수 없는 발이 보였다. 규칙적인 흔들림과 간혹 덜컹거림이 느껴졌다. 움직이는 자동차 바닥에 눕혀져 있는 듯했다.

토니의 차일 리는 없었다. 뒤쫓던 적의 차가 분명했다.

토니가 비틀대며 몸을 일으켜 앉아 주변을 살폈다. 뒷좌석에 남자 두 명이 앉아 있었지만, 내부가 너무 어두워 얼굴을 확인할 수 없었다.

"어쨌든 아직 살아 있군." 낯선 목소리가 이야기했다.

"안 됐어. 차라리 죽는 편이 나았을 텐데."

"날 어쩌려는 셈이지?" 토니가 물었다.

"곧 알게 될 거야."

"일단 자리에 좀 앉아야 할 거 같은데…. 이 아래는 너무 불편해서 말이야."

토니는 일어서려 했지만, 충격 때문인지 어지러워 몸을 가누기가 힘들었다. 남자 하나가 토니를 거칠게 붙잡아 일으키더니 가운데에 앉혔다. 앞 좌석에도 두 명이 타고 있었다.

"드라이브를 즐기라고." 남자가 토니의 귀에 대고 음산하게 속삭였다. "이게 네놈의 마지막 드라이브가 될 거야."

토니는 심장이 내려앉는 것 같았다. 지금까지 위험에 처한 적은 많았지만 이런 상황은 처음이었다. 토니는 드라이브에 끌려가고 있었다.

조직에 몸담은 사람이 맞이할 수 있는 가장 무시무시한 죽음의 희생자가 되기까지 시간이 얼마나 남았는지 가늠할 순 없었다. 끔찍한 고문에 온몸이 너덜너덜해질 때까지 그리 많은 시간이 필요하지는 않을 것이다. 토니는 몸을 돌려 남자에게 말을 걸었다.

"노스사이드 갱에서 나왔겠지?" 토니가 씁쓸하게 이야기했다.

"맞아."

"도대체 네놈은 정체가 뭐야?"

"나?" 남자는 공격을 앞둔 뱀처럼 오싹한 미소를 지으며 대답했다. "제리 호프먼의 동생이지."

Scene #16

차는 도시를 벗어나 외곽으로 향하고 있었다. 토니는 머릿속에 앞으로 일어날 일을 그려 봤다. 인적이 드문 으슥한 장소를 발견하면 저들은 토니를 차 밖으로 끌어낼 것이다. 온갖 모진 고문으로 괴롭히다 머리에 총알을 박아 넣고, 토니의 시체를 도랑에 버리고 떠날 것이다.

운이 좋다면 시체가 온전히 발견되겠지만, 지나다니는 사람이 거의 없는 외진 곳이라면 들짐승에게 뜯겨 먹힐 확률이 더 높았다.

길거리 총격전이라면 아무리 불리한 상황이라도 목숨을 구할 가능성이 있었다. 하지만 드라이브는 법정에서 사형 선고를 받는 것보다 끔찍했다.

법원에서는 변론의 기회라도 주어지지, 드라이브에 끌려오면 벗어날 방법은 없었다. 의무적으로 자리를 지키고 앉아 죄인의 이야기를 들어 주는 배심원과 달리 드라이브를 나온 조직원은 상대의 사정이야 어찌 됐든 냉정하게 방아쇠를 당겼다. 드라이브의 끝은 죽음뿐이었다. 적어도 지금까지 드라이브에 끌려갔다 살아 돌아온 사람은 한 명도 없었다.

초조하고 예민한 사람이라면 죽음을 앞둔 절망적인 상황에서 이성을 잃고 악을 쓰거나 목숨을 구걸했을 것이다.

토니는 초조하지도 예민하지도 않았다. 어떤 상황에서도 목표를 정확하게 맞추는 총잡이는 늘 침착함을 유지해야 했다. 토니는 생각에 잠겼다. 헛된 망상이 아니었다. 토니는 언제까지나 냉정하고 이성적이었다.

탈출구가 보이지 않았다. 요행을 바랄 수도 없지만 토니는 당황하지 않았다. 이십 대의 어린 나이로 도시에서 가장 거대한 조직의 보스 자리에 오른 대담한 인물은 인간의 것이라고는 믿기 힘든 동물적 감각을 예리하게 끌어올렸다.

마침내 토니는 뭔가를 생각해 냈다. 물론 말도 안 되는 계획이었다. 운 좋게 계획을 성공시킨다고 해도 그 속에서 살아남을 확률은 일 퍼센트나 될까 싶었다.

토니는 오랜 경험을 통해 때로는 말도 안 되는 계획이 성공할 때도 있다는 사실을 배웠다. 이유는 단순했다. 설마 그렇게까지 무모한 짓을 하는 사람이 있을까 하는 생각이 방심을 부르기 때문이다. 어차피 가만히 있으면 한두 시간 안에 죽을 게 분명했다. 아무리 미친 짓이라 해도 실낱같은 희망이라도 있다면 시도해 보는 편이 나았다. 토니는 위험을 감수해보기로 했다.

토니는 움직이는 자동차 뒷좌석에 앉아 침착하고 냉정하게 적당한 때를 기다렸다. 양옆에 자리한 두 놈과 앞 좌석의 두 놈까지 총 넷을 상대해야 했다. 맞은편에서 다가오는 차 한 대가 보였다. 토니는 눈을 가늘게 뜨고 두 차 사이의 거리와 속도 차이를 신중하게 가늠했다.

누구도 예상치 못한 순간, 토니는 들짐승처럼 앞으로 튕겨나가 운전석에 앉은 남자의 머리를 강하게 내리치고 핸들로 손을 뻗었다. 빠르게 달리던 자동차가 미친 듯이 비틀댔다.

급작스러운 공격에 운전수가 놀라면서도 핸들을 놓치지는 않았다.

토니는 한 손으로 남자의 머리를 때리고 목을 조르면서 다른 한 손으로 핸들을 붙잡았다. 머리와 등에 주먹이 내리꽂혔다. 총성이 울렸다. 옆구리에 타는 듯한 통증이 느껴졌다.

토니는 이를 악물고 고통을 견뎌 내며 핸들을 꺾었다.

거대한 검은 차가 오른쪽으로 휘청대더니 순식간에 도랑으로 빠졌다. 바위에 부딪히며 몇 바퀴를 구르던 자동차가 마침내 멈춰 섰다. 운전석에 앉은 남자가 가속 페달에 발을 붙인 채 기절했는지 엔진이 돌아가는 소리가 요란했다.

얼마간 굉음을 내던 엔진이 점차 조용해졌다. 모로 뒤집힌 자동차는 이제 상처 입은 짐승처럼 한 번씩 앓는 소리를 낼 뿐이었다.

뒷좌석에 함께 탄 두 남자가 토니 밑에 깔려 있었다. 토니는 어지러움을 몰아내려 머리를 흔들었다. 온몸이 찢어질 것처럼 아팠지만 의식은 잃지 않았다.

같이 차에 타고 있던 나머지 네 명은 신음조차 내지 못하고 죽은 듯 축 늘어져 있었다. 몸통 아래 기묘하게 뒤틀린 채 짓눌린 왼팔을 움직여 보려 했지만 몸이 말을 듣지 않았다. 끔찍한 고통이 밀려왔다.

조심스럽게 오른손을 뻗어 아래 깔린 남자의 주머니를 더듬었다. 익숙한 물건이 손에 잡혔다. 45구경 권총이었다.

싸늘한 권총이 피부에 닿자 찬물을 끼얹은 것처럼 정신이 번쩍 들었다. 무기를 손에 넣고 겨우겨우 몸을 일으켜 구겨진 차체를 빠져나가려 애썼다.

그때 언 땅 위로 발걸음 소리가 들려왔다. 누군가 다가오고 있었다. 뒤집힌 자동차 위로 그림자가 드리워졌다. 반대쪽에서 달려오던 차에 타고 있던 사람이었다. 토니의 계획대로 흘러갔다.

"여기…" 토니가 힘겹게 외쳤다. 목소리가 형편없이 갈라졌다. "도와주시오."

손전등이 켜졌다. 창문을 통해 들어온 노란 불빛이 뒷좌석을 구석구석 비추더니 마침내 토니의 얼굴 위에 멈췄다.

"세상에! 잠깐만 기다리시오." 낯선 남자가 말했다. "산 사람이 있을 거라고는 생각도 못 했소. 차가 뒤집히는 걸 보고 꼼짝없이 다 죽었겠구나 했지!"

남자는 엉망으로 찌그러진 차 문을 열어 토니를 빼내고 나머지 탑승자를 둘러봤다. 운전수와 조수석에 타고 있던 남자는 죽은 게 분명했다. 차가 구르며 깨진 유리 조각에 얼굴이 처참하게 난도질 돼 있었다. 뒷좌석에 타고 있던 남자 두 명은 의식을 잃었지만 아직 숨이 붙어 있는 것 같았다.

"갑시다." 토니가 재촉했다.

"아직 차에 사람이…" 남자가 깜짝 놀라 토니를 붙잡았다.

"뒈지게 내버려 두시오!" 토니가 버럭 소리를 질렀다.

"날 납치해서 죽이려던 갱스터요. 죽어도 싼 작자들이라고. 이럴 게 아니라 깔끔하게 정리를 하고 가야겠군."

토니는 뒷좌석에 널브러져 있는 노스사이드 조직원을 향해 총구를 겨눴다.

"그…, 그만두시오!" 남자가 덜덜 떨리는 손을 토니의 팔에 얹으며 애처롭게 말렸다. "그렇게까지 할 필요는 없지 않겠소."

토니는 가만히 뒤돌아 말없이 남자를 노려보다가 거만하게 어깨를 으쓱이더니 총을 들고 있던 손을 아래로 내렸다.

굳이 목격자 앞에서 살인을 저지르는 위험을 감수할 필요는 없을 것 같았다. 특히 그 목격자의 도움이 절실한 상황에서는 더욱이 조심할 필요가 있었다.

"제기랄!" 토니가 으르렁거리듯 말했다. "그 대신 나를 어디 좀 데려다줘야겠소. 최대한 서두르자고. 빨리 움직이시오!"

토니는 권총으로 남자를 쿡쿡 찌르며 재촉했다. 남자는 겁에 질려 덜덜 떨면서 갓길에 주차해 둔 자동차로 토니를 안내했다. 토니는 남자에게 최대한 빨리 로보 조직 본부로 가달라고 명령한 뒤 안도의 한숨을 내쉬며 의자에 몸을 기댔다. 조용히 눈을 감고 복수할 계획을 세우려고 했지만 도저히 집중할 수가 없었다.

왼팔은 산산조각이 났고, 총알이 스치고 지나간 오른쪽 옆구리는 불에 덴 듯 화끈거렸다. 조금이라도 편안한 자세를 찾으려 몸을 이리저리 뒤척였지만 어떻게 해도 편해지지 않았다.

쉼 없이 토니를 괴롭히는 통증이 마치 위협에서 아직도 완전히 벗어나지 못했다는 경고처럼 느껴졌다. 엉망진창이 된 자신의 몰골도, 일면식도 없는 남자의 차를 얻어 타고 본부로 복귀하는 이 상황도 지긋지긋할 뿐이었다.

운전석에 앉은 남자는 도대체 어떻게 된 상황인지 궁금해 견딜 수 없었다. 몇 번인가 토니에게 말을 걸어보려고 했지만, 토니는 짜증스럽게 앓는 소리를 내거나 아예 들은 척도 않고 무시했다. 남자는 결국 포기하고 입을 다물었다.

앞에서 알짱대는 꼴이 거슬렸지만 운전 솜씨만은 인정해 줄 만했다. 토니는 조직이 본부로 쓰는 호텔에 예상보다 훨씬 일찍 도착했다.

"쓸 만하군." 토니가 지갑을 열면서 말했다. 지갑에 든 백 달러짜리 세 장과 오십 달러짜리 네 장을 남자에게 내밀었다. "기름값이라 생각하고 받아 두시오."

남자는 깜짝 놀란 표정으로 손을 덜덜 떨며 돈을 받았다.

그때, 만족스럽다는 듯 관대하게 웃고 있던 토니가 갑자기 얼굴을 굳히더니 오싹한 목소리로 경고했다. "오늘 밤 있었던 일에 관해서는 입을 다물고 있는 편이 신상에 이로울 거야." 입막음은 확실하게 해 둬야 했다. "어느 날 갑자기 실종되면 슬퍼할 가족들이 있지 않겠나?"

아직 이른 새벽이었지만 어두운 호텔 로비와 담배 가게에는 조직원 몇 명이 서성이고 있었다. 온몸에 부상을 입고 호텔로 들어서는 토니를 본 조직원들은 하나같이 눈만 깜박인 채 멍하니 서 있었다.

"별일 아냐. 차 사고가 났다." 토니는 누군가 질문을 꺼내기 전에 먼저 나서서 상황을 설명한 다음 곧장 꼭대기 층의 사무실로 올라가 의사를 불렀다.

한 시간 뒤, 팔에 깁스하고 상처 소독을 끝낸 토니는 눈을 붙이려 했다. 좀처럼 잠들지 않을 것 같았지만 눈을 뜨니 이미 정오가 넘어 있었다. 온몸이 두들겨 맞은 것처럼 쑤시고 아팠다. 토니는 힘겹게 침대 밖으로 나와 옷을 갈아입으려 했다. 한 손만으로 옷을 갈아입기는 생각보다 어려웠다.

게다가 통증이 극심해 몸을 움직이는 것 자체가 힘들었다.

토니는 어쩔 수 없이 조그만 쥐처럼 생긴 문지기 알을 불렀다.

다행히 토니는 본부 호텔에 옷 몇 벌을 두는 습관이 있었다. 연미복을 입고 업무를 보는 모습이 우스워 보였겠지만 너덜너덜해진 거적때기보다는 나았다. 토니는 부하를 시켜 아침을 가져오라고 했다. 든든하게 식사를 챙겨 먹고 리버티를 사무실로 불렀다. 리버티를 호출하는 토니의 두 눈에 불꽃이 일었다. 쓸데없는 힘겨루기를 끝낼 때가 됐다.

Scene #17

강력한 로보 조직의 이인자 스티브 리버티가 억지로 끌려 온 사람처럼 주춤주춤 사무실로 들어왔다. 못생긴 얼굴에 억지웃음을 띠고 있었지만, 가느다랗게 뜬 눈은 쉴 새 없이 흔들렸다. 어떤 처분이 내려올지 초조해하는 듯했다.

"사고 소식은 들었소, 보스." 리버티가 불안한 목소리로 떠들어댔다. "경찰 쪽에서 전화가 왔어. 자네 차가 노스사이드에서 발견됐다고 하더군. 오늘 아침 호텔 앞에 기자가 몰려들고 난리도 아니었지. 타이어에 총알 자국이 났다면서 쓸데없는 질문을 퍼부어 대더군. 일단 보스는 지금 호텔에 없다고 둘러대고 되돌려 보냈는데…"

"그래서." 토니가 리버티의 말을 끊었다.

"무슨 말이 하고 싶은 거요. 내가 이렇게 쓸모 있는 사람이다, 이건가?" 토니는 의자에 기대 있던 상체를 일으켜 책상에 기대 입꼬리를 일그러뜨리며 추궁했다. "브루노는 왜 놓친 거지?"

리버티가 별일 아니라는 듯 어깨를 으쓱하며 대답했다.

"운이 나빴네."

"운이 나빴다니, 그게 무슨 뜻이지?" 토니가 날카롭게 질책했다. "총을 겨누고 방아쇠만 당기면 되는데, 도대체 일을 어떻게 처리했기에 목표물을 놓친 거요?"

리버티가 설명했다. 노스사이드 갱의 보스인 모사꾼 브루노를 제거하기 위해 영입한 총잡이 중 한 명이 전날 밤 브루노가 어느 고급 술집에 출몰할 것이라는 정보를 입수했다.

길 건너편에 차를 세워 두고 브루노가 나오길 기다렸다.

몇 분 뒤 브루노가 거리로 나왔고, 방아쇠를 당기려던 순간 도로에 차가 지나가는 바람에 잠시 표적을 놓쳤다.

기회를 포착했을 때 이미 브루노는 자신의 차로 급하게 걸어가고 있었다. 리버티와 총잡이 두 명은 브루노를 향해 총을 쐈지만 브루노는 차를 타고 달아났고, 술집에 있던 브루노의 일행이 거리로 쏟아져 나와 총격전이 벌어졌다.

"세 명이 다 브루노를 향해 총을 쐈다고?" 토니가 물었다.

"그랬지."

"셋 다 표적을 놓쳤고?"

"음…, 아무래도 그런 것 같네. 오늘 아침 신문에 브루노가 암살당했다는 기사가 나지는 않았으니."

"말은 번지르르하게 잘하는군." 토니가 역겹다는 듯 비꼬았다. "나였으면 끝까지 쫓아가서 일을 마무리했을 거야. 왜 중간에 포기했지?"

"그야 술집에 있던 놈들이…"

"리버티. 나는 말이지, 뒷심이 없는 인간을 아주 싫어해.

생각도 짧고, 실력도 없고…. 브루노를 놓치면 어떻게 될지 몰랐다고는 안 하겠지. 뻔히 내가 보낸 사람인 걸 알 텐데 가만히 있을 리가 없지 않나. 덕분에 나만 죽어라 고생했지.

조직에 도움이 안 되는 인간으로 두 부류가 있어. 첫째가 주어진 임무를 완수하지 못하는 인간이고, 둘째가 명령을 따르지 않는 인간이지. 그리고 당신은 임무를 완수하지도 명령을 따르지도 않는 인간이야."

엉망으로 일그러진 리버티의 얼굴이 벌겋게 달아올라 거의 보라색으로 변했다. 작고 검은 두 눈에 살기가 어렸다.

"무슨 말인지 잘 모르겠군." 리버티가 억지로 대답했다.

가느다란 입매가 딱딱하게 굳어 파르르 떨렸다.

"모르겠다고? 그럼 이해하기 쉽게 단도직입적으로 이야기하지. 브루노를 잡겠다고 당신이 데려간 총잡이 두 놈이 밥값도 못하는 머저리거나, 아니면 당신이 브루노 패거리에 날 팔아먹고 일부러 표적을 놓쳤다는 뜻이야."

"이 개새끼가!" 리버티가 벌컥 소리를 지르더니 오른손을 코트 주머니에 넣으면서 의자에서 일어났다.

하지만 토니가 한발 빨랐다. 토니는 리버티가 의자에서 엉덩이를 다 떼기도 전에 책상 위에 놓인 권총을 집어 들더니 리버티의 심장을 향해 겨눴다.

"손 내려, 이 새끼야!" 토니가 위협했다. "내가 지금 마음만 먹으면 네 놈 몸에 총알을 쑤셔 박을 수도 있어. 내 앞에서 두 번 다시 오른손을 함부로 놀리지 않는 게 좋을 거야.

그나저나 안 됐군, 내 양팔이 다 부러졌으면 그래도 승산이 있었을 텐데." 농담에 뼈가 있었다.

리버티는 말없이 총을 내려놓고 왼쪽 코트 주머니에서 라이터를 꺼내 담배에 불을 붙였다.

"네놈은 조니 로보가 떠난 뒤로 계속 내 자리를 노리고 있었지. 내가 그걸 모를 것 같나?" 토니가 이야기했다.

"그런데 직접 나설 용기는 없고, 잘 됐다 싶었겠지. 내가 죽으면 네놈이 조직을 꿀꺽할 수 있을 테니 말이야. 내 말이 틀렸나? 그래서 브루노를 일부러 살려 두고 내가 끌려가서 뒈지기만 기다리고 있었을 거야. 그런데 어쩌나, 죽을 줄 알았던 인간이 멀쩡하게 살아 돌아왔으니. 안됐지만 나는 그렇게 순순히 죽어 줄 생각이 없어. 그러니까 괜히 옆에서 얼쩡거리면서 아까운 시간 낭비하지 말라고."

토니의 목소리는 사형 선고를 내리는 판사처럼 냉정했다.

"네놈은 제명이야. 어젯밤 같이 임무에 투입됐던 나머지 두 놈도 데리고 나가."

"말도 안 되는 소리 집어치워!" 리버티가 현실을 받아들이지 못하고 길길이 날뛰었다. "네놈이 나를 쫓아낼 순 없어! 조니 로보가…"

"로보는 여기에 없어. 나한테 보스 자리를 넘기고 떠났지.

조직에 누굴 데리고 있을지는 내 권한이야." 토니는 애정 어린 손길로 묵직한 권총을 쓰다듬으며 통보했다. "오늘부로 끝이다. 이제 우리 조직에서 네놈한테 가는 돈은 한 푼도 없어. 근처에서 알짱거리다 걸리면 숨통을 끊어 놓을 줄 알아.

그래도 마지막 예의는 지켜 주는 거야. 품위 있게 네놈 발로 직접 걸어 나가라고. 굳이 버티고 있겠다면 억지로 끌어낼 거야. 선택은 네놈한테 맡기지."

두 남자는 오랫동안 서로를 노려봤다. 토니는 냉정하리만치 담담하고 침착했다. 반면 리버티는 분노로 온몸을 부들부들 떨었다. 마침내 로보 조직의 이인자였던 스티브 리버티는 말없이 돌아서서 사무실을 떠났다. 이번에도 토니의 승리였다. 아마 더 이상의 힘겨루기는 없으리라.

리버티를 쫓아낸 토니는 실력이 검증된 경호원을 고용했다. 그리고 조직의 보스라는 지위에 걸맞게 철저한 무장을 하고 집으로 향했다.

앞으로는 어디서 무슨 일을 하든 경호원을 대동할 예정이었다. 토니는 양쪽에 경호원을 끼고 총알도 뚫을 수 없는 강철과 방탄유리로 제작한 승용차 뒷좌석에 앉았다.

경호원은 물론이고 운전수와 조수석에 앉은 조직원까지 무장을 갖췄다. 그뿐 아니라 다른 차에 탄 조직원들도 항상 토니를 뒤따르며 주변에 수상한 움직임을 보이는 자가 접근하진 않는지 기민하게 주시했다.

고급 아파트로 들어가는 토니의 두 눈이 분노로 불타올랐다. 제인에게 물어봐야 할 게 많았다. 제인은 거실에 놓인 커다란 의자에 무릎을 세우고 앉아 잡지를 읽으며 초콜릿을 먹고 있었다.

너무나 평온한 제인의 모습에 화가 치밀어 올랐다. 제인은 거실에 들어오는 토니를 보고 살짝 놀랐다. 토니의 몰골을 확인하고는 두 눈을 크게 뜬 채 자리에서 벌떡 일어났다.

"세상에, 토니!" 제인이 소리쳤다. "무슨 일이에요?"

"이제 와서 신경 쓰는 척하지 말라고!" 토니가 으르렁댔다. "주차하러 간 애인이 다음 날 저녁이 되도록 안 들어오는데, 아무렇지 않게 앉아서 초콜릿이나 까먹고 있는 주제에 어디서 가증스럽게 걱정하는 척이야? 내가 어디서 뭘 하는지 궁금하지도 않았나 보지?"

"당연히 궁금했죠, 토니. 불안해서 못 견딜 지경이었다고요. 당신이 워낙 앞가림을 알아서 잘하니까 괜히 참견하는 것처럼 보일까 봐 가만히 있었던 것뿐이에요."

"그래? 어젯밤 브루노 조직 놈들한테 끌려갔다가 겨우 살아나왔어. 별로 놀랍지도 않지? 이미 알고 있던 이야기 아닌가?"

"토니!" 제인의 얼굴이 종잇장처럼 창백해졌다. 매혹적인 눈에는 눈물이 그렁그렁했다. "무슨 말을 그렇게 해요…"

"그날 나이트클럽에서 본 여자는 누구지? 흰색 드레스를 입고 온 예쁘장한 여자 말이야. 까무잡잡한 남자랑 같이 있었던."

"저도 몰라요…"

"아니, 당신은 알아. 내가 그 여자를 가리켰을 때 당신 눈빛이 어땠는지 아나? 분명히 아는 사람이었어." 토니는 제인의 가느다란 팔을 그러쥐고 우악스럽게 비틀며 추궁했다.

"바른대로 대답해. 누구야?"

"건레이디예요." 마침내 제인이 실토했다. "노스사이드쪽 소속이에요."

"역시 그랬군." 토니는 경멸스러운 눈빛으로 제인을 바라보다 팔을 붙잡고 있던 손을 떼고 한 발 뒤로 물러났다.

"같이 있던 남자는 브루노였나?"

"네."

"젠장! 그때 알았더라면…" 토니가 읊조렸다. 낮게 깔린 목소리에서 날카로운 살기가 느껴졌다.

"그걸 알면서도 나한테 한마디도 안 했다, 이거지?"

"클럽에서 당신한테 말해줬더라면 당신은 그 자리에서 브루노를 죽였을 거예요. 그러면 당신도 무사하지 못했을 거고요. 브루노는 절대 혼자 움직이지 않아요. 잠복하고 있던 조직원이나 경호원한테 당했을 게 뻔해요. 운이 좋아서 빠져나간다 해도 경찰한테 붙잡혔겠죠."

"제기랄! 내가 우스워 보여? 이쪽 동네에서 나를 건드릴 수 있는 배짱 좋은 녀석은 없다고!"

"너무 확신하지 말아요. 당신 사업 수완이 좋은 건 인정하지만 죽는 건 한순간이라고요."

"왜 브루노를 보자마자 클럽에서 나가자고 했지?"

"그쪽에서 어떻게 나올지 모르니까 피하려고 한 거예요.

최대한 빨리 벗어나 집에 돌아오고 싶었어요."

"날 걱정하는 척하더니 결국 네 목숨이 소중했던 거군!"

"전 죽고 싶지 않아요." 제인이 평소처럼 반항적인 태도로 따졌다. "이 나이에 죽고 싶은 사람이 어디 있겠어요? 하지만 토니 당신을 걱정한 것도 사실이에요."

토니의 표정이 와락 구겨지자 제인은 서둘러 덧붙였다.

"내가 지난 며칠 동안 당신한테 경호원을 붙이자고 했잖아요. 기억나죠?"

사실이었다. 제인은 토니를 볼 때마다 입버릇처럼 경호원을 고용하라고 신신당부했다.

정작 경호원 고용을 미뤄온 건 토니였다. 몇 놈 정도야 혼자서도 충분히 감당할 수 있을 거라 생각하기도 했고, 괜히 겁먹은 것처럼 보이고 싶지도 않았다. 그래도 제인을 향한 의심을 완전히 거둘 수는 없었다. 왠지 모르게 꺼림칙했다.

토니는 늘 죽음으로 배신자를 처단해 왔다. 제인이라고 예외는 아니었다.

"사랑해요, 토니." 분노한 토니 앞에 제인이 고백했다.

"정말이에요. 난 당신을 보호하려고 최선을 다했어요."

"그래? 썩 믿음이 가지는 않는군. 그래도 정이 있으니 기회를 주겠어. 정말 날 사랑한다면 브루노를 죽이고 와."

제인은 깜짝 놀라 눈을 동그랗게 떴다. 이윽고 토니가 자신을 시험하고 있음을 깨닫자 얼굴이 딱딱하게 굳어졌다.

토니가 웃으며 비아냥댔다. "왜, 자신이 없나?"

제인은 경멸스러운 눈빛으로 토니를 쏘아봤다. "그럴 리가!" 제인이 날카롭게 외쳤다. "당신 같은 대단한 인물 하나 죽이는 건 일도 아니죠."

"그래? 그러면 브루노를 죽여서 나를 향한 사랑을 증명해 봐."

"정말 대단한 기사도 정신이네요!" 제인이 질린다는 듯 헛웃음을 터뜨렸다. "도시에서 가장 위험하다는 갱스터 보스를 처리하라니. 그것도 혼자서! 내가 혼자 움직인 적이 한 번도 없다는 건 당신이 더 잘 알고 있겠죠.

하지만 능력이 없는 건 아니에요. 지난번 엠버시 클럽에서 호프먼을 제거할 때도 나 없이 당신 혼자서는 힘들었을 걸요. 이번에도 당신이 직접 나서겠다면 옆에서 도와줄 수는 있어요. 적당한 기회를 찾아올게요. 어때요, 같이 해볼 생각 있어요?"

"정 힘들겠으면 그렇게 하지." 토니가 마지못해 제안을 받아들이겠다는 듯 대답했다.

집에 올 때 치밀어 올랐던 분노가 한풀 꺾이기도 했고, 아슬아슬한 슬립을 걸친 채 자신을 올려다보는 매혹적인 여자를 이대로 죽여 버리기는 아쉽기도 했다. 아직은 제인과 조금 더 함께하고 싶었다. 물론 제인에게 자신의 생각을 그대로 전할 만큼 멍청하지는 않았다.

토니는 제인의 팔을 붙잡고 위협적으로 경고했다. "그런데 이거 하나는 명심하는 게 좋을 거야. 내 뒤에서 쓸데없는 수작 부리다 걸리면 넌 바로 사형이야. 알겠나?"

그렇게 한 번도 암살에 실패해본 적이 없는 두 사람이 모사꾼 브루노의 마지막을 접수했다. 하지만 토니의 의심과 그로 인한 갈등은 연인관계에 균열을 일으켰고, 결국에는 돌이키지 못할 결과를 가져왔다.

Scene #18

토니는 즉시 노스사이드 갱에 대한 보복 계획을 세우기 시작했다. 악명 높은 브루노의 숨통을 확실히 끊어 놓으려면 치밀함과 대담함이 필요했다. 토니는 내심 브루노를 인정했다. 지금까지 겪은 일련의 사건으로 짐작할 때 브루노는 보스에게 요구되는 자질인 현명함과 무자비함, 침착함을 두루 갖추고 있었다.

특히 나이트클럽에서 보여준 모습이 깊은 인상을 남겼다.

한 시간 전 암살 시도를 당한 사람이라고는 상상조차 할 수 없는 모습이었다. 게다가 고작 몇 미터 떨어진 테이블에 습격을 지시한 장본인이 앉아 있다는 사실을 알면서도 그토록 덤덤하게 평정을 유지하다니 존경할 만한 사내였다.

상대방의 뛰어난 용기와 능력은 토니의 승부욕을 자극할 뿐이었다. 토니는 주저하지 않고 계획을 실행에 옮겼다.

토니와 조직원은 노스사이드 갱 창고에 폭탄을 터뜨리고, 운반 트럭을 납치하고, 갱에 줄을 대고 있는 양조장 주인을 협박했다. 본보기 삼아 몇 명 죽이자 주류 공급원은 금세 정리됐다. 조직에서 술을 공급받는 술집을 찾아가 철저한 보호를 약속하고 거래처를 바꾸도록 설득했다.

브루노 조직에서 가장 솜씨가 좋다는 총잡이 여섯도 제거했다. 도시를 떠나지 않으면 나머지 조직원도 같은 최후를 맞이하게 될 것이란 협박도 잊지 않았다.

브루노 소유로 알려진 도박장도 주기적으로 습격해 금고를 털었다. 단단한 철문에 신변 확인 목적으로 자그마한 구멍 하나만 뚫어 둬서 접근이 쉽지 않은 도박장에는 폭탄을 터뜨렸다. 토니는 상대 조직에 피해를 줄 수 있는 모든 공격을 가했다.

공격은 계획대로 순조롭게 진행됐다. 어느 정도 시간이 지나고 노스사이드 갱에 적지 않은 피해를 입혔을 무렵 토니는 펠루소를 호출했다.

펠루소는 브루노의 심복이라는 이유로 납치당해 노스사이드 갱의 은밀한 정보를 실토한 이후 줄곧 호텔에 붙잡혀 있었다. 그리 협조적이었다고 말할 수는 없었지만, 어찌 됐든 펠루소가 넘긴 정보가 아니었더라면 계획을 성공시키기 어려웠을 것이다.

펠루소는 처음 토니 앞에 끌려오던 날과 똑같이 총잡이 두 명에게 팔을 붙잡힌 채 사무실로 들어왔다. 바닥에 무릎을 꿇고 앉은 펠루소의 못생긴 얼굴이 공포로 창백하게 질려 있었다.

"베니 펠루소. 오랜만이군." 토니가 말했다. "자네가 넘긴 정보가 꽤 쓸 만했어. 약속한 돈은 여기 있네." 토니는 책상 위에 돈 봉투를 올려놨다. "기차를 타고 서부로 떠나. 혹시 브루노 쪽에서 해코지를 할 수도 있으니 옆에 두 사람을 경호원으로 붙여 주지."

압박을 견디지 못하고 동료를 팔아먹은 작달막한 갱스터는 하얀 봉투를 탐욕스럽게 집어 들었다. 봉투 안에는 약속한 십만 달러가 들어 있었다.

펠루소는 토니를 올려다보며 환하게 웃었다. 이 바닥에서 약속을 지키는 인간은 드물었다. 같은 조직 내에서도 뒤통수를 치는 경우가 허다한데 적대적인 관계에 있는 조직의 보스가 더는 얻을 만한 이익이 없는 데도 약속을 지키다니 믿기 힘들었다.

"고맙습니다." 펠루소가 감격스럽다는 듯 인사했다. "정말로 약속을 지킬 거라고는 기대도 안 했습니다."

"나는 내가 한 말은 꼭 지킨다네. 나한테 이득이 되든 말든 마찬가지야. 사나이가 한 입으로 두말하면 쓰나."

토니가 대답했다. 한때 적이었던 남자가 진심으로 감동한 모습을 보자 가슴이 뿌듯해졌다. "자네의 앞날에 행운이 있길 바라네."

토니의 명령으로 펠루소를 납치해 온 리날도가 다른 총잡이 한 명과 함께 펠루소를 데리고 밖으로 나갔다.

한 시간 뒤 리날도가 돌아왔다. 표정이 좋지 않았다.

"보스, 나쁜 소식이 있습니다. 역으로 가는 길에 차가 한 대 따라붙었습니다. 우리 차를 쳐서 갓길로 몰아 놓고는 미처 손쓸 새도 없이 펠루소를 죽였습니다. 다행히 경찰이 오기 전에 차에서 내려 그놈들을 처리하긴 했습니다만….

아무래도 노스사이드 갱 쪽에서 펠루소가 호텔에 붙잡혀 있다는 이야기를 들은 모양입니다. 풀려나기만 기다린 눈치였습니다."

"알겠네." 토니가 의미심장하게 대답했다. "경찰이랑 언론에서는 펠루소의 죽음을 우리 책임으로 돌릴 거야. 어쨌든 밖에서 보기에는 노스사이드 갱이 펠루소를 처리할 이유가 전혀 없으니까. 일단 현장이나 깔끔하게 정리하고 상황 돌아가는 거 봐가면서 이야기하도록 하지."

리날도가 물러갔다. 토니는 한참 동안 자리에 앉아서 보고한 내용을 곱씹었다. 신사적이고 우아해 보이지만 리날도 역시 위험한 인물이었다.

총잡이로 두각을 드러낼 만큼 실력도 출중했고 욕심도 대단했다. 리날도와 다른 총잡이 한 명이 작정하고 펠루소를 죽인 후 십만 달러를 챙겼을 가능성도 무시해서는 안 됐다.

의심은 가지만 그렇다고 리날도를 추궁할 수도 없는 노릇이었다. 자기 입으로 노스사이드 갱에서 조직원을 보내 배신자를 처단했다는 데 밑에 있는 총잡이 둘에게 화살을 돌려봤자 좋을 게 없었다. 이러나저러나 토니에겐 마찬가지였다.

펠루소와 이야기한 대로 보수는 넉넉히 챙겨줬다. 신의에 어긋나는 행동은 하지 않았다. 어차피 펠루소도 그리 정직하고 깨끗한 인간은 아니었다. 조직에 몸담은 인간은 죄다 똑같았다. 토니는 그들 중 도덕이니 윤리니 법이니 하는 잣대 앞에서 당당할 수 있는 사람은 한 명도 없다는 사실을 잘 알고 있었다.

그다음 주에 리날도가 비싼 새 차를 끌고 나타났다. 토니의 의심은 확신으로 변했다.

토니는 노스사이드 갱에 계속 공격을 퍼부었다. 브루노 또한 가만히 당하고 있지만은 않았다. 브루노는 뛰어난 두뇌와 대담한 행동력으로 조직이 가진 자원을 총동원해서 맞서 싸웠다. 짧은 평화가 끝나고 벌어진 전쟁에 도시는 쑥대밭이 됐다.

신문에서는 연일 조직 간의 싸움이 시민의 권리를 침해하고 경제적 피해뿐만 아니라 무고한 생명까지 위협하고 있다고 보도했다.

"제길!" 어느 날 밤, 토니가 제인에게 불만스럽게 투덜댔다. "우린 민간인은 안 건든다고! 다 알면서 이따위 기사를 내다니. 나랑 내 부하들은 노스사이드 갱 조직원 말고는 털끝 하나 건드린 적 없어. 다른 조직도 그 정도로 몰상식하지는 않고. 폭탄을 터뜨릴 때도 건물 내부 상황은 확실하게 파악하고 움직인다고!

무고한 시민의 소유물이니 뭐니 하는데 다 개소리야. 자기 건물이 어떻게 쓰이는지 뻔히 알면서 돈 몇 푼 더 벌려고 눈 감아주는 걸 누가 모르나. 순진한 척 해봤자 죄다 한통속이야. 돈 때문에 갱스터한테 세를 놓는 인간한테 무고한 시민은 무슨. 우리보다 나을 게 하나도 없다고. 건물이 날아가는 위험 정도는 감수해야 하지 않나?"

다음 날 아침에 반갑지 않은 전화 한 통이 걸려 왔다.

"토니 카몬테." 고압적인 목소리가 흘러나왔다. 지검장이었다. "오늘 오후에 좀 봤으면 하네. 두 시 정각에 셔먼 호텔 스위트룸으로 오게."

"왜 사무실에서 보지 않고 호텔로 부릅니까." 토니가 불평했다. "여하간 무슨 일입니까?"

"자네가 그런 것까지 신경 쓸 필요는 없네. 두 시에 호텔에서 보세." 할 말을 마친 지검장은 전화를 끊어버렸다.

토니는 한 시 반이 다 되도록 무슨 일로 지검장이 자신을 호텔로 불러내는지 생각했지만 짐작 가는 데가 없었다.

혹시 함정일 수도 있다는 생각이 들었다. 잠시 가지 말까 고민도 했으나 지검장이 조직 보스를 대상으로 암살 계획을 꾸밀 리는 만무했다. 무슨 용건이든 한 가지만은 확실했다.

분명 달갑지 않은 이야기가 나올 것이다.

토니는 경호원을 대동한 채 차를 타고 시내로 나가는 동안에도 우울하고 불안한 생각을 떨칠 수 없었다. 커다란 호텔 건물 앞에 차를 세우고 문을 열자 검사가 보낸 남자 무리가 토니를 에워싸고 건물 안으로 들어갔다.

그들은 토니를 데리고 재빨리 빈 엘리베이터에 올라탔다.

무리 중 가장 계급이 높아 보이는 남자가 엘리베이터 보이에게 꾸물대지 말고 스위트룸으로 안내하라고 명령했다.

아직 두세 사람 정도는 더 태울 수 있는 공간이 남아 있었지만, 엘리베이터 보이는 잠시 머뭇거리는가 싶더니 명령을 내린 남자의 눈치를 보고 말없이 문을 닫았다.

엘리베이터가 스위트룸이 있는 층에 도착했다. 토니와 일행이 복도로 나오자마자 경찰 열두어 명이 달려들더니 몸수색을 시작했다. 배려나 예의는 고사하고 기본적인 안내조차 없었다. 토니는 꼼짝없이 붙잡혀 무장해제당했다.

"뭡니까. 도대체 왜 이러는 건지나 압시다!"

토니가 거칠게 항의했다.

"곧 알게 될 거야." 형사가 짜증스럽게 대답했다. "조용하고 총이나 내놔. 오늘은 얌전하게 있는 게 서로 좋을 거야."

토니는 보잘것없는 대접에 이를 악물었지만 달리 상대할 방법이 없었다. 길거리에서 총싸움에 휘말려 실수로 형사를 죽이는 것까지야 어떻게 무마할 수 있겠지만, 고급 호텔에서 십 수 명이 지켜보는 가운데 함부로 방아쇠를 당겼다간 개죽음을 당할 게 뻔했다.

토니는 내심 불안한 마음을 숨기고 덤덤한 척 형사의 지시에 따랐다. 토니의 부하들도 무장을 해제당한 채 형사들에게 둘러싸였다.

몸수색이 끝나자 형사 몇 명이 토니와 부하들에게 따라오라 명령한 후 복도를 걸어갔다. 복도 끝에 문이 열린 방 하나가 있었다. 대장으로 보이는 형사가 토니의 부하들을 방 안에 밀어 넣고 윽박질렀다.

"볼일이 끝날 때까지 네놈들은 여기서 기다려. 소란 피울 생각은 꿈도 꾸지 않는 게 좋을 거야. 혹시라도 거슬리게 구는 인간은 청에 데려가서 찍소리도 못 낼 정도로 두들겨 패줄 거야. 병신 되기 싫으면 알아서 잘 처신하라고."

형사가 문을 잠그고 열쇠를 주머니에 넣었다. 두 명이 문 앞을 지키고 섰다. 형사는 토니를 끌고 어디론가 향했다.

마침내 스위트룸 앞에 도착했다. 형사는 조심스럽게 노크하고 문을 열더니 방 안으로 토니를 내팽개쳤다. 엉겁결에 스위트룸에 내던져진 토니 뒤로 문이 닫히고 잠금장치가 잠기는 소리가 들렸다. 토니는 정신을 차리고 주변을 살폈다.

곧 몸이 딱딱하게 굳었다.

고급스러운 방 한가운데 놓인 커다란 테이블에 남자 여섯 명이 앉아 있었다. 하나같이 익숙한 얼굴이었다. 지검장이 상석을 차지했다. 작달막하고 다부진 체격에 비열하고 작은 눈과 두툼한 턱이 거만한 인상을 풍겼다.

나머지 다섯은 유명한 갱 두목이었다. 도시에서 영향력깨나 미친다는 인물은 모두 모였다. 당연히 그중에는 모사꾼 브루노도 있었다. 마지막 남은 한 자리는 토니를 위한 자리였다.

"토니 카몬테. 이리 와서 앉게." 지검장이 무뚝뚝하게 권했다. "회의가 막 시작되려던 참일세."

토니는 천천히 침착하게 테이블을 향해 걸어갔다. 최대한 냉정하게 눈빛을 유지하며 자리에 앉았다. 브루노와 눈이 마주쳤다. 토니는 분노가 치미는 두 눈으로 브루노를 쏘아봤다. 반면 브루노는 얼굴에 보기 좋은 미소를 띠며 붕대를 감은 토니의 왼쪽 팔을 쳐다봤다. 두 사람의 첫 만남이었다.

"팔을 다치셨나 봅니다." 브루노가 말을 걸었다.

목소리와 말투는 흠잡을 데 없이 예의 발랐지만, 그 아래에는 조롱과 경멸이 깔려 있었다. 토니는 분노로 피가 끓어오르는 듯했다.

"교통사고가 났습니다." 토니가 받아쳤다. "나 말고도 사상자가 몇이나 나왔지…" 토니는 거꾸로 뒤집힌 차에서 피를 흘리던 노스사이드 조직원 넷을 생각하며 음산하게 덧붙였다.

흙이 튀긴 자리를 헝겊으로 닦아내는 것처럼 브루노의 얼굴에서 미소가 서서히 사라졌다. 찬물을 뒤집어쓴 듯 얼굴이 딱딱하게 굳었다. 표정 없이 싸늘한 얼굴에서 형형히 빛나는 두 눈만이 생명력을 뿜어냈다.

토니와 브루노는 걷잡을 수 없는 증오와 분노로 서로를 뚫어지게 노려봤다. 토니는 브루노의 오른손이 살인 욕망으로 근질대고 있음을 본능적으로 느꼈다.

"그쯤하면 됐어." 지검장이 끼어들었다. "잠자코 내가 하는 이야기나 듣게."

테이블에 둘러앉은 여섯 명의 보스들은 좀도둑질이나 강도를 멸시하는 진정한 거물로 도시의 암흑계를 쥐락펴락했다. 그런 남자 여섯이 말 한마디에 몸을 돌려 지검장을 바라봤다.

시민의 신임을 받아 투표 끝에 선출된 지검장은 입법 권한을 손에 쥔 권력자였으니 제아무리 한 조직을 호령하는 두목이라도 감히 그를 무시할 수는 없었다.

마음만 먹는다면 시민을 보호한다는 명목 아래 하루아침에 조직을 와해시킬 수도 있을 것이다.

회의에 호출된 보스 여섯 명은 모두 지검장에게 매달 상납금을 갖다 바쳤다. 그들은 시민의 신의를 악용해 이익을 챙기는 지검장을 경멸했다. 언제 배신할지 모르는 교활한 인간에게 꼬박꼬박 빠져나가는 피 같은 돈이 여간 아까운 게 아니었다.

한편으론 토니를 비롯해 그 자리에 모인 조직의 우두머리들은 언제든 자신을 끌어내릴 수 있는 지검장의 권력을 내심 두려워했다.

"이 전쟁을 끝내야만 해!" 지검장이 분위기를 압도하기 위해 테이블을 강하게 내리치며 선언했다.

"하루도 잠잠할 날이 없으니 언론에서 쓸데없는 소리를 지껄인다고! 좀 잘 나간다 싶은 정치인 몇 명은 대놓고 불만을 표시하고 있어. 얼마 전에는 끗발 좀 날린다는 인간이 시장을 찾아가서 도시 평판이 떨어지니, 시민이 공포에 떨고 있니, 경제가 무너진다니 잘도 헛소리를 지껄이더군.

특검을 실시해야 한다는 말도 나오고 있어. 그렇게 되면 조직이 매수할 수 없는 돈 많고 겁 없는 변호사를 선정해서 수사를 진행할 거야. 무슨 뜻인지는 따로 설명 안 해도 되겠지?"

테이블에 둘러앉은 조직 보스들이 불안하게 웅성댔다.

특검은 사업에 엄청난 타격을 입힐 게 분명했다. 최악의 경우 조직이 완전히 붕괴할 수도 있었다.

"토니." 지검장이 토니를 똑바로 쳐다보며 말을 이어나갔다. "최근 사태에 가장 큰 책임이 자네와 브루노한테 있다는 사실을 알고 있네. 이렇게까지 야만스러운 싸움은 처음이야.

그렇다고 다른 조직이 낫다는 건 아니네. 이 둘한테 비빌 깜냥이 안 되니 주제를 알고 빠져 있는 것뿐이니, 능력만 된다면 당장이라도 영역 싸움에 뛰어들겠지…. 이 도시에서 돈 나올 구석은 충분해. 그만 휴전하고 각자의 구역에서 평화롭게 조직을 운영하도록 해."

"저쪽에서 휴전 협정을 지키겠습니까?" 브루노가 이름조차 부르기 싫다는 듯 턱짓으로 토니를 가리키며 반박했다.

"뒤통수 때리기는 네놈 특기인 걸로 알고 있는데?" 토니가 입매를 비틀며 으르렁댔다.

"언제 등에 총알이 박힐지 모르는데 가만있는 새끼가 병신 아닌가?"

"어디서 이 더러운 개새끼가 주둥이를 나불거려."

"둘 다 입 닥쳐!" 지검장이 사납게 소리쳤다. "도시에서 쫓겨나기 싫으면 입 닫고 내 말 들어."

"짭짤한 수입원을 직접 내쫓으시겠다는 겁니까?" 브루노와 충돌로 약이 잔뜩 오른 토니가 비아냥댔다.

건방진 말대꾸에 머리끝까지 분노한 지검장이 토니를 매섭게 노려봤다. "네놈이 계속 지금처럼 분수를 모르고 날뛰다간 한 푼도 못 벌게 생겼는데, 쫓아내고 푼돈이라도 받는 게 낫겠지." 지검장이 벌겋게 달아오른 얼굴로 대답했다. "한 번만 더 그딴 식으로 얘기했다간 당장 쓸어버릴 줄 알아."

토니는 태연한 척했지만 속은 분노로 들끓고 있었다. 시간만 충분하다면 지검장과 경쟁 조직을 모조리 전멸시킬 자신이 있었다. 토니는 단 한 번도 자신이 원하는 바를 이루지 못한 적이 없었다. 이번에도 그럴 것이다.

지검장이 테이블에 커다란 지도를 펼쳤다. 지도에는 이미 붉은 선으로 구역이 나뉘어 있었는데, 각 구역에는 조직 우두머리의 이름이 적혀 있었다.

"여기 내가 자네들 구역을 정해 뒀네." 지검장이 설명했다. "보다시피 각 조직이 담당하는 구역은 아주 공평하게 배분했어. 이의는 없을 거로 생각하네. 당연히 가장 영향력이 큰 두 조직이 제일 많은 땅을 차지하도록 정했지. 나머지 조직도 지금만큼 수익이 나올 정도는 되니 너무 섭섭하다고 생각하지는 말도록."

토니와 나머지 보스 다섯 명이 말없이 지도를 살펴봤다.

지검장의 말이 맞았다. 구역은 꽤 공정하게 배분돼 있었다. 할당된 구역 안에서만 활동해도 조직을 먹여 살릴 만한 이익을 얻고도 남을 것 같았다.

하지만 갱스터 조직은 언제나 영역 다툼을 벌여 왔다.

수익이 충분한지 부족한지는 중요하지 않았다. 한 조직은 늘 다른 조직의 영역을 탐냈다. 다툼에서 승리한 자가 모든 전리품을 차지하는 게 어둠의 세계를 지배하는 규칙이었다.

"한 부씩 가지고 갈 수 있도록 지도를 복사해 왔지. 여기 있는 지도랑 똑같이 앞으로 각 조직이 활동할 영역을 표시해 뒀네." 지검장이 지도를 나눠주며 설명을 계속했다.

"자기 영역을 벗어나는 조직은 당장 도시 밖으로 쫓아낼 걸세. 그게 누구든 중요하지 않아. 오늘 이야기한 내용을 주변 조직에도 알리도록. 사소한 건 알아서 해결하라고.

대충 자투리땅을 좀 떼어주든 아예 조직으로 흡수하든 그 정도 능력은 다들 되지 않나? 아랫사람이 한 행동도 자네들이 책임져야 해. 부하 하나 제대로 통제 못 하진 않겠지.

혹시 명령을 어기고 남의 구역을 엿보는 놈이 있으면 그건 보스 자격이 없다는 이야기니까 쫓겨나도 억울해하지 말도록. 더 이상의 총격전은 용납하지 않아. 누구든 이 동네에서 총을 뽑아 드는 인간에겐 엄중한 죄를 물을 걸세.

토니 카몬테. 자네는 이제 나가도 좋아. 부하들을 데리고 돌아가게. 나머지는 토니와 경호원이 떠난 후 순서대로 한 명씩 보내 줄 테니까 불안해하지 말라고. 허튼 짓거리 할 생각 말고 순순히 물러나도록. 밖에 형사들 쫙 깔아 뒀으니까 괜히 복수니 뭐니 하면서 근처에서 어슬렁대다가 걸리면 당장 붙잡아서 감방에 처넣을 테니 그렇게 알고 있으라고."

토니가 천천히 의자에서 일어나더니 테이블에 둘러앉은 인물들을 쭉 훑어봤다. 브루노에게 시선이 특히 오래 머물렀다. 그리고는 눈길을 거두고 몸을 돌려 문밖으로 나갔다.

불쾌한 자리였지만 수확이 아예 없지는 않았다. 덕분에 모사꾼 브루노를 직접 대면했으니 그것만으로 만족스러웠다.

생김새를 확실히 익혀 두었으니 앞으로는 거리가 꽤 떨어진 곳에서도 노스사이드 갱의 보스를 확실히 알아볼 수 있을 것이다. 어두운 밤 은밀히 사냥에 나설 때 매우 큰 도움이 될 게 분명했다.

Scene #19

얼마간 평화가 유지됐다. 거의 4개월 가까이 별다른 충돌 없이 약속을 지켰다. 다들 벌 만큼 돈을 벌었고, 아무도 죽지 않았다. 하루가 멀다고 사고를 치던 조직원들은 가만히 장사나 하고 있으려니 좀이 쑤실 수밖에 없었다.

곧 갈등이 불거지기 시작했다. 먼저 각 조직 관할 구역에서 어슬렁거리는 양아치들끼리 사소한 몸싸움이 벌어졌다.

그래봤자 가볍게 치고받는 정도라서 코피가 터지거나 눈가에 멍이 드는 정도에서 그쳤다.

시간이 조금 더 흐르자 별 영향력 없는 말단 조직원이 이따금 칼을 휘둘렀고 기어코 한두 발씩 총을 쏘기에 이르렀다. 불안감이 고조됐다. 전쟁과 복수를 향한 욕망이 커졌다.

모든 조직이 몸을 사린 채 숨을 죽이고 조심스럽게 상황을 살폈다. 도시에 긴장감이 감돌았다. 억지로 평화 협정을 맺은 갱스터는 먹잇감을 앞두고 목줄에 붙들린 사냥개나 마찬가지였다.

토니도 심상찮은 분위기를 감지했다. 기약 없는 휴전이 슬슬 지겨워지던 참이었다. 게다가 노스사이드 갱의 침묵이 생각보다 길어질수록 의심은 짙어졌다. 브루노 또한 토니만큼이나 기약 없는 평화에 지겨워하고 있음이 분명했다. 충돌은 시간문제였다. 누구 한 사람이 먼저 행동하면 즉시 전쟁이 발발할 것이다.

도박장은 토니의 중요한 수입원 중 하나였다. 도심에 터를 잡은 2층짜리 도박장은 쏠쏠한 수입을 올렸다. 알짜배기 땅에 자리하고 있었지만, 근처에 일반인이 자주 드나드는 백화점이나 상가는 없었다.

한 블록 이내에 위치한 건물들에는 죄다 미용 도구 도매상처럼 고객의 발걸음이 뜸한 사업체가 입점하고 있었다. 덕분에 도박장 주위에는 인적이 드물었다.

토니는 이 도박장을 거의 매일같이 방문했다. 도박장을 드나든다는 사실을 굳이 숨기려고 하지도 않았다.

어느 오후, 토니는 평소와 똑같이 도박장 앞에 차를 세우고 밖으로 나가 경호원이 대열을 갖출 때까지 잠시 기다리고 있었다. 그때 기관총을 난사하는 소리가 들려왔다. 순식간에 경호원 두 명이 총에 맞아 쓰러졌다. 나머지 경호원은 길가에 세워 둔 차 뒤로 허겁지겁 몸을 숨기면서 총격의 근원지를 찾기 위해 미친 듯이 주변을 살폈다.

토니는 재빨리 도박장 입구로 몸을 던졌다. 몇 걸음 안 되는 사이 상체에 묵직한 타격감이 여러 번 느껴졌다. 기가 막힌 사격 솜씨였다. 방탄조끼를 입고 있지 않았더라면 이미 저세상 사람이 됐을 게 뻔했다.

토니는 계단으로 이어지는 좁은 복도에 마련해 둔 임시대피소에 몸을 숨기고 전투를 준비했다. 이미 손에는 권총이 들려 있었다. 토니의 부하 두 명이 길 건너편 작은 호텔 창문을 향해 총을 갈겼지만, 토니가 시야에서 사라진 순간 기관총 소리는 이미 그쳤다.

암살자는 이미 현장을 떴을 것이다. 괜히 꾸물대다가 경찰에 붙잡히면 일이 더 커진다. 토니와 부하들 또한 범인으로 몰리지 않으려면 최대한 빨리 현장에서 벗어나야 했다. 도심 한복판에서 벌어진 대낮의 총격전을 윗선에서 그냥 넘길 리 없었다.

토니는 도박장 밖으로 나와 호텔 창문을 재빠르게 살폈다. 의심스러운 정황은 보이지 않았다.

"그만!" 토니가 소리쳤다. "빨리 차에 타! 돌아간다!"

토니는 거의 날다시피 승용차에 뛰어 들어갔다.

토니 뒤로 부하들이 줄줄이 따라 들어와 방어벽을 쌓았다. 남은 인원은 뒤차에 올랐다. 커다란 차 두 대가 우레 같은 소리를 내며 쏜살같이 도박장 앞에서 사라졌다.

간발의 차이로 경찰이 도착했다. 토니와 조직원은 요란스럽게 호루라기를 불어 대는 경찰을 뒤로한 채 본부에 안전하게 도착할 때까지 쉼 없이 달렸다. 토니의 까만 두 눈에 불꽃이 튀었다. 한편으로는 분노가 다른 한편으로는 흥분이 일었다. 마침내 전쟁이 재개됐다!

"놈들은 호텔 3층에 있었습니다." 부하 한 명이 보고했다.

"두 놈이었습니다. 한 놈은 톰슨 기관총을 쐈고, 다른 한 놈은 권총을 쐈습니다."

톰슨은 기관총의 한 종류로 최근 갱스터 조직에서 무척 애용했다. 무게가 5킬로 정도로 가벼워서 운반이 쉬울 뿐 아니라 리볼버보다 조작이 쉽고 파괴력이 높아 효과가 좋았다.

게다가 분당 백 발까지 발사할 수 있어 순식간에 여러 사람의 목숨을 빼앗아갈 수 있었다.

토니는 본부로 돌아오자마자 사무실로 올라가 지검장에게 전화를 걸었다.

"방금 빅터 호텔 3층에서 날 노리고 총을 갈겨대는 놈들이 있었습니다." 토니가 신난다는 듯 소식을 전했다.

"알고 있네. 형사한테 이야기를 들었어."

"브루노 쪽 애들이 틀림없습니다. 어떻게 하실 계획입니까?"

"저번에 회의에서 이야기한 대로 처리할 거야. 오늘 밤 안으로 노스사이드 갱 조직원을 최대한 많이 연행해서 심문한 다음 내일 아침 곧장 재판에 세울 걸세."

지검장의 입장은 얼핏 그럴듯하게 들렸지만 사실 아무런 의미가 없었다. 암살 작전에 투입된 두 놈은 이미 증거를 말끔히 인멸하고 현장을 빠져나갔다.

나머지는 모르쇠로 일관하고 있을 게 분명했다. 아니, 다음 날 아침 신문에 사건이 실리거나 범인이 잡히기 전에는 토니를 노리고 총격전이 일어났다는 사실조차 모르고 있을 확률이 더 컸다.

노스사이드 놈들을 줄줄이 붙잡아 경찰서로 데리고 온다 해도 증거나 증언이 없는 이상 불법 총기 소지죄를 묻는 데 그칠 것이다. 토니는 대대적인 조직원 체포와 후속 조치가 대중의 환심을 목적으로 한 언론 보도 자료 이상의 의미밖에 없음을 눈치챘다.

하지만 이대로 날려버리기에는 아까운 기회였다. 토니는 믿을 만한 총잡이 열두어 명을 불러 놀라운 계획을 세웠다.

지금껏 갱스터가 도시에 자리 잡은 이래로 가장 도발적인 행동을 보여 줄 예정이었다.

저녁 신문에 바로 기사가 실렸다. 조간신문보다는 석간신문이 늘 좋은 반응을 끌어내긴 했어도 그날은 특히 더 그랬다. 오후에 있었던 총격전이 일면에 떡하니 올랐다. 사건은 한 면을 다 차지할 만큼 상세하게 다루어졌다. 토니가 미처 파악하지 못한 정보도 있었다.

총격전이 일어난 직후 현장에 출동한 경찰은 호텔 3층에서 톰슨 기관총 한 자루와 탄창이 빈 권총 한 자루를 찾았다. 그리고 호텔 방 안에서 몸통에 총알 여섯 발이 박혀 죽은 남자의 시신이 발견됐다. 남자의 신원은 스티브 리버티로 밝혀졌다.

"개새끼!" 토니의 얼굴이 벌겋게 달아올랐다. "결국 이놈이 배신자였어! 우리 쪽 애들 총에 맞은 것 같군. 아니면 그쪽에서 후환을 없애려고 단물만 빼먹고 처리했는지도 모르지. 어쨌든 꼴 좋게 뒈져버렸군!"

토니는 사건을 다각적으로 면밀히 분석했다. 암살에 가담한 인물 중 한 명이 조직의 이인자로 밝혀지면서 사건은 새로운 국면에 접어들었다.

리버티가 사적인 감정으로 혼자 일을 꾸몄을 가능성도 배제할 수는 없었다. 하지만 확률은 희박했다. 애초에 그 정도 머리가 되는 인물이 아니었다. 아마 모사꾼 브루노가 영악하게 리버티를 조종해 앞잡이로 이용한 것 같다.

리버티는 조직에서 쫓겨나고 복수를 꿈꾸며 그 길로 노스사이드 갱을 찾아갔을 것이다. 그리고 브루노는 경쟁 조직의 소중한 정보를 들고 제 발로 굴러들어온 리버티를 기꺼이 받아들였을 게 분명했다.

다음 날 발행된 조간신문은 전날 있었던 총격전에 대해 조금 더 유보적인 태도를 보였다. 밤사이 악명 높은 노스사이드 갱에 대한 철저한 수사가 이루어졌으며, 보스인 브루노를 포함해 조직원이 대거 체포돼 유치장에 갇혀 있다는 정보를 전했다.

브루노와 조직원은 곧 오전에 있을 재판에 참석할 예정이었다. 시에서 갱스터를 상대로 대대적인 수색을 벌인 건 몇 년 만에 처음이었다.

토니는 전날 세운 계획을 행동으로 옮기기 위해 특별히 선발한 총잡이 여섯 명을 승용차 두 대에 나눠 태우고 호텔을 나섰다. 그들은 노스사이드 갱을 대상으로 한 재판이 일어나는 법원에서 채 한 블록도 떨어지지 않은 장소에 차를 세웠다. 계획이 꼬이면 언제든 달아날 수 있게 시동은 걸어 두었다. 부하들은 차에서 나와 거리에 뿔뿔이 흩어져 자리를 잡았다.

토니는 조수석에 앉아 제자리를 잡은 믿음직한 부하들을 보고 만족스럽게 미소 지었다. 브루노와 노스사이드 잔당이 법원에서 나올 때를 노릴 예정이었다. 무장한 채 법원에 들어갈 리는 없으니 속수무책으로 당할 수밖에 없다. 곧 노스사이드 갱은 회복하기 힘든 타격을 입게 될 것이다.

그때, 법원 아래층에 자리한 경찰서 문이 활짝 열렸다. 제복을 빳빳하게 차려입은 형사와 경찰들이 줄줄이 거리로 쏟아져 나오더니 토니가 심어 놓은 총잡이들을 순식간에 제압했다.

"젠장!" 토니가 욕설을 뱉었다. "짭새한테 걸렸어. 밟아!"

커다란 자동차가 우레 같은 소리를 내더니 재빨리 코너를 돌아 달아나려 했다. 차가 거리를 빠져나가기 직전 총탄 두 발이 후면에 날아와 박혔다.

"차 세워!" 토니가 명령했다. 경찰서에서 몇 십 미터밖에 떨어지지 않은 장소였지만, 시야에서 벗어나기는 충분한 거리였다. "총 이리 내놔!"

운전수가 재빨리 권총을 건넸다. 토니는 권총을 넘겨받아 침착하게 문을 살짝 열고 하수구에 떨어뜨렸다. 그리고 주머니에 넣어 둔 묵직한 권총도 하수구에 흘려버렸다.

조끼에 숨겨놨던 소형 권총은 만일의 상황을 대비해 양말에 쑤셔 넣어 뒀다. 형사 두 명이 권총을 겨눈 채 코너를 돌아 자동차로 다가왔다. 토니는 영문을 모르겠다는 표정으로 자동차 옆에 가만히 서 있었다.

"제게 무슨 볼일이 있습니까?" 토니가 미간을 살짝 찡그리며 물었다.

"곧 볼일이 생길 것 같군." 형사가 대답했다. "그레이디 경사가 창문 밖으로 거리를 살피고 있었기에 망정이지, 하마터면 네놈 밑에서 일하는 양아치들이 길거리를 어슬렁거리는 걸 놓칠 뻔했어. 경찰서 앞마당에서 송장을 치울 순 없지."

"그레이디 경사라고요?" 토니가 재미있다는 듯 이야기했다. "기억해둬야겠군요."

"기억하든 말든 그건 알아서 하고. 순순히 따라와. 옆에 놈도 같이."

"영장 있습니까?"

"현행범 체포에는 영장이 필요 없지."

"현행범이라니. 제가 무슨 죄를 지었다고 이렇게 막무가내로 잡아가시려고 합니까?"

"불법 총기 소지죄로 체포한다."

"총이 없는데 어떻게 총기 소지죄가 됩니까?"

"없다고?" 건장한 형사가 믿을 수 없다는 듯 소리쳤다. "웃기지도 않는군! 오리발 내밀면 다 될 줄 알았나? 짐, 엄호해주게. 몸수색 좀 해야겠어."

형사는 토니를 샅샅이 훑어 내렸다. 무릎 아래로는 내려가지 않았다. 예상대로였다. 형사는 이해할 수 없다는 표정으로 운전수를 차에서 끌어내 똑같이 몸수색을 실시했다.

당연히 무기는 발견되지 않았다. 형사는 당황한 기색으로 다시 한번 두 사람을 수색했다. 경쟁 조직의 보스가 재판을 받는 법원 앞에 맨몸으로 찾아왔을 리가 없었다.

그때, 형사가 한 가지 가능성을 떠올렸다.

"바닥에 총을 떨어뜨렸거나 자동차에 숨겨뒀겠지. 네놈 같은 양아치가 뻔히 써먹는 수법이야."

형사는 커다란 기계를 분해할 것처럼 자동차에 다가갔다.

폭탄이나 연장이 있었다면 아예 산산조각낼 기세로 차를 구석구석 뒤졌지만, 법적으로 문제가 될 만한 물건은 나오지 않았다.

"다 확인하셨습니까?" 토니가 이죽댔다. "보다시피 아무것도 없습니다. 날씨가 좋기에 드라이브나 하려고 나온 것뿐이오. 아침부터 차에 총알이 두 방이나 박혔더니 기분이 썩 좋지는 않군."

토니는 백 달러짜리 지폐 두 장을 꺼내 형사에게 한 장씩 건넸다. "경찰 양반, 이 돈으로 가서 담배나 한 대 사서 피우고 없던 일로 합시다. 나도 당신네가 괜히 가만히 있는 사람한테 총질이나 하고 영장도 없이 사유재산을 뒤진 건 그냥 잊겠소."

토니는 휑하니 차를 타고 떠났다. 세 블록쯤 갔을까, 비상 상황이 닥치면 언제든 쏠 수 있게 양말에서 소형 권총을 꺼내 코트 주머니로 옮겼다.

"보스! 끝내줬습니다!" 운전수가 존경스럽다는 듯 감탄했다.

"경찰 놈들이 우리만큼 철저했더라면 애초에 조직이 도시에 발붙일 일도 없었겠지." 토니가 현명한 대답을 내놨다.

토니는 본부에 마련해 둔 사무실에 도착하자마자 플라나간에게 전화를 걸었다.

"토니 카몬테요." 토니가 무뚝뚝하게 신분을 밝혔다.

"우리 애들 몇 명이 잡혀 들어갔소."

"나도 들었네."

"웬만하면 풀어주시오. 가는 정이 있으면 오는 정도 있어야 하는 거 아니오?"

"미안하네, 토니. 내가 어떻게 할 수 있는 일이 아니야.

우리 서라면 또 모르겠지만, 다른 관할에 붙잡힌 걸 풀어줘라 마라 하면 내 꼴이 우습게 되네. 여기저기 들쑤시고 다니는 기자가 알아채기라도 하면 골치 아파져. 일단 불법 총기 소지 정도 선에서 정리할 수 있도록 힘 써 보지. 그래도 혹시 모르니 입 잘 터는 변호사 하나 붙여놓도록 해."

토니는 실력 좋은 변호사를 서에 보내 체포된 조직원의 변론을 맡도록 했다. 상황이 대충 정리되자 잠시 희미해졌던 복수심이 다시 불타올랐다. 이번 계획은 실패로 끝났다.

다음에는 절대 놓치지 않겠다.

Scene #20

어느 날 아침 토니의 우편함에 화려한 초대장 한 장이 도착했다. 초대장은 새로 오픈하는 도박장이자 레스토랑인 우드랜드 카지노의 개관식에 참석해 달라는 내용을 담고 있었다.

카지노는 시 당국 관할권에 들어가지 않는 외곽에 자리하고 있었지만, 고객의 발길이 닿지 않을 정도로 외진 장소는 아니었다. 초대장에는 개관식이 '발 마스케' 형식으로 진행될 예정이며 초대장을 소지한 인물만이 파티에 참석할 수 있다고 적혀 있었다.

토니는 발 마스케가 뭘 의미하는지도 몰랐고 알고 싶지도 않았다. 반면에 다른 정보는 꽤 흥미로웠다.

돈은 넘치도록 많지만 사회적으로 인정받기 힘든 사람이 으레 그렇듯 토니 또한 소수의 선택받은 자들만이 드나들 수 있는 은밀한 장소에 거부할 수 없는 호기심을 느꼈다.

똑같은 초대장을 받은 사람이 못 해도 수백은 될 것이다.

그중 한 명으로 선정됐다니…, 토니는 허영심에 마음이 묘하게 들떴다. 자신이 초대된 파티에 가고 싶어도 가지 못하는 사람이 헤아릴 수 없이 많을 게 분명했다.

토니는 도시에서 중요한 인물로 인정받았다는 기쁨에 잠시 젖어 있었지만, 이내 주변을 의심하는 습관이 고개를 치밀었다. 쓰디쓴 인생을 경험하며 길들여진 조심성이 더욱 강해져 모든 상황과 사람을 의심하기에 이르렀다.

우편함에 덩그러니 놓여 있던 초대장은 함정일 가능성이 컸다. 아마 토니를 노리는 누군가가 으슥한 장소로 유인하기 위해 그럴듯한 행사를 꾸며냈을 것이다.

토니는 밀랍으로 밀봉된 초대장을 꼼꼼히 살폈다. 딱히 의심스러운 구석은 보이지 않았다. 이미 사회적으로 인정받은 인물이 됐다는 기분 좋은 환상은 사라진 지 오래였다. 도시에 사는 갱스터 절반이 초대장을 받았을 것이다. 아무리 봐도 지나치게 구미를 당기는 내용이었다.

초대장을 보낸 인간은 겨우 이딴 수준 낮은 속임수에 넘어가리라 생각한 걸까? 토니는 두껍고 뻣뻣한 손으로 초대장을 마구 구겨 쓰레기통에 던졌다.

몇 분 뒤, 사무실 책상 위에 놓인 전화기가 울렸다.

제인이었다. "잠깐 집에 들를 수 있겠어요? 급하게 전할 말이 있어요."

"전화로 해."

"안 돼요. 누가 듣고 있으면 어떡해요. 다른 조직원이든 경찰이든…, 새어 나가면 안 되는 일이에요."

"저녁에 이야기하면 안 되겠나?"

"상관은 없지만 될 수 있으면 지금 당장 만나서 이야기하고 싶어요." 제인이 목소리를 낮추고 부탁했다.

"알겠어." 토니가 툴툴댔다.

토니는 전화를 끊자마자 집으로 갔다. 경호원에게 집 앞을 지키고 있도록 명령하고 서둘러 아파트로 들어갔다. 왠지 모를 불안함이 느껴졌지만 정작 제인은 기분 좋게 웃고 있었다.

"자기!" 제인이 잔뜩 들떠있는 얼굴로 소식을 전했다.

"브루노를 처리할 기회를 찾았어요! 내일 저녁 우드랜드 카지노 개관식에 참석할 거래요. 그때를 노려요."

토니가 두 눈을 가늘게 뜨고 제인을 바라봤다. "그래? 그 얘기는 어디서 들었지?"

"오, 토니. 별로 자랑스럽진 않으니까 그건 묻지 말아 줘요. 어쨌든 쓸 만한 정보잖아요. 어떻게 알아냈는지는 중요하지 않아요. 완벽한 기회라고요!

아무리 브루노라도 그런 자리에서 문제를 일으키지는 않을 거예요. 경호원도 몇 명 없을 거고요. 아예 안 데리고 올지도 모르죠. 게다가 가장무도회니까 다들 가면과 의상을 입고 있을 거예요. 정체를 들키지 않고 일을 처리하기에 딱 좋아요."

"그래? 그럼 가면을 쓴 그 많은 사람 중 누가 브루노인지 어떻게 알지?"

"그건 이제부터 알아봐야죠."

"글쎄, 한 번 생각해 보지."

토니는 본부로 돌아와 구겨진 초대장을 쓰레기통에서 꺼냈다. 아직 파티에 참석할지는 결정하지 못했지만, 일단은 어떻게 될지 모르니 갖고 있을 생각이었다.

해가 다 질 때까지 고민했다. 본능은 개관식에 가면 안 된다고 경고했다. 한편으론 브루노를 죽일 기회를 이대로 놓치기에는 너무 아까웠다. 결국 토니는 유혹을 이기지 못하고 위험을 감수하기로 했다.

다음 날 아침 토니는 경호원을 대동해 가장무도회 의상을 구하러 갔다가 결국 빈손으로 가게를 나왔다. 점원에게 의상을 들키고 싶지 않았다. 갱스터와 아무 상관도 없는 사람이지만 혹시라도 정보가 다른 손에 넘어가면 목숨이 위험해진다.

만에 하나의 확률이라도 신분이 노출될 수 있다면 조심하는 편이 나았다.

그날 오후, 토니는 부하를 보내 헨리 8세 의상을 구매했다.

아침에 직접 의상을 둘러보면서 미리 정해뒀다. 커다랗게 부푼 벨벳 상의는 무기를 숨기기에 적합해 보였다. 게다가 가짜 수염을 붙이면 왼쪽 얼굴에 커다랗게 난 흉터를 감쪽같이 가릴 수도 있었다.

제인은 줄리엣 의상을 입었다. 토니와 제인은 밤 열 시가 조금 넘어 집을 나섰다. 실력이 뛰어난 총잡이 네 명을 경호원으로 대동했다. 몸집이 작고 날씬한 두 명은 여자로 변장했다. 옷을 벗겨보지 않는 한 그럴듯한 커플 세 쌍처럼 보일 것이다.

토니는 경쟁 조직에서 자동차 종류나 번호판으로 신원을 알아보는 불상사가 생기지 않도록 부하에게 승용차를 렌트해 오라고 시켰다. 평소 토니가 타던 차보다 훨씬 작고 저렴했지만 속도만은 뒤지지 않았다.

카지노를 백여 미터 앞두고 토니와 부하들은 차를 세우고 가면을 고쳐 썼다. 카지노에 도착한 토니는 상황이 여의치 않으면 재빨리 빠져나갈 수 있도록 도로를 향해 주차했다.

초대장 한 장으로 여섯 명이 들어갈 수 있을까 걱정했지만, 터키 하렘 경비대 의상을 입은 문지기는 부담스러울 만큼 깊이 허리를 숙이며 토니 일행을 맞이했다.

사실 문지기가 토니를 이렇게까지 환영한 데는 이유가 있었다. 토니가 카지노 개관식에 참여하기까지 제인이 알아내지 못하고 토니가 미처 의심하지 않은 배후가 있었다.

제인은 모사꾼 브루노가 새로운 카지노의 주인이라는 정보를 알아내지 못했고, 토니는 자신이 받은 초대장이 왼쪽 아래에 '도박장'이라는 단어를 새겨 넣은 유일한 초대장일 것이라고는 상상조차 못 했다.

토니 일행은 카지노에 입장하자마자 신원이 발각됐다.

토니는 몰랐지만 사실 이 개관식은 오직 토니만을 위해 열린 파티였다.

우드랜드 카지노는 도박장답지 않게 넓고 고급스러웠다.

중심에는 나이트클럽처럼 댄스 무대와 레스토랑을 꾸며뒀다. 춤을 추면서 식사를 즐길 수 있는 공간은 1층을 거의 다 차지할 만큼 널찍했다.

한구석에서 실력 좋은 오케스트라가 어깨를 들썩이게 하는 재즈를 연주했고, 웨이터가 온갖 산해진미를 들고 홀을 누볐다. 토니와 일행은 수십 명이 가면 뒤에 숨어 살기등등하게 그들을 노려보고 있을 것이라는 사실은 상상도 못 한 채 화려한 카지노를 누비고 다녔다. 토니는 1층을 얼추 다 둘러보고 2층으로 올라갔다.

2층에 올라가자 도박꾼을 위한 작은 방이 끝도 없이 펼쳐졌다. 딜러를 상대로 운을 시험할 수 있는 게임이란 게임은 모두 한자리에 모아둔 듯했다. 도박에 참여하려면 판돈을 꽤 많이 걸어야 했다. 토니는 게임에 별 관심이 없었기에 돈을 따든 잃든 별로 개의치 않고 무심하게 룰렛을 돌렸다.

타고난 도박사의 자질 덕분인지 삼십 분이 채 안 돼 오천 달러 넘게 벌었다. 딜러는 잃은 돈을 되찾으려 토니에게 연신 게임을 권했지만, 토니는 무뚝뚝하게 고개를 가로젓고 미련 없이 테이블에서 물러났다.

토니 일행은 다시 1층으로 내려갔다. 각양각색의 의상을 차려입은 사람들이 무대를 빽빽하게 채우고 파티를 즐겼다.

왁자지껄한 소음이 두려우면서도 유쾌하게 느껴졌다. 작전만 아니었더라면 토니 일행도 이색적인 파티를 한껏 즐겼을 것이다. 늘 그랬듯 토니는 일을 앞두고 예민하게 날이 선 채 말을 아꼈다. 토니는 경호원에게 괜한 의심을 사지 않도록 적당한 거리를 유지하되 주변을 예의주시하라고 조용히 지시한 후 제인과 춤을 췄다.

커플로 위장한 경호원 또한 경계 태세를 유지하며 근처를 맴돌았다. 세 번인가 네 번쯤 춤을 추던 토니가 제인을 댄스 무대 가장자리로 데리고 나갔다.

“일단 자연스럽게 섞여들어서 브루노가 여기 있는지부터 확인해. 될 수 있으면 어떻게 변장했는지도 알아 와.” 토니가 명령했다.

제인이 말없이 고개를 끄덕이고 천천히 군중 속으로 스며

들었다. 토니는 파티를 즐기는 사람들을 날카롭게 살펴봤다.

브루노가 어떤 의상을 입고 있는지만 안다면 일이 훨씬 쉬워질 것이다. 긴장감 속에 표적을 찾는 와중에도 아름다운 여성에게 관심이 가는 건 어쩔 수 없었다.

그때, 수많은 사람 속에서 위풍당당한 자세가 단연 돋보이는 여자 한 명이 눈에 들어왔다. 키가 크고 날씬한 여자는 값이 꽤 나가는 게 분명한 고급 드레스를 입고 있었다.

길게 땅에 끌리는 하얀 드레스가 우아함을 더했다. 머리 위에 얹은 왕관이 빛을 받아 화려하게 반짝였다. 그야말로 완벽한 여왕이었다.

여자는 어디론가 걸어가고 있었다. 흠잡을 데 없이 우아하고 고상한 걸음걸이가 토니의 눈길을 사로잡았다. 토니는 저런 걸음걸이를 본 적이 있다. 기억을 더듬었지만, 도무지 생각이 나질 않았다. 분명히 어디선가 저렇게 걷는 여자를 만난 적이 있었다. 썩 유쾌한 경험은 아니었다는 사실만 무의식적으로 느낄 뿐이었다.

어떻게든 기억해내려 애쓰며 여자를 주의 깊게 살펴봤다.

빨간 옷에 검은 망토를 둘러 악마로 변장한 남자가 여자 주변을 맴돌았다. 남자는 키가 크고 체격이 탄탄했다. 우아한 몸짓과 유연하고 민첩한 움직임을 보아하니 꽤 영리한 것 같았다.

마침내 여왕은 보필하는 악마의 곁을 떠나 서서히 토니에게 다가왔다. 처음에는 약간 망설이는 듯했지만, 이내 토니를 똑바로 바라보며 거리를 좁혔다. 가면 뒤에 은밀하게 숨겨진 두 눈이 신비롭게 빛났다. 마치 토니를 어디로 초대하는 듯했다.

가까워지던 여자는 다시 멀어져 갔다. 그녀가 잠시 입구 앞에 멈춰서더니 토니를 뒤돌아봤다. 그리고는 성큼 문을 열고 밖으로 나갔다. 몸으로 말을 한 것과 마찬가지였다. 여자는 토니에게 따라오라고 이야기하고 있었다. 토니는 몸이 달아 다급하게 여자를 쫓아가기 시작했다.

그때 갑자기 어디서 저 걸음걸이를 봤는지 기억이 떠올랐다. 여자는 기자를 사칭해 다짜고짜 사무실로 쳐들어온 브루노의 건레이디, 캐서린 머튼이었다. 곁을 맴돌던 악마는 브루노가 틀림없었다.

토니는 브루노가 꼭 저 같은 의상을 입었다고 생각했다.

시커먼 망토 밑에는 온갖 총기를 숨겨뒀을 게 분명했다. 이제야 앞뒤가 들어맞았다.

저들이 어떻게 자신의 신원을 파악했는지 알 수 없었지만 어쨌든 정체가 발각됐다. 이 쥐새끼 같은 연놈들은 토니를 밖으로 꾀어내서 다른 고객의 안전을 위협하지 않고 멱을 딸 예정이었다. 머리를 잘 썼다. 인정한다.

하지만 계획대로 되진 않을 것이다.

토니는 재빨리 위층으로 올라가 창문 밖을 내다봤다. 의상을 입고 가면을 쓴 남자 네다섯이 천천히 입구 근처를 맴돌았다. 망토를 입은 악마 또한 그중 하나였다. 함정이었다.

악마는 죽음의 덫을 파고 토니를 기다리고 있었다.

상황을 파악한 토니는 서둘러 아래층으로 내려와 침착하게 경호원들을 불러 모았다.

"지금 당장 제인을 데리고 나가서 차에 태워." 토니가 여자로 변장한 경호원 한 명에게 명령했다. "서두르는 티 내지 말고…. 바로 떠날 수 있게 시동 걸어 놔. 나머지는 나랑 같이 간다."

토니는 암살자가 제인을 향해 총을 쏘지 않을 것이라 확신했다. 저들의 목표는 토니였다. 토니는 경호원 셋을 데리고 식당으로 향했다. 토니와 세 남자는 커다란 마호가니 바를 둘러싸고 술을 들이켜는 사람들 틈바구니를 비집고 주방에 들어갔다. 예상대로 밖으로 문이 나 있었다.

깜짝 놀란 주방장이 불청객을 막으려 허겁지겁 달려왔다.

토니는 아랑곳하지 않고 주방을 가로질러 바깥으로 나갔다. 토니와 부하들은 재빠르고 은밀하게 건물 모퉁이에 몸을 숨기고 상황을 살폈다.

적들은 금방이라도 총을 뽑아 들 것처럼 경계한 채 토니가 나오기만을 기다리고 있었다. 눈부시게 하얀 드레스를 입은 캐서린은 토니가 바로 뒤따라 나오지 않자 초조한지 현관

앞에 서서 연신 입구를 뒤돌아봤다.

“저기 서성대는 놈들 보이나?” 토니가 은밀하게 속삭였다.

“노스사이드 갱 새끼들이 우리를 잡으려고 덫을 놨어. 제 무덤을 판 꼴이지. 내가 브루노를 맡을 테니 나머지를 처리하도록.”

토니는 천천히 권총을 꺼내 들고 목표를 겨냥했다. 집게손가락이 조금의 떨림도 없이 방아쇠를 당겼다. 총성이 울리고 불빛이 번쩍였다. 악마가 비틀거리며 쓰러졌다. 볼품없이 맨땅을 기었다. 쾌감이 느껴졌다.

토니는 바닥에 엎드려 꿈틀대는 브루노를 향해 총알을 네 발 더 발사했다. 옆에서는 부하가 리볼버를 갈겨댔다. 총성이 난무했다. 상대방도 가만히 당하고만 있지는 않았다.

첫발이 날아오자마자 조준이 어렵도록 바닥에 엎드리더니 토니 일행을 향해 미친 듯이 총을 쐈다. 비가 쏟아지듯 총알이 쏟아졌다. 토니와 부하들은 당황하지 않고 한 명씩 제거해 나갔다. 총소리가 점차 잦아들더니 이윽고 완전히 멎었다.

“뛰어!” 토니가 승리에 취해 차를 향해 달리며 명령했다.

십오 미터 거리에 차가 대기하고 있었다. 몸을 던지듯 차에 올라타자 문을 닫기도 전에 차가 출발했다. “밟아!” 토니가 명령했다.

카지노 안에 노스사이드 갱 소속 총잡이가 남아 있었다.

될 수 있으면 더 이상의 총격전은 피하고 싶었다. 토니는 사건 현장에서 멀어지며 뒤를 돌아봤다. 새하얀 드레스를 입은 캐서린이 땅에 주저앉았다. 카지노에서 노스사이드 갱 조직원으로 보이는 놈들이 우르르 쏟아져 나왔다.

"세상에! 하마터면 세상 하직할 뻔했군." 토니가 본부로 돌아가는 차 안에서 이야기했다. "그년 걸음걸이를 기억 못 했으면 지금쯤 이 세상 사람이 아니었을 거야. 거의 속아 넘어갔어!"

한참 신나게 떠들던 토니는 갑자기 제인에게 의심의 화살을 돌렸다. "그래, 어디부터 어디까지 알고 있었지?"

"무슨 뜻으로 하는 말이에요?"

"순진한 척하지 마!" 토니가 윽박질렀다. "함정인 걸 몰랐나?"

"토니! 지금 나를 의심하는 거예요? 내가 그럴 리 없잖아요!"

"브루노가 오늘 카지노 개관식에 올 거라는 얘긴 누구한테 들었지?"

"캐서린이요."

"누구라고? 네가 그 여자를 어떻게 알고 정보를 빼내?"

"제 언니예요."

"이런 젠장! 내가 재수 없는 브루노 새끼랑 동서지간이나 다름없는 사이였다니! 콩가루 집안이 따로 없군 그래!"

"어제 만났어요. 분명 털어놓기 싫어하는 눈치였다고요. 나도 겨우 알아낸 정보예요. 전 정말 몰랐어요."

제인의 목소리가 떨렸다. 겁에 질려 온몸을 덜덜 떨더니 이내 흐느끼기 시작했다. "언니가 나까지 속일 줄은 몰랐어요. 나 때문에 당신이 죽었다면 정말 견디지 못했을 거예요…"

"뭐, 상관없어." 토니가 관대하게 대답했다. "어쨌든 브루노를 죽였으니까."

모사꾼 브루노의 갑작스러운 죽음에 도시가 며칠 동안 뒤숭숭했다. 브루노의 장례식은 성대하게 치러졌다. 지검장과 판사들, 정치인 수십 명이 직접 장례식을 찾아 조의를 표했다.

토니도 화려한 이백 달러짜리 근조화환을 보냈다. 태어나서 그렇게 기분 좋게 돈을 써 본 적이 없었다. 브루노의 장례식을 조금 더 일찍 앞당기지 못한 것이 유일한 한이었다.

Scene #21

한 해가 평탄하게 흘러갔다. 강력한 경쟁자를 제거한 토니는 도시에서 누구도 건드릴 수 없는 권력자가 됐다.

가끔이지만 급작스레 주어진 힘이 부담스럽게 느껴질 때도 있었다. 감히 꿈조차 꾸지 못했던 부와 권력을 쥐었다.

매일같이 신문 기사에 이름이 오르내렸다. 어딜 가나 토니의 이야기가 들려왔지만, 실제로 토니를 봤다는 사람은 손에 꼽을 정도로 드물었다. 토니는 성공한 갱스터의 상징이자 전설로 우뚝 섰다.

토니는 신문을 통해 간간이 가족 소식을 찾아보곤 했다.

얼마 전에는 아버지의 부고와 형의 승진을 알리는 기사가 신문에 났다. 아버지의 죽음을 전해 들은 토니는 실력 좋은 변호사를 고용해 어머니에게 서부에 사는 먼 친척이 사망하면서 유산을 남겼다는 핑계를 대고 매달 만 달러씩 생활비를 보냈다.

형이 형사과장으로 진급했다는 기사를 보고는 한참 동안 킬킬거리며 웃었다. 믿을 만한 소식통에 따르면 벤 과리노는 그리 청렴한 형사는 아니었다. 또, 아내와 자식이 있음에도 여자한테 꽤나 지독하게 군다는 소문도 돌았다.

토니는 형사과장 벤 과리노의 동생이 악명 높은 갱스터 두목 토니 카몬테라는 사실이 밝혀지면 과연 어떤 파문이 일지 재미있는 상상을 하며 입꼬리를 씰룩였다.

토니와 제인은 여전히 함께였다. 시간이 흐를수록 다툼도 잦아졌지만 헤어지지는 않았다. 두 사람은 호화로운 아파트를 세준 주인이 그들의 진짜 정체를 알아챌 때마다 거처를 옮겼다.

익숙해질 때마다 이사하려니 귀찮긴 했어도 둘은 고상한 척 자신을 무시하는 소위 '상류층'의 얼굴 앞에서 목을 빳빳하게 쳐들고 돈다발을 흔드는 데 재미를 붙였다.

토니는 세상살이가 시시하게 느껴지기 시작했다. 부정한 돈벌이에 죄책감을 느끼지만 않는다면 부자가 되기는 어렵지 않았다. 토니는 어둠의 세계에 발을 담근 지 얼마 안 돼 백만장자니 억만장자니 하는 인물 중 깨끗한 사람은 없다는 사실을 깨달았다.

부와 권력을 모두 가졌지만 길어지는 평화에 토니는 무기력함을 느꼈다. 잠깐의 휴식을 끝내고 이내 자리를 털고 일어나 새로운 세상으로 눈을 돌렸다.

흔히들 이야기하길 미국 동부, 즉 뉴욕은 술장사로 돈을 벌기 가장 좋은 곳이라고 한다. 물론 뉴욕에도 갱스터는 차고 넘쳤지만 무자비한 중서부 갱스터와는 결 자체가 달랐다.

계집애 같은 동부 놈들은 기관총이나 폭탄에 익숙하지 않았다.

만족을 모르는 동부 갱스터들이 탐욕스러운 눈빛으로 서부를 바라본다는 소문이 돌았다. 아마 사실일 것이다. 동부에서 가장 악명 높은 조직 보스 프랭키 웨일스가 중서부 갱스터의 방식과 무기로 적극적인 영역 확장을 계획한다는 사실을 알만한 사람들은 이미 다 알고 있었다.

토니는 중간보스가 보고랍시고 웬 뉴욕 갱스터가 서부 진출을 노린다는 이야기를 전하자 가소롭다는 듯 웃어넘길 뿐이었다.

토니의 명성은 이미 뉴욕까지 파다하게 퍼져 있었다. 제아무리 뉴욕에서 날고 기는 놈이라 해도 토니와 견주면 한낱 피라미 새끼에 불과했으니 겁도 없이 덤빌 리가 없다고 생각했다.

가능성은 희박했지만 피 튀기는 전쟁을 떠올리는 것만으로 토니의 두 눈에 생기가 돌았다.

토니는 한 대를 맞으면 두 대로 갚아야 하는 성격이었다.

누구든 자신의 영역을 노리는 인간이 있다면 가진 것을 지키는 데 만족하지 않고 반격해서 그놈의 영역까지 빼앗을 작정이었다.

토니는 동부 갱스터의 침략을 헛소문으로 치부했다. 그러던 어느 날 본부 호텔에서 저녁 식사를 하다 습격을 당하면서 생각이 바뀌었다.

한참 여유롭게 식사를 즐기던 도중 총소리가 울려 퍼지며 레스토랑 유리창이 산산조각 났다. 토니가 소스라치게 놀라며 테이블 밑으로 몸을 숨기고 권총을 꺼내 들었다. 레스토랑 밖 길거리에서는 기관총 소리가 끊임없이 울려 퍼졌다.

레스토랑 전면에 설치해 둔 두꺼운 유리가 설탕처럼 힘없이 무너져 내렸다. 머리 위로 오싹한 소리를 내며 총알이 스쳐 지나갔다. 이내 기관총 소리가 멎더니 자동차가 굉음을 내며 사라졌다.

누구를 노리고 이런 일을 벌였는지는 너무 뻔했다. 1초만 늦게 몸을 숙였더라면 총알이 온몸을 관통하고 지나갔을 것이다. 토니가 앉아있던 자리 뒤 벽면에 남은 총알 자국이 이를 증명했다.

노스사이드 갱이 같은 수법으로 조니 로보를 도시 밖으로 쫓아냈다는 사실이 문득 떠올랐다. 누가 이런 짓을 벌였는지는 모르겠지만 사람을 잘못 봤다.

토니는 무엇도 두렵지 않았다. 상대가 원하는 게 전쟁이라면 토니는 기꺼이 맞서 싸울 작정이었다. 안 그래도 몸이 근질근질하던 참이니 오히려 잘 됐다고 생각했다.

토니를 공격한 정체불명의 적은 그날 밤 다시 한번 투지를 명확하게 드러냈다. 그들은 토니 조직이 소유한 가장 큰 창고를 폭파하고 평소 토니를 보필하던 운전수 두 명도 죽였다. 원하던 대로 일이 풀리고 있었다. 토니는 만족스러운 미소를 지었다.

다음 날 밤, 조직의 전초기지를 쭉 돌며 활동 준비를 마치고 호텔로 돌아왔다. 로비를 가로지르던 토니는 엘리베이터에 몸을 싣는 두 사람을 목격했다. 토니가 평소 아끼던 총잡이 리날도가 여자와 함께 있었다.

엘리베이터 문이 닫히기 직전 여자의 얼굴이 눈에 들어왔다. 토니는 숨 쉬는 것조차 잊은 채 그대로 굳어버렸다. 미처 정신을 차리기도 전에 엘리베이터가 닫히고 위로 올라갔다.

리날도와 함께 있어서는 안 되는 여자였다.

토니는 걸음을 돌려 로비를 서성이던 부하들에게 다가갔다. "방금 리날도랑 같이 올라간 여자 말이야…" 토니가 차가운 목소리로 천천히 물었다. "혹시 누군지 아는 사람 있나?"

"여기서 저 여자 모르는 사람이 어디 있겠습니까. 이 근방에서 최고 미인으로 소문이 자자합니다. 한참 됐는데…, 모르셨나 봅니다. 여기 있는 놈들은 한 번씩 다 껄떡거려 봤는데 아직까진 리날도 말고 작업에 성공한 인간이 없습니다. 저 여자 이름이 뭐였더라…, 로지 과리노였던가? 아무튼 그렇습니다."

"제기랄!" 토니가 사납게 욕설을 뱉었다.

"왜 그러십니까, 보스?"

"아무것도 아니야." 토니가 허겁지겁 얼버무렸다. 토니의 얼굴은 종잇장처럼 하얗게 질려 있었다.

머릿속에 온갖 생각이 끊이질 않았다. 로지 과리노….

리날도와 함께 있던 여자가 정말 토니의 여동생 로지라니.

어머니가 가게를 볼 때 늘 집안일을 도맡아 돌보던 어리고 어여쁜 로지가 어느새 저렇게 컸다니 믿을 수 없었다. 지금쯤 스물둘 아니면 셋쯤 됐을 것이다.

토니의 기억 속에 로지는 언제나 열여섯 살의 귀여운 소녀였다. 그런 로지가 도시에서 가장 뛰어난 총잡이인 리날도와 으슥한 변두리 호텔을 드나들고 있었다. 속옷 갈아입듯 여자를 갈아치우는 리날도와 로지가 그렇고 그런 관계라니….

절대 안 된다. 로지가 리날도 같은 남자와 놀아나는 꼴을 그대로 두고 볼 수는 없었다. 오빠로서 뭔가 조치를 취해야만 했다.

토니는 거의 뛰듯 로비에 있는 프런트를 찾았다.

걸음이 불안정했다. 끔찍한 광경을 목격한 듯 얼굴은 딱딱하게 굳어 있었다. 피가 강처럼 흐르던 지옥 같은 전쟁터에서도 그런 표정을 지은 적은 없었다.

"마이크 리날도가 몇 호실에 묵고 있나?" 토니가 물었다.

"612호실로 올라갔습니다. 어떤 여성분과 함께 계셨습니다만, 전할 말씀이 있으시면 전화를 걸어 드릴까요?"

"고맙지만 괜찮네. 나중에 내가 직접 연락하지."

엘리베이터가 그새 로비로 내려와 있었다. 토니는 주저하지 않고 엘리베이터에 탔다.

"6층!" 토니가 멍하니 엘리베이터 보이에게 명령했다.

엘리베이터가 올라가기 시작하자 초조한 듯 손을 비볐다.

사람은 수도 없이 죽여 봤다. 돈 때문에 살인한 적도 있고, 복수를 위해 목숨을 빼앗은 적도 있다. 아무 이유 없이 방아쇠를 당긴 적도 있지만, 무언가를 지키려고 총을 뽑아본 적은 없었다. 이 호텔 6층에 사랑하는 여동생이 자신의 총잡이와 함께 있다니….

리날도는 의심의 여지 없이 도시에서 가장 무자비하고 실력 좋은 총잡이였다. 토니는 6층 객실을 찾는 순간 목숨을 걸고 싸워야 한다는 사실을 깨달았다.

리날도는 여자 문제에 민감했다. 자신이 모시는 보스라고 해도 연애사에 간섭하도록 놔둘 리가 없었다. 토니는 이전에도 여러 번 죽음을 마주한 적이 있었지만, 다행히 지금까지는 항상 승리를 거뒀다.

행운의 여신이 평생 토니의 편을 들어 줄 리는 없었으니 토니 또한 언젠가는 죽고 말 것이다. 승패는 중요하지 않았다. 설령 진짜 죽는다고 해도 토니는 죽음으로부터 달아날 생각이 없었다.

도착을 알리는 소리가 울리더니 엘리베이터 문이 열렸다.

토니는 비장하게 복도로 나갔다. 오른손은 이미 코트 주머니 깊숙한 곳에 있었다. 기다란 손가락이 묵직하고 차가운 권총을 단단히 감아쥐었다.

Scene #22

토니는 조심스럽게 복도를 따라가며 문에 걸린 방 번호를 찬찬히 살펴봤다. 코트 안주머니에 넣어 둔 권총을 단단히 붙잡은 오른손에 핏줄이 솟아올랐다.

찾았다. 토니는 612호실 앞에 멈춰 서서 가만히 숨을 골랐다. 마치 사냥감을 앞에 두고 몸을 웅크리는 맹수 같았다.

독사처럼 고요하고 부드럽게 문을 향해 다가갔다. 총을 든 오른손은 천천히 아래로 늘어뜨렸다. 왼손이 문고리를 잡았다. 조용히 문고리를 돌려봤지만 문은 잠겨 있었다.

토니의 입술이 잔인하게 비틀렸다. 커다란 주먹으로 굳게 닫힌 나무 문을 우악스럽게 두드렸다. 잠시 침묵이 흐르더니 안에서 대답이 들려왔다.

"뭐야?" 리날도가 짜증스럽게 쏘아붙였다.

"나와!" 토니가 소리쳤다. 문을 열어도 자신이 바로 눈에 띄지 않도록 한 발짝 옆으로 물러났다.

"바쁘니까 꺼져!" 리날도가 귀찮다는 듯 대꾸했다.

토니가 분노로 얼굴이 시뻘겋게 달아오른 채 거친 숨을 몰아쉬었다.

"토니 카몬테다." 문 틈새로 얼굴을 처박다시피 하고 목소리를 잔뜩 낮춘 채 으르렁댔다. "지금 당장 봐야겠어. 네놈이 안 나오면 마스터키 가져와서 문 따고 들어갈 거니까 알아서 잘 처신해!"

말을 마친 토니는 뒤로 물러나 권총을 다시 한번 단단히 그러쥐었다. 방 안에서 투덜대는 말소리와 깔깔대는 여자의 웃음소리가 들렸다. 토니는 나지막이 욕설을 내뱉었다. 잠금장치가 해제되더니 문이 활짝 열렸다.

"보스! 도대체 무슨 일입니까, 이게!" 리날도가 사납게 따졌다. 급하게 옷을 챙겨 입은 듯 셔츠 단추가 반쯤 벌어져 있었다. 잘생긴 얼굴이 상기됐고 윤기가 흐르는 까만 머리칼은 흐트러진 채였다. 그것만으로 상황을 파악하기에는 충분했다.

토니는 당장 총을 뽑아 들고 리날도의 목구멍에 총알을 쑤셔 박고 싶었다. 리날도는 화가나 당황스러운 표정으로 보스를 쳐다봤다.

토니는 바닥을 향해 겨누고 있던 투박한 권총을 재빨리 들어 리날도의 반짝이는 금색 벨트 위쪽 몸통 중앙을 똑바로 겨눴다.

"개새끼!" 토니가 윽박질렀다. "다른 여자는 다 건드려도 저 여자는 건들지 말았어야 해!"

두 살인자가 거칠고 무표정한 차가운 눈으로 서로를 노려봤다. 가만히 보스를 바라보던 리날도의 눈동자가 흔들렸다.

토니는 죽음을 각오하고 있었다. 리날도는 상황이 생각보다 심각함을 깨닫고 급하게 뒷주머니에 손을 넣어 권총을 꺼내려고 했지만 이미 늦었다.

토니는 리날도에게 일말의 기회조차 주지 않았다. 다른 때였다면 동등한 조건에서 정정당당하게 맞서 싸웠을 것이다.

하지만 이번엔 위험을 감수하지 않기로 했다. 이번만큼은 어떤 가능성도 남겨둘 수 없었다. 토니에게는 방 안에 있는 가냘픈 소녀를 보호해야 할 의무가 있었다.

토니가 조금도 주저하지 않고 리날도를 골로 보냈다. 총성이 울려 퍼졌다. 모두 여섯 발이었다. 얼마나 재빨리 방아쇠를 당겼는지 복도에서 듣기에는 마치 거대한 폭발이 한 차례 일어난 것 같았다.

리날도의 입이 힘없이 벌어졌다. 피어오르는 연기 사이로 멍하니 자신의 목숨을 가져간 보스를 응시했다. 핏기가 사라져 창백해진 얼굴 앞으로 덜덜 떨리는 손을 황망히 들어

올리다 힘없이 바닥으로 쓰러졌다. 얼룩 하나 없는 깨끗한 흰 셔츠 위로 붉은색 반점 여섯 개가 번졌다. 토니는 반점이 점점 커져 마침내 하나로 합쳐질 때까지 리날도를 내려다보고 서 있었다.

토니가 갑자기 발작적인 웃음을 터뜨렸다. 얼마나 지났을까, 미친 듯이 소리를 지르는 여자가 눈에 들어왔다. 비명을 들으니 차가운 물을 뒤집어쓴 것처럼 정신이 번쩍 들었다.

토니는 발로 시체를 대충 옆으로 치워놓고 방 안으로 들어갔다. 까무잡잡한 피부가 매력적인 아름다운 여성으로 자란 로지가 분홍색 실크 속옷을 입고 드레스를 움켜쥔 채 덜덜 떨며 서 있었다.

토니가 다가오자 공포에 질린 로지는 갑자기 등장한 괴한으로부터 자신을 방어하려는 듯 손을 들어 올리며 뒷걸음질 쳤다. 토니는 잠시 로지를 가만히 바라봤다. 뜨거운 석탄을 삼킨 것처럼 가슴이 쓰라렸다.

소중한 내 동생이 거의 벌거벗다시피 호텔 방에 서 있다니! 토니는 로지가 자신을 알아보지 못해 다행이라고 생각했다.

"입 닥쳐!" 토니가 소리쳤다. "지금 당장 옷 챙겨 입고 짭새 뜨기 전에 꺼져!"

"당신이 그이를 죽였어…" 로지가 흐느꼈다. "짐승 같은 인간…. 당신이 뭔데 사람을 죽여!"

씁쓸한 감정이 토니를 덮쳤다. 역설적인 상황에 마음이 에는 듯 아파 왔다. 잔악한 총잡이에게서 여동생을 구하기 위해 소중한 부하를 희생시켰는데 오히려 원망을 받게 되다니!

토니는 로지를 품에 안고 다독이며 자신의 비밀을 몽땅 털어놓고 싶었다. 리날도가 얼마나 위험한 사내인지 알리고 싶었지만 이를 악물고 충동을 참았다.

악명 높은 토니 카몬테에게 가족이 있다는 사실이 알려지면 모두 위험에 빠질 것이다. 그럴 수는 없었다. 가족들은 토니가 죽었다고 믿고 있었다. 토니는 끝까지 죽은 사람으로 남아야 했다.

“입 다물고 나가!” 토니는 일부러 사납게 명령했다.

로지가 흐느끼며 드레스에 몸을 구겨 넣고 모자와 코트를 챙겨 들었다. 토니가 팔을 붙잡자 혐오스럽다는 듯 거칠게 손을 떼어내고는 서둘러 문으로 향했다.

문간에 쓰러진 리날도의 시신과 피가 고여 생긴 웅덩이를 보더니 충격을 받은 듯 비틀댔다. 잠시 멍하니 서 있던 로지는 이내 날카로운 비명을 지르고 주저앉아 리날도의 시체를 붙잡고 종잇장처럼 하얗게 질린 얼굴에 미친 듯이 입을 맞췄다.

토니는 더 이상 견딜 수 없었다. 시체를 안고 오열하는 여동생을 거칠게 붙잡아 일으켰다.

“꺼져!” 토니가 으르렁댔다.

"이 근처에 두 번 다시 얼씬도 하지 마! 쓸데없이 떠들고 다니지도 말고!"

로지가 하얗게 질린 얼굴로 멍하니 토니를 바라보더니 힘없이 입술을 달싹였다. "당신도 죽었으면 좋겠어…"

로지는 이 말 한마디를 남기고 꺽꺽대며 계단으로 뛰어갔다. 구두 굽이 계단에 부딪히는 소리와 헐떡대는 울음이 멀어져 갔다. 토니는 호텔 방으로 돌아와 무감각하게 시체를 내려다봤다.

"미안하네, 리날도." 토니는 이미 목숨을 잃은 리날도가 그의 말을 알아들을 것처럼 낮은 목소리로 속삭였다. "나도 어쩔 수 없었어…"

토니는 방 안으로 들어가 수화기를 들었다.

"리날도가 방금 죽었네." 직원이 전화를 받자 토니가 아무렇지 않게 이야기했다. "뒤처리는 알아서 하지. 애들한테는 혹시 수상한 냄새 맡고 들쑤시는 놈이 있거든 오늘 밤 리날도랑 같이 있던 여자가 누군지 입도 벙긋하지 말라고 전해 두고. 알겠나?"

토니가 음산하게 덧붙였다. "여자 이름을 입 밖에 내는 순간 리날도랑 같은 꼴 나게 해주지. 이 말도 전하라고."

토니는 수화기를 거칠게 내려놨다. 로비에서 부하들을 통해 요즘 리날도가 만난다는 여자의 정체를 알게 된 순간부터 줄곧 안개에 쌓인 듯 정신이 몽롱했다.

어쨌든 로지는 이제 이곳에 없다. 설령 무슨 일이 생긴다고 해도 로지에게는 아무런 피해도 가지 않을 것이다. 어머니가 오늘 있었던 일을 알게 된다면 가슴이 찢어질 것처럼 괴로워할 게 분명하지만, 어머니가 이 사건을 어떻게 알겠는가. 모르는 게 약이었다.

토니는 다시 문간으로 가 리날도의 시체를 내려다봤다.

갑자기 눈빛이 돌변하더니 권총을 집어 던졌다. 권총은 시체를 맞고 튕겨 복도로 날아갔다.

지금까지 살인은 토니에게 짜릿한 승리감을 안겨줬다.

호시탐탐 자신의 목숨을 노리는 적들을 처단할 때마다 정복감에 벅차올랐다. 승리감도 정복감도 없는 살인은 이번이 처음이었다. 토니는 어지럽고 멍하고 피곤했다. 갑자기 늙은 것 같았다. 족히 한 세기를 살아 온 노인처럼 느껴졌다. 놀랍게도 이 모든 일이 십여 분 만에 일어났다.

토니는 조용히 현장에서 빠져나와 천천히 사무실로 올라갔다. 푹신한 의자에 앉자 피로가 몰려왔다. 윤기가 흐르는 커다란 호두나무 책상에 팔꿈치를 괸 채 손에 얼굴을 파묻고 한참을 그렇게 머물렀다.

시간이 얼마나 지났을까, 남자들이 우르르 사무실로 몰려들어왔다. 토니는 고개를 들었다. 리볼버를 손에 든 플라나간이 비열하게 웃으며 토니를 내려다보고 있었다.

"이를 어쩌나, 토니. 이번에는 빠져나가기 힘들겠어." 플라나간이 빈정댔다. "여자 때문에 마이크 리날도를 죽였다고?"

토니가 뻣뻣하게 굳더니 자리에서 벌떡 일어나 방 안을 가득 채운 경찰들을 죽일 듯 노려봤다. 그렇게 단속을 시켰는데 누가 감히 입을 놀렸나….

"진정하게, 토니." 갑작스러운 토니의 반응에 플라나간이 경고했다. "나랑 지검장 사무실로 가 줘야겠네. 양손 앞으로 내밀어!"

옆에 서 있던 경찰이 수갑을 들고 다가왔다. 날카로운 쇳소리가 귀에 거슬렸다. 수갑을 내려다보는 토니의 얼굴에 경멸이 스쳐 지나갔다. 토니가 잠시 당황하는 듯싶더니 순식간에 표정을 바꾸고 플라나간을 노려봤다.

"수갑까지 채울 필요는 없지 않소!" 토니가 쏘아붙였다.

"내가 뭐 좀도둑질이나 하는 양아치 새끼도 아니고. 어디가 됐든 순순히 따라갈 테니 걱정하지 마시오. 그래도 내 권리는 챙겨야겠으니 변호사는 부르게 해주시오."

토니가 수화기를 들었지만, 번호를 누르기도 전에 경찰이 수화기를 낚아채는 바람에 걸 수 없었다. 여섯 명이 위협적으로 토니를 둘러쌌다. 플라나간은 토니의 가슴을 향해 리볼버를 들이밀었다.

"개수작은 그만두고 따라와!" 플라나간은 묘하게 의기양양했다.

"안됐지만 수갑은 차 줘야겠어. 혹시 모를 일은 안 만드는 게 서로 좋지 않겠나? 자네 같은 거물을 체포할 기회가 자주 생기는 것도 아닌데, 확실히 해야지." 그가 기분 나쁜 미소를 지으며 비아냥댔다. "지검장 사무실에 도착할 때까지는 아무한테도 연락할 생각 말라고."

"플라나간 서장! 우리 사이에 이러면 안 되는 거 아니오? 지금까지 내가 그쪽에 갖다 바친 돈이 얼만데…"

"나는 모르는 일일세." 경찰서장은 눈 하나 깜빡 않고 시치미를 뗐다. "어쨌든 자네 조직이 덩치를 키우고 나서는 그렇게 대단치도 않은 금액이었다고 하던데."

사실이었다. 대도시의 주류 공급권을 독점하고 다른 분야에서 완벽하게 우위를 차지한 이후로는 보호비 명목으로 지출하는 예산을 대폭 삭감했다. 필요 이상으로 많은 돈을 쓸 이유가 없었기 때문이었다.

경쟁자라 할 만한 다른 갱단이 없는 상황이었으니 도시에서 한가락 한다는 공무원들에게 굳이 넉넉히 챙겨주지 않아도 활동에 방해가 될 만한 불상사는 일어나지 않았다.

경찰은 토니에게 거칠게 수갑을 채우고 아래층으로 끌고 내려갔다. 로비에 모여 있던 부하들이 놀란 눈으로 그 광경을 지켜봤다. 토니는 앞으로 닥칠 시련보다 자신이 부리는 수하들이 보스가 좀도둑처럼 경찰에 볼품없이 끌려가는 모습을 목격했다는 사실이 더욱 견딜 수 없었다.

호텔 밖으로 끌려 나간 토니는 건물 앞에 주차된 경찰차에 떠밀리듯 탔다. 앞뒤로 경찰차 두 대가 세워져 있었다.

소형 기관총으로 무장한 경찰 대여섯 명이 경찰차 앞을 지키고 서서 주변을 경계했다. 경찰은 마치 적진 한복판에서 상대편 장군을 납치해 쿠데타를 일으키는 것처럼 유난을 떨어 댔다.

경찰차 세 대가 도심으로 향했다. 사이렌을 어찌나 시끄럽게 울려 대던지 지나가던 사람이 멈춰서 돌아볼 정도였다.

토니는 침묵을 지켰지만, 마음속에는 분노가 용암처럼 끓어오르고 있었다. 도대체 어떤 놈이 정보를 흘렸을까? 멍청한 경찰 새끼들이 어떻게 리날도의 죽음을 그토록 빨리 알아챘을까? 내가 리날도를 죽인 범인이란 사실은 또 어떻게 알았고?

토니를 제거하려고 호시탐탐 기회를 노리던 누군가 건수를 잡자마자 경찰에 찌른 게 분명했다. 하지만 그게 누구란 말인가? 무엇하나 알 수 없었지만 한 가지만은 확신할 수 있었다.

누가 됐든 이 치욕은 죽음으로 갚겠다.

지검장의 비서 모린이 형사법원 건물 2층에 자리한 사무실을 지키고 있었다. 모린을 본 토니는 가소롭다는 듯 얼굴을 찌푸렸다. 모린이 실력 좋은 검사라는 건 인정한다.

아마 젊은 검사 중에는 가장 뛰어날 것이다. 하지만 모런은 지검장 대신 매달 돈을 운반하는 인간이었으니 결코 청렴하다고 할 순 없었다. 토니가 모런에게 건넨 돈만 해도 수만 달러가 넘는다.

모런은 키가 크고 날씬한 청년이었다. 뿔테안경 뒤에 숨겨진 두 눈이 얼음장처럼 차가웠다. 냉소적인 미소를 머금은 입이 심술궂게 보였다.

"그래, 토니 카몬테. 뭐 할 말 있나?" 모런이 은근히 추궁했다.

"여기서는 한마디도 할 생각 없어." 토니가 신경질적으로 대꾸했다. "내가 바보인 줄 아나?"

"생각만큼 멍청하지는 않군."

토니의 얼굴이 벌겋게 달아올랐다. 금방이라도 덤벼들 것처럼 몸을 움찔하자 손목에 채운 수갑이 덜컹거렸다.

"따로 이야기했으면 하는데…" 토니가 조용히 제안했다.

모런은 잠시 고민하더니 책상 위 가까운 곳에 리볼버를 올려두고 토니를 둘러싼 경찰들에게 명령했다.

"잠깐 사무실 밖에서 기다려 주시오. 필요하면 바로 부르겠소." 경찰이 사무실 밖으로 나가자 모런은 살기등등한 눈빛으로 도시의 악명 높은 갱 두목을 노려봤다. "조금이라도 수상한 움직임을 보이면 바로 대가리에 총알 쑤셔 박을 거니까 괜한 생각은 말라고." 모런이 싸늘하게 경고했다.

"손도 못 쓰는데 이 꼴로 괜한 생각은 무슨. 그래서, 계획이 뭔가?" 토니가 씁쓸한 목소리로 대답했다.

"정부 입장에서는 재판을 통해 사형 집행하는 게 예산을 아끼는 거지."

토니가 신경질적으로 웃음을 터뜨렸다. "말도 안 되는 소리 집어치워! 네가 날 기소하겠다고?"

"왜. 못 할 것 같나? 두고 보라고. 지검장님이 나한테 기소권을 넘겼어."

"지검장은 어디 있나?"

"댁에 계신다. 밤중에 자다 깨서 너 하나 심문하자고 지검장이 여기까지 나올 필요는 없지. 스스로가 아주 대단한 인물이라고 착각하고 있는 것 같은데, 꿈 깨시지."

"그래? 매달 꼬박꼬박 거액을 뜯어 가기에 날 굉장히 중요하게 생각하는 줄 알았지. 당신 손에 떨어지는 돈도 만만찮을 텐데. 나한테 무슨 일이 생기면 우리 조직은 무너질 거야.

그동안 내가 준 돈으로 꽤 재미 봤을 텐데 포기가 되겠나?"

"네 조직 하나가 무너지면 다른 신생 조직 두세 개가 생겨날 거고, 아마 그쪽에서도 좀 보호해 주십사하고 갖다 바치는 돈이 만만치 않을 거야. 거래의 생명은 경쟁이지. 잘 알잖나?" 모런이 으스스한 웃음을 흘렸다.

"원한다면 상납 액수를 좀 올릴 수 있지."

토니가 재빠르게 제안했다.

"그렇겠지. 그런데 어쩌나? 별로 구미가 안 당기는군. 큰 조직 하나보다는 작은 조직 서너 개가 더 이용해 먹기 좋아서 말이지. 게다가 자네는 우리가 어떻게 되든 별 관심도 없지 않은가. 안 됐지만 자네를 왕좌에서 끌어내릴 기회를 이대로 놓칠 수는 없어."

토니의 얼굴이 딱딱하게 굳은 채 모런을 노려봤다.

"내 말 똑똑히 들어, 모런." 토니가 살기 어린 차가운 목소리로 위협했다. 아직 경험이 부족한 젊은 검사를 겁주기에는 충분했다. "나를 기소하면 당신이고 당신 상관이고 땅을 치고 후회하게 될 거야."

"지금 날 협박하는 건가?" 모런이 소리쳤다.

"협박이라니? 그럴 리가. 그냥 잘못된 선택을 하지 않도록 충고해주는 것뿐이야."

모런이 웃음을 터뜨렸다. "그건 우리가 알아서 하지. 어쨌든 나는 자네를 법정에 올리고 말 거야. 그 여자가 증언만 해주면…"

"여자라니?" 토니가 물었다.

"로지 과리노 말이야. 그 여자 때문에 리날도를 죽인 거 아닌가? 그 여자가 직접 찾아와서 다 불었어. 재판이 열리면 기꺼이 증언하겠다고 하더군. 결국 자네 조직은 여자 하나 때문에 망하는 거야. 그 여자가 리날도랑 일주일 전 크라운 포인트에서 은밀하게 결혼식을 올린 건 모르고 있었나 보군."

그랬다. 경찰과 모런은 토니가 질투심을 못 이기고 리날도를 죽였다고 믿었다. 플라나간이 가소롭다는 듯 토니를 내려다보던 이유가 거기 있었다.

로지와 리날도가 결혼을 했다니…,

토니는 믿을 수 없었다. 감히 리날도 같은 깡패 새끼가 순진한 로지를 꼬여내서 결혼까지 하다니!

잘살고 있다고 믿었던 여동생이 리날도 같은 남자를 만날 것이라고는 꿈에도 몰랐다.

잔뜩 지친 토니는 유치장으로 끌려갔다. 머릿속이 복잡했다.

Scene #23

악명 높은 갱 두목 토니 카몬테의 살인사건은 엄청난 반향을 일으켰다. 한동안 기삿거리가 부족해 골머리를 앓던 신문사 입장에서 악랄한 갱스터의 재판은 가뭄의 단비 같은 사건이었다.

연일 토니의 재판과 관련된 기사가 일면에 올랐다. 대중은 토니의 유죄 여부와 처벌을 두고 첨예한 갈등을 보였다.

일부는 마침내 잔악한 갱 두목이 정의의 심판을 받게 됐다는 사실에 안도의 한숨을 내쉬었다. 저 몹쓸 놈의 목을 당장 교수대에 매달아야 한다고 악담을 퍼부었다.

반면 신문을 통해 토니의 대담한 행적을 접하고 밑바닥부터 시작해 황제의 자리까지 오른 비범한 사내에게 존경심을 느끼는 사람도 있었다. 이들은 토니가 무죄 판결을 받길 바란다며 대놓고 호감을 표시했다.

토니는 재판이 진행되는 동안 영혼을 갉아먹는 것 같은 극심한 스트레스에 시달렸다. 처벌이 무서워서가 아니었다.

처벌은 조금도 두렵지 않았다. 토니를 지독하게 괴롭히는 것은 진짜 신분이 발각될지도 모른다는 불안감이었다.

모런은 보좌관과 함께 토니를 기소했다. 그들은 사냥감을 물고 늘어지는 맹수처럼 끈질기게 사형을 주장했다. 토니는 도시에서 가장 실력 좋은 변호사 여럿을 변호인단으로 고용했다.

그중 한 명은 전직 검사로 재판에서 무엇이 중요한지에 대해 누구보다 잘 파악하고 있었다. 아직 판결이 내려지기도 전이었지만, 토니는 그들에게 몇 년은 족히 편하게 지낼 수 있는 돈을 지불했다.

당연히 로지 과리노는 토니의 유죄를 입증할 주요 증인으로 채택됐다. 역설적으로 로지가 무사히 재판에 참여할 수 있었던 건 순전히 토니 덕분이었다.

변호사는 로지만 없다면 재판이 훨씬 쉬워질 것이라며 로지를 도시에서 쫓아내야 한다고 주장했다. 다양한 방법이 거론됐다. 과리노 가족이 운영하는 가게에 폭탄을 터뜨리자는 의견은 귀여운 수준이었다.

유능한 변호인단은 납치를 계획하더니 마침내 법원 건너

편 건물에 저격수를 심어 증인석에 앉은 로지를 암살하기로 의견을 모았다.

토니는 쓸데없는 짓 하지 말라며 불같이 화를 냈다. 변호사와 부하들은 이해할 수 없는 토니의 모습에 넌더리를 냈다. 로지에게 정체를 밝히면 쉽게 해결될 문제였지만, 토니는 진실을 알리느니 차라리 사형을 택하겠노라 생각했다.

여동생이 다칠 수 있는 선택지는 모두 묵살했다.

하지만 합의금으로 오십만 달러를 지급하고 로지에게 상황이 잠잠해질 때까지 도시를 떠나 있으라고 협박하면 어떻겠냐는 방안은 나쁘지 않은 것 같았다.

제안을 받은 로지는 몹시 분노해 곧장 신문사에 토니의 만행을 제보했다. 언론은 신이 나서 자극적인 기사로 일면을 장식했다. 내색하지 않았어도 토니는 로지가 자랑스러웠다.

역시 자신의 여동생다웠다.

로지가 증인으로 재판에 출석한 날, 과리노 가족이 모두 법정에 나타났다. 토니는 피고인 신분으로 판사 앞에 서서 곁눈질로 가족을 살펴봤다. 다들 깔끔하게 옷을 차려입고 있었다. 그럭저럭 행복하게 잘 지내고 있는 것 같았다.

뿌듯했다. 부정하게 번 돈이지만 어찌 됐든 가족에게 도움이 되었으니 다행이었다. 토니가 매달 변호사를 통해 몰래 건네는 돈으로 과리노 가족은 예전 같으면 꿈도 못 꿀 호사스러운 삶을 누렸다.

어머니는 광택이 흐르는 모피와 프랑스에서 수입한 고급 모자를 쓰고 있었다. 어느 모로 보나 부유한 귀부인 같았다.

어머니와 눈이 마주쳤다. 무언가를 꿰뚫어 보는 듯한 어머니의 눈빛에 토니는 순간 심장이 멎는 줄 알았다. 어머니라면 토니를 알아볼 것이다. 토니는 재빨리 고개를 돌렸다.

이제 어머니는 커다란 상처가 남은 왼쪽 얼굴만을 볼 수 있었다. 비로소 토니를 뜯어보던 어머니의 얼굴에 경멸의 표정이 떠올랐다. 토니는 안도했다. 다른 사람의 눈에 토니는 그저 성숙하지 못해 문제만 일으키고 다니는 반항아쯤으로 비칠 것이다. 토니가 식은땀을 흘리며 증인석을 돌아봤다.

로지는 독기 어린 눈빛으로 토니를 노려보며 증언했다.

검사는 리날도의 악랄한 성정을 굳이 언급하진 않았다.

토니 또한 변호사에게 리날도의 과거에 관해서는 이야기하지 말라고 당부했다. 여동생의 죽은 남편이 살아생전 남긴 모습을 더는 추악하게 더럽히고 싶지 않았다. 검사의 직접 심문이 끝나자 토니의 변호인이 자리에서 일어나 반대 심문을 시작했다.

"증인은 리날도 씨가 문을 열고 얼마 후 총에 맞아 바닥에 쓰러졌다고 했습니다. 처음부터 끝까지 이 모든 과정을 직접 목격했습니까?"

"예."

"증언에 따르면 리날도 씨는 오른쪽 뒷주머니에 넣어 둔 총을 꺼내려고 했습니다. 그렇죠?"

"그렇습니다."

"총소리가 나기 전이었고요?"

"맞습니다."

"그러면 피고인이 리날도 씨를 쏘는 걸 실제로 보지는 못했겠군요."

"네, 하지만…"

"이상입니다." 변호사가 단호하게 심문을 끝냈다.

검찰 측에서 한 차례 파문이 일었다. 말도 안 되게 간단히 끝난 반대 심문에 무척 당황한 게 분명했다. 토니의 변호인은 조금도 미련이 없다는 듯 뒤돌아서 만족스러운 미소를 지으며 자리로 돌아왔다.

로지는 자신이 검찰 측 주장에 모순되는 증언을 내놓았음을 깨달았다. 필사적으로 증인석에 남아 증언을 번복하려고 애썼지만 이미 늦었다. 직원이 로지를 법정 밖으로 데리고 나갔다.

과리노 가족 외에도 유난히 토니의 눈길을 끄는 방청객이 있었다. 토니의 애인이었다. 제인은 경찰과 조직원들에게 '건 레이디'로 유명세를 떨쳤지만, 이 사실을 모르는 사람들에겐 순진하고 어여쁜 아가씨처럼 보일 뿐이었다.

토니는 제인을 이해하기 어려웠다. 경찰에 체포돼 유치장에 감금된 이후 제인은 단 한 번도 토니를 찾지 않았다.

옷을 세련되게 차려입고 방청석에 앉은 제인은 수많은 사람 중에서도 단연 돋보였다. 제인은 낯선 사람처럼 토니를 쳐다봤다. 토니는 제인이 일부러 자신과 거리를 두고 있음을 깨닫고 분노했다.

토니는 왜 제인이 자신을 멀리하는지 알 수 없었다. 고민에 고민을 거듭한 끝에 마침내 한 가지 이유를 생각해냈다.

두 사람이 가까운 사이라는 사실은 철저히 비밀에 부쳐져 있었다. 그편이 나았다. 토니의 위치에서는 되도록 사생활을 숨기는 게 안전했다. 적에게 약점이 알려져서 좋을 게 없었다.

어느새 형사과장 자리에 오른 토니의 형 벤 과리노 또한 눈길을 끌었다. 토니는 형의 변한 모습에 살짝 놀랐다. 살이 쪄서 얼굴이 부어 보였다. 벤은 간간이 정곡을 찔러 대며 토니의 신경을 건드렸다.

재판 마지막 날 오후, 벤과 제인은 방청석 맨 앞줄에 나란히 앉아있었다. 두 사람은 이따금 서로의 귀에다 대고 이야기를 나누며 미소를 주고받았다.

질투에 사로잡힌 토니의 얼굴이 벌겋게 달아오르고 두 눈이 이글거렸다. 토니는 애써 재판에 집중했다. 재판은 절정으로 치닫고 있었다.

최종 변론 시간이 주어졌다. 모런과 보좌관은 어떻게든 배심원들이 토니에게 유죄 평결을 내리도록 유도하기 위해 갖은 애를 썼다. 형사재판에 특화된 영악한 젊은 검사는 온갖 신랄한 독설로 비아냥대며 토니를 모욕했다.

토니는 당장이라도 자리를 박차고 나가 두 놈의 모가지를 따고 싶었다. 팔걸이를 움켜쥔 손가락 마디마디가 하얗게 튀어나왔다. 얼굴은 붉다 못해 거무죽죽한 보랏빛으로 변했다.

손에 총이 쥐어져 있었다면 청렴한 척 가식을 떨어 대는 위선자의 목구멍에 총구를 쑤셔 넣고 방아쇠를 당겼을 것이다. 저런 놈들이 타고 다니는 자동찻값이 다 자신의 주머니에서 나왔다고 생각하니 견딜 수 없었다.

토니의 변호인이 최후 변론을 시작하며 분위기가 반전됐다. 교묘하게 검찰 측 논거를 비꼬는 변론에 토니는 한두 번 슬쩍 미소를 짓기까지 했다.

변호인은 간단하게 상황을 정리했다. 토니의 유죄를 입증할 결정적 증거가 없다며 재판 자체에 의문을 제기한 것이다. 변호인은 토니의 살인 재판이 사법부의 씻을 수 없는 오점으로 역사 속에 남을 것이라고 목소리를 높였다.

배심원석에 앉은 이들은 무고한 사람이 살인죄를 뒤집어쓰고 목숨을 잃게 됐을 때 느낄 죄책감을 신경 쓰기보다는 방청석 첫 두 줄에 나란히 앉은 험악한 조직원 열 명의 눈치를 보느라 바빴다.

토니가 아끼는 젊은 총잡이들은 검은 정장을 빼입고 앉아 냉혹한 눈빛으로 배심원들을 물끄러미 응시했다.

판사는 배심원들이 토니에게 최대한 유리한 판결을 내리게 하겠다고 약속하고 뒷돈을 받았다. 그리고 판결 결과에 따라 추가로 지급받기로 한 돈을 벌기 위해 최선을 다했다.

배심원은 겨우 십오 분만에 피고가 '무죄'라는 결론을 내렸다. 방청석에 말없이 앉아 날카로운 눈빛으로 재판을 지켜보던 남자 열 명이 판결에 결정적인 역할을 했음을 모르는 사람은 단 한 명도 없었다.

실제로 갱스터에게 유죄 판결을 내렸다가 총에 맞아 죽거나, 폭탄에 집이 날아가거나, 아이를 납치당한 배심원이 적지 않았다. 법이나 질서, 시민의 의무와 같은 것들도 중요했지만 총알이나 폭탄만큼 무섭지는 않았다. 게다가 법은 재판이 끝나면 쓸모를 다한 배심원을 보호해 주지 않았다.

토니는 법정을 나서는 모든 배심원과 악수했다. 몇 명은 대통령을 마주한 것처럼 손을 덜덜 떨었다. 다음 날 토니는 모든 배심원에게 고급 위스키를 선물로 보냈다.

자유를 되찾은 토니는 변호인과 대화를 나누며 방청석이 완전히 빌 때까지 기다렸다가 그들이 모두 떠난 후에야 법정을 나섰다. 기분 좋게 웃고 있었지만 마음속 깊은 곳에서는 복수심이 불타오르고 있었다.

벤 과리노 형사과장이 법정 앞을 서성이다 토니가 나오자

빈정대며 시비를 걸었다. “언젠가는 젓값을 치르게 될 거야, 보스.”

토니는 못 들은 척 그대로 형을 지나쳐 갔다. 복도에서 토니를 기다리던 경호원이 재빨리 다가왔다. 경호원들은 순식간에 토니를 둘러싸고 아래층으로 내려갔다.

법원 앞에 방탄유리를 설치한 커다란 자동차 세 대가 대기하고 있었다. 멀찍이 떨어진 도로에 토니의 퇴장을 지켜보는 군중이 바글바글했다. 토니는 거리낄 게 하나도 없다는 듯 고개를 빳빳이 들고 당당하게 걸어 나왔다.

토니가 나오기만을 기다리던 기자가 벌떼처럼 달려들어 연신 인터뷰를 요청하며 플래시를 터뜨려 댔다. 키가 평균에 살짝 못 미치는 토니는 일부러 키가 가장 큰 조직원을 경호원으로 부렸다.

혹시 모를 암살 시도에 총알받이로 쓰려면 경호원의 키가 클수록 유리하기 때문이었다. 그뿐 아니라 키 큰 경호원은 성가시게 카메라를 들이대는 기자를 피할 때도 꽤 유용했다. 굳이 그럴 필요는 없었지만, 토니는 사방을 둘러싼 경호원을 잠시 멈춰 세우고 기자와 몇 마디 말을 주고받았다.

“이 짓도 이제 할 만큼 한 것 같소.” 토니가 선언했다.

“돈도 벌 만큼 벌었겠다, 이제 그만 손을 떼야지. 조니 로보가 현명했어. 앞으로는 부동산 사업이나 해 보면 어떨까 싶소.”

말을 마친 토니는 줄지어 주차해 둔 자동차 세 대 중 가운데 차에 올라타고 순식간에 사라져 버렸다.

어둠의 황제 토니 카몬테가 돌아왔다.

Scene #24

토니는 제인과 함께 머무는 호화로운 호숫가 아파트에 도착했다. 뭔가 찝찝했다. 제인은 왠지 모르게 냉담한 표정으로 토니를 맞이했다.

“세상에! 진이 다 빠지는군!” 토니가 피곤하다는 듯 소리쳤다. 실제로 토니는 지쳐 있었다. 재판을 받는 동안 예상보다 많은 에너지를 소모했다.

“토니, 얘기 좀 해요.” 제인이 날 선 목소리로 말을 걸었다.

“그 여자랑은 도대체 무슨 사이예요?”

“무슨 여자?”

“로지 과리노요. 그 여자 때문에 리날도를 죽였잖아요.”

“아무 사이 아니야.”

제인이 헛웃음을 터뜨렸다. "나보고 지금 그 말을 믿으라고요? 아무 사이 아니면 리날도는 왜 죽였어요?"

"여자랑은 상관없어. 다른 이유가 있었어."

"웃기지 마요. 그 일이 있기 전까지는 리날도랑 아무 문제 없었잖아요. 듣자 하니 호텔에서 리날도와 그 여자가 같이 있는 걸 보고 얼굴이 파랗게 질렸다던데. 바로 두 사람을 쫓아 올라가서는 오 분도 안 돼서 리날도를 죽여 놓고는…,

아무 사이 아니라고요?"

"말도 안 되는 소리 집어치워! 그 여자는 그날 처음 봤어.

그리고 그 여자가 나랑 무슨 사이였다면 경찰에 신고는 왜 했겠어?"

"마음이 변했겠죠. 여자의 마음은 쉽게 변해요."

"남자라고 다르지 않아." 토니가 의미심장한 말을 하며 눈을 가늘게 뜨고 제인을 쳐다봤다.

"그래요? 걱정 말아요, 보스. 꼭 당신이 아니라도 날 못 가져서 안달인 남자는 많으니까."

"그럴지도 모르지. 그래도 나만큼 후하게 돈을 쥐여 주는 놈은 찾기 꽤 어려울 거야. 지금까지 내가 당신한테 쓴 돈이 얼만데, 어떤 여자든 나랑 못 만나서 안달일걸? 너무 건방지게 굴지 말라고!"

"진작 다른 여자 만나지 그랬어요?" 제인이 신경질적으로 소리를 질렀다.

“그러기엔 너무 바빴어.” 토니가 무뚝뚝하게 대답했다.

“조만간 좀 한가해지면 그때 다시 생각해보지. 이야기가 나와서 하는 말인데…, 법정에서 그 경찰이랑 사이가 제법 좋아 보이더군.”

“어떤 경찰이요?”

“시시덕거리던 경찰이 한 명이 아니었나 보지? 놀랍지도 않군. 어쨌든 내가 본 경찰은 한 명뿐이야. 그 여자 오빠인 벤 과리노 말이야.”

“아주 그 여자 가족관계까지 줄줄이 꿰고 있나 봐요?”

“입 닥쳐!” 토니가 제인에게 위협적으로 한 걸음 다가서며 벌컥 화를 냈다. “더는 안 봐줘. 조용히 입 닫고 있어.”

두 사람은 이를 꽉 깨물고 주먹을 말아 쥔 채 살기등등하게 서로를 노려봤다.

“우리가 이렇게 싸워서 좋을 게 뭐가 있어, 안 그래? 난 이런 일로 자기랑 헤어질 생각 없어. 그만하자고.” 결국 토니가 먼저 화해의 손길을 내밀었다. “하늘에 맹세코 그 여자랑은 아무 사이도 아니야. 그것보다 훨씬 더 중요한 일이 남았어.”

“어떤 일이요?”

“플라나간이랑 모런을 잡아야지. 빌어먹을 박쥐 새끼들 같으니라고! 지금까지 내가 갖다 바친 돈이 얼만데 그딴 식으로 뒤통수를 쳐? 그날 밤 플라나간은 충분히 날 빼낼 수 있었어. 그런데 그 새끼가 한 짓을 보라고.

나를 잡으려고 호텔까지 손수 행차했지. 무슨 양아치 좀도둑 잡아들이는 마냥 손목에 수갑까지 채웠어. 모런 그 재수 없는 아일랜드 새끼는 또 어떻고!"

토니는 온갖 욕설을 쏟아냈다. "그 새끼랑 잘나신 지검장 양반 둘 다 가만두지 않겠어. 적당한 이유 갖다 붙이면 사건 하나 묻는 게 일도 아닌 걸 뻔히 아는데, 기다렸다는 듯 재판을 열어? 막말로 리날도가 죽으면 시민들 처지에선 오히려 좋은 거 아닌가? 그런데 그 새끼들이 뭐라는지 아나? 나 혼자 다 해 먹으니까 돈이 안 된다고 조직들 경쟁을 붙여서 더 해 처먹어야겠다고 하더군. 나한테 그만큼 뜯어냈으면 됐지,

양심도 없는 개자식들. 그렇게 뇌물을 먹였는데 나한테 돌아오는 게 결국 이딴 취급이라니! 다 잡은 줄 알았는데 놓쳐서 지금쯤 잔뜩 약이 올랐을 거야. 두고 보라고! 꼭 대가를 치르게 해 줄 테니…"

토니는 배신자들에게 복수할 계획을 늘어놓느라 제인과 말다툼을 하고 있다는 사실도 까맣게 잊었다. 둘 사이의 불화는 깊어져만 갔다. 한 번 자라난 의심을 뿌리 뽑기는 거의 불가능했다. 앞으로 두 사람은 아주 사소한 마찰로도 심각한 충돌을 빚을 게 분명했다.

다음 날 토니는 본부로 출근했다. 조직원들이 로비에서 웃으며 보스의 귀환을 축하했다.

다들 굳게 입을 다물고 있었지만, 호기심 어린 표정과 침울한 분위기는 감출 수 없었다. 침묵 속에 불안함이 느껴졌다. 뭔가 이상했다. 토니는 도대체 뭣 때문에 다들 걱정스러운 얼굴을 하고 있는지 알 수 없었다.

얼마 안 돼 이유가 밝혀졌다. 호텔 꼭대기 층에 자리한 사무실에 토니의 충실한 심복이라 할 수 있는 부하 여섯 명이 찾아왔다. 각진 턱과 매서운 눈 때문에 사나운 인상을 가진 피나로라는 조직원이 헛기침을 했다. 토니에게 할 말이 있는 듯했다.

"보스, 기사 봤습니다." 마침내 피나로가 입을 열었다.

"손 씻고 부동산 쪽으로 넘어가려 하신다고…, 진심입니까? 그냥 하신 말씀이시죠?"

"아직 잘 모르겠네." 토니가 냉담하게 대답했다. "여생을 편히 즐기며 살 만한 돈은 충분히 모아 뒀어."

"그건 저희도 압니다. 그런데 혼자 하신 일이 아니지 않습니까? 저희 없이는 지금처럼 조직을 못 키웠을 겁니다. 보스야 벌 만큼 버셨겠지만, 이대로 그만두시면 저희는 어떡합니까. 보스는 저희한테 빚이 있는 거나 마찬가집니다. 힘들게 일해서 겨우 좀 편해지나 싶었더니 손을 씻는다고…,

그럴 순 없습니다. 지금 떠나시면 조직은 하루아침에 무너지고 말 겁니다. 잘 아시지 않습니까. 이대로 저희를 버리고 떠나실 수는 없습니다."

피나로가 말을 마치자 옆에 서 있던 조직원 다섯이 고개를 끄덕였다. 말투는 공손했어도 눈빛에서 반항심이 엿보였다.

저들은 토니의 권위에 도전하고 있었다. 토니가 보스 자리에 오른 후 부하들이 복종을 거부한 것은 이번이 처음이었다. 토니는 겁 없이 자신의 결정에 이의를 제기하는 조직원 여섯을 제명하려고 했지만, 본능이 그를 막아섰다. 조직 분위기가 흉흉했다. 여차하면 반란이라도 일으킬 기세였다.

토니는 거대한 도시의 암흑가를 지배하는 강력한 조직을 결성했다. 자신이 세운 원칙에 따라 움직이는 완벽한 조직을 만들었다고 생각했다. 아니었다. 토니는 조직에 해가 될 것 같으면 설령 그 상대가 조직을 일으켜 세운 보스라고 해도 망설임 없이 제거할 수 있는 괴물을 만들었을 뿐이었다.

토니는 책상 앞에 결연한 표정으로 나란히 줄지어 서 있는 조직원 여섯 명을 바라보았다. 그들의 충성심은 자신이 쏠쏠한 돈벌이를 보장할 때 한해서만 발휘됨을 깨달았다. 돈벌이 수단으로써 토니의 가치가 사라지는 순간 저들은 주저 없이 적을 향한 총구를 토니에게 돌릴 것이다. 토니는 이제 조직을 떠날 수 없었다. 부하들은 토니가 떠나도록 내버려 두지 않을 게 분명했다.

"그냥 한번 해 본 말이야. 그렇게 심각하게 받아들이지 말라고."

토니가 아무렇지 않게 보이려고 애쓰며 대답했다.

"짭새들 마음 놓으라고 일부러 그렇게 이야기한 거니까 걱정하지 말고 다들 할 일들 해."

토니는 5일 밤낮 동안 부하를 시켜 플라나간을 미행했다.

그리고 플라나간의 동선 파악을 마친 후에는 살인 계획을 세우는 데에만 꼬박 이틀을 썼다. 마침내 준비가 끝났다.

어느 날 밤 열한 시, 토니는 직접 차를 몰고 제인과 함께 살고 있는 고급 아파트로 왔다. 건물 1층에서 유니폼을 차려입은 문지기에게 시가 하나를 건네고, 잠시 날씨가 좋으니 나쁘니 시시콜콜한 이야기를 나눴다.

엘리베이터를 타서 버튼을 눌러 주는 직원에게도 시가를 주면서 아무래도 손목시계가 잘 안 맞는 것 같다며 시간을 확인해달라고 부탁했다. 그렇게 자신의 귀가를 증명해 줄 증인 두 명을 확보했다.

토니는 건물 3층에 살았다. 복도 끝 철문을 열고 나가면 건물 위아래로 이동 가능한 비상 사다리가 있었다. 토니는 소리가 나지 않도록 조심스럽게 비상계단으로 나가 철문을 닫았다. 목격자가 없음을 확인한 후 조용히 빠르게 사다리를 타고 다시 1층으로 내려갔다.

밑창이 고무로 된 신발을 신어 걸을 때도 소리가 나지 않았다. 토니는 맹수처럼 고요히 어두운 골목을 가로질러 한적한 길가에 세워둔 자동차에 올라탔다.

커다란 차가 부드럽게 거리를 질주했다. 곧 다른 차 두 대가 뒤따랐다.

노스사이드 변두리에 자리한 한산한 주택가에 차 두 대가 멈춰 섰다. 잠시 뒤, 토니를 뒤따라온 차가 천천히 코너를 돌아 시야에서 사라졌다. 토니가 타고 있는 차는 조심스럽게 앞으로 나아갔다.

불이 환하게 밝혀진 2층짜리 벽돌집이 보였다. 토니는 길 건너편에 차를 세웠다. 차에 타고 있던 토니와 부하 셋은 밖에서 보면 빈 차처럼 보이도록 몸을 숙였다. 뒷좌석 창문 하나는 이미 완전히 내려져 있었다. 스산한 밤바람이 발갛게 상기된 네 남자의 얼굴을 스쳤다.

토니는 적당한 때를 기다렸다. 잠시 후, 부하에게 신호를 보냈다. 부하가 호루라기를 입에 물었다. 날카로운 호루라기 소리가 주택가를 흔들었다. 거의 동시에 옆 코너에서 총성 두 발이 울렸다. 길 건너편 벽돌집 문이 벌컥 열리더니 건장한 남자가 오른손에 리볼버를 들고 뛰쳐나왔다. 플라나간이었다.

코너에서 총성이 한 발 더 울렸다. 플라나간은 총알을 장전하며 계단을 뛰어 내려갔다. 토니는 신중하게 기관총을 들어 겨누고 투박한 총구를 창문 밖으로 내밀고 조심스럽게 목표물을 조준했다. 잔인한 미소를 지으며 방아쇠를 당겼다.

기관총 소리에 차에 타고 있던 네 남자의 귀가 먹먹해졌다. 플라나간은 믿을 수 없다는 듯 총알이 박힌 자신의 몸통을 내려보더니 바닥으로 고꾸라졌다. 임무를 마친 토니는 재빨리 현장을 빠져나갔다. 아파트를 빠져나올 때처럼 사다리를 타고 다시 집으로 돌아왔다. 토니는 잠자리에 들 때까지 흥분이 가라앉지 않았다.

목격자가 없었어도 토니가 사건의 유력한 용의자로 지목된 것은 당연했다. 역시나 얼마 안 돼 경찰이 찾아왔다. 하지만 토니의 알리바이는 완벽했다. 경찰은 어떻게든 토니의 유죄를 입증하기 위해 건물에 근무하는 직원들을 심문했다.

순진한 문지기와 엘리베이터 보이는 다른 출입구는 없다며 플라나간이 살해당한 시간에 토니가 다른 장소에 있었을 리 없다고 장담했다.

플라나간은 죽었다. 몇 년간 미뤄 뒀던 숙원을 마침내 해결했다. 이제 모런을 제거할 차례다.

Scene #25

다음 날 오후, 신문을 본 토니는 충격을 받았다.

기사에는 경찰청장이 플라나간 경찰서장의 암살을 매우 심각한 문제로 보고 있으며, 현대사회를 좀먹는 갱스터를 소탕하기 위해 젊은 피를 수혈해야 한다는 내용이 구구절절 실려 있었다.

결론은 벤 과리노 형사과장을 경찰서장으로 승격하겠다는 것이었다. 플라나간의 뒤를 이어 경찰서장 자리에 오른 벤 과리노는 전날 밤 플라나간 살해 사건의 범인으로 토니 카몬테와 조직원을 지목했다. 벤은 토니를 도시에서 쫓아내거나 현장에서 사살해 시민의 안전을 지키겠노라 약속했다.

토니는 헛웃음을 터뜨렸다.

그리고는 이내 얼굴을 굳혔다. 같은 배에서 나온 형제가 언론에다 대놓고 동생을 죽이겠다고 선포하다니, 썩 즐겁지는 않았다. 젠장! 사업에 가족이 얽히니 머리가 아팠다.

잠시 가라앉아 있던 토니의 눈이 어느새 형형하게 빛났다.

벤과 대치하게 되더라도 상관없다. 늘 그랬듯 빠져나오면 그만이다. 벤도 어디까지나 그저 그런 형사 중 하나일 뿐이다.

그날 저녁, 토니는 한결 가벼워진 기분으로 호텔 레스토랑을 찾았다. 자리에 앉으니 웨이트리스가 주문을 받으러 왔다. 빳빳하게 풀을 먹인 하얀 앞치마에 주름이 잡히면서 바스락거리는 소리가 났다.

토니는 고개를 돌리지도 않고 음식을 주문했다. 웨이트리스가 수프를 가지고 돌아왔을 때 잘 다듬어진 손톱이 관심을 끌었다. 시선이 손가락부터 시작해 손, 팔목, 마침내는 얼굴까지 올라갔다.

웨이트리스의 얼굴을 확인한 토니는 의자에서 벌떡 일어날 뻔했다. 토니의 여동생 로지 과리노가 음식을 서빙하고 있었다.

"너!" 토니가 외쳤다.

"안녕하세요." 로지가 조용히 대답했다. "못 알아보길 바랐는데, 결국 들켰네요. 리날도가 죽었으니 일자리를 찾아

돈을 벌어야 했어요. 다른 일을 못 구해서 저도 어쩔 수 없었어요."

로지는 토니가 더 말을 걸기 전에 서둘러 자리를 떠났다.

토니는 수프를 떠먹으려다 멈칫하며 숟가락을 내려놨다.

로지의 설명은 말이 안 된다. 로지는 웨이트리스로 일하면서 돈을 벌 필요가 없었다. 매달 변호사를 통해 보내주는 돈이면 온 가족이 실컷 사치를 부리고도 남았다.

그렇다면 로지가 왜 여기 있을까? 복수가 아니면 굳이 이 호텔에 웨이트리스로 취업할 이유가 없었다. 토니는 의심스러운 눈빛으로 그릇을 가만히 내려다봤다. 육안으로는 수프에 문제가 있는지 없는지 구별할 수 없었다.

토니는 물을 바닥에 쏟고 수프 몇 숟가락을 빈 잔에 옮겨 담았다. 그리고 잔을 몰래 숨긴 채 테이블에서 일어나 로비와 연결된 출입구로 향했다.

"잠깐 전화 좀 받고 오겠네." 토니는 억지로 미소 지으며 로지를 지나쳐 나갔다. "금방 돌아올 거야."

토니는 로비를 서성이던 부하를 불러 수프가 든 잔을 건넸다. "지금 당장 길 건너 약국에 들고 가서 시약 검사 의뢰해." 토니가 명령했다. "여기서 기다리고 있겠다."

토니는 혼란스러운 심정으로 부하가 돌아오길 기다렸다.

몇 분 뒤, 부하가 결과지를 들고 왔다. 사실 검사 결과를 보지 않아도 결론은 뻔했다.

수프에는 사람은 고사하고, 말 한 마리도 거뜬히 즉사시킬 정도로 강력한 독이 들어 있었다.

토니는 아무렇지 않게 식당으로 돌아갔다. 무표정한 얼굴 속에 두 눈이 즐겁다는 듯 빛났다. 법으로 남편을 죽인 살인자를 심판할 수 없다고 직접 호텔에 웨이트리스로 잠입해 음식에 독을 타다니…, 배짱 하나는 끝내주는군! 저 정도는 돼야 스카페이스 토니의 여동생이라 할 수 있지!

토니가 테이블 옆에 가만히 서 있자 로지가 다가왔다.

미세하게 상기된 뺨을 제외하면 조금도 이상한 부분을 찾을 수 없었다.

"일곱 시 퇴근 맞나?" 토니가 침착하게 물었다.

"네. 왜 그러시죠?"

"일 때문에 올라가 봐야 해. 퇴근하고 남은 음식 챙겨서 내 사무실로 올라와. 사무실은 꼭대기 층에 있어. 팁은 넉넉하게 챙겨 주지." 토니가 애써 웃으며 덧붙였다. "따로 할 말도 있었는데 잘 됐군."

토니는 과연 로지가 제 발로 찾아올까 궁금해하며 사무실로 올라갔다. 스스로 오지 않아도 상관없다. 이미 부하들에게 로지를 잘 지켜보고 있다가 도망가려 하거든 억지로라도 끌고 오라고 일러뒀다. 그럼에도 토니는 로지가 직접 자신을 찾아오길 바랐다.

다행히 로지는 직접 사무실로 올라왔다. 토니의 말대로 퇴근하던 중이었는지 편안한 차림으로 요리가 잔뜩 담긴 쟁반을 들고 있었다. 로지는 말없이 책상 위에 요리를 하나씩 내려놨다. 토니가 으스스하게 로지를 올려다보며 물었다.

"여기에도 독을 탔나?"

로지는 깜짝 놀라며 몸을 떨었다. 어찌나 심하게 떨었던지 들고 있던 쟁반이 떨어질 뻔했다. 두 눈이 공포로 커다랗게 벌어졌다.

"무슨 말씀을 하시는 건지…" 로지가 더듬대며 대답했다.

"아까 갖고 온 수프에 장정 열 명은 충분히 죽이고도 남을 만한 독이 들어 있었지. 보통 주방에서 독을 타진 않잖아.

그러면 남은 사람은 하나밖에 없겠지."

"맞아요, 제가 그랬어요." 로지가 순순히 인정했다. "당신이 리날도를 죽였잖아요. 난 리날도를 사랑했어요. 겨우 재판까지 열었는데 당신은 보란 듯이 빠져나갔죠. 그래서 내가 직접 나서기로 했어요. 일부러 여기 호텔에 웨이트리스로 취업했죠. 그런데 결국 들켰네요. 이제 절 어떻게 할 건가요?"

직설적인 질문에 놀라 더듬대던 로지가 순순히 의도를 밝히자 토니는 오히려 당황해 잠시 침묵했다.

"아직 잘 모르겠어." 마침내 토니가 입을 열었다. "원래대로라면 죽여야 하는데…. 그렇게 보내버리기에는 용기가 아깝군. 지금 네가 얼마나 위험한 상황에 처한 건지 실감이 안 되나?"

"그럴 리가요. 여기에 일자리를 찾을 때부터 각오한 일이었어요. 리날도는 이미 죽었는데 저 혼자 살아서 뭐 하나요?"

"리날도는 갱스터였어." 토니가 매섭게 로지를 꾸짖었다. "총잡이, 깡패였다고! 사람을 수도 없이 죽였고, 내 말 한마디면 누구든 주저 없이 죽일 수 있는 인간이라는 걸 잘 알고 있었겠지?"

"당신은 다른 것처럼 이야기하네요." 로지가 비아냥댔다.

"그게 중요한 게 아니야. 논점 흐리지 마. 리날도는 여자한테 사랑받을 만한 가치가 없는 놈이야. 난 정말 두 사람이 결혼한 사이라고는 생각도 못 했지. 다른 여자한테 그러듯 리날도가 널 이용하려는 줄로만 알았다고. 그래서 죽인 거야."

토니의 목소리에 애정이 묻어났다. 고개를 드니 로지가 눈을 동그랗게 뜨고 토니를 뚫어져라 바라보고 있었다.

"왜 그러지?" 토니가 물었다.

"아…, 아무것도 아니에요. 내가 아는 사람이랑 너무 비슷해서 잠깐 놀랐을 뿐이에요."

토니는 일부러 목소리를 거칠게 가다듬고 고개를 돌려 로지에게 흉터가 남은 왼쪽 얼굴만을 보여줬다. 하마터면 로지에게 정체를 들킬 뻔했다.

"아무튼 리날도 일은 미안하네. 그런데 어쩔 수 없었어."

토니가 무뚝뚝하게 사과했다. "지금은 모르겠지만 자네한테도 잘된 일이야. 언젠가는 나한테 고마워할 날이 올 거야. 그러니 리날도는 잊고 잘 살아. 앞으로 남자 보는 눈도 좀 키우고. 깡패 새끼나 만나기에는 너무 아깝군."

"당신 일이나 신경 쓰지 그래요?" 로지는 눈물이 그렁그렁해서 쏘아붙였다.

"그러지. 각자 알아서 잘 살자고. 행여나 다른 조직 보스 음식에 독을 탈 생각은 말라고. 그때는 진짜 죽을 거야. 혹시 돈이 필요하거든…"

"필요 없어요." 로지가 자랑스레 이야기했다. "앞으로도 필요 없을 거고요. 돈은 저도 넘칠 만큼 많아요."

토니는 뿌듯함에 가슴이 벅차올랐다. 로지가 누리는 부는 모두 토니의 주머니에서 나왔다. 가족이 돈의 출처를 알 일은 절대 없겠지만, 토니는 그들의 생활에 보탬이 됐다는 것 하나만으로 만족했다.

"잘 됐군. 그럼 이만 잘 가라고." 토니가 느긋하게 인사했다. "감히 토니 카몬테를 죽이려다 실패하고 목숨을 건진 사람은 지금까지 아가씨가 유일하니까 자랑스럽게 생각해도 좋아."

로지는 눈썹을 찡그리고 알 수 없다는 표정으로 가만히 토니를 노려보다가 마침내 사무실 밖으로 나갔다.

토니는 한숨을 길게 내쉬었다.

로지 문제는 이제 해결됐다. 조금 전까지 로지와 대화를 나누던 토니는 다시 복수를 계획했다. 받아먹을 때는 좋다고 희희낙락하더니 막상 위기 상황에서는 누구보다 먼저 나서서 자신의 등에 칼을 꽂은 작자들이 잘 먹고 잘 사는 꼴을 가만히 두고 볼 수는 없었다.

불현듯 토니는 이 일이 개인적인 복수에 그쳐서는 안 된다는 사실을 깨달았다. 토니뿐 아니라 시민의 신뢰를 저버린 인간들이다. 그들은 합당한 대가를 치러야 한다.

지금까지 눈앞에 닥친 일을 해치우기에 급급한 삶을 살던 토니는 태어나서 처음으로 사회적 책무를 느꼈다. 인류의 안녕이 자신의 보존보다 중요하다는 깨달음, 자신이 세상에 진 빚을 갚아야 한다는 깨달음이 토니를 부추겼다.

토니는 생전 처음 느껴보는 낯선 감정에 사로잡혀 두 시간 동안 쉬지 않고 글을 썼다. 마침내 펜을 내려놓고 처음부터 끝까지 다시 한번 글을 읽어봤다. 만족스러웠다.

토니는 종이를 접어 봉인한 다음 검은색 가죽 양장 수첩과 함께 커다란 서류 봉투에 넣었다. 봉투에는 이렇게 적혀 있었다.

내가 죽은 다음 날 봉인된 상태 그대로
「이브닝 아메리칸」에 전달할 것.

봉투는 잠금장치가 달린 책상 서랍에 소중하게 보관했다.

토니는 자신이 쓴 글이 공개되면 사회적으로 엄청난 반향을 일으킬 것을 잘 알고 있었다.

하지만 서랍에 담긴 이 놀랍도록 직설적이고 간결한 기고문이 향후 정치계를 발칵 뒤집어 놓을 것이라는 생각은 못했다. 토니의 의도야 뭐가 됐든 후에 미국 정치판은 위대한 갱 두목의 글이 발표되기 전과 후로 나뉠 만큼 엄청난 변화를 겪었다.

토니의 글이 공개된 후 나름 거물이라고 할 수 있는 정치인 여섯 명이 스스로 목숨을 끊었다. 재기할 수 없을 정도로 무너진 사람은 수도 없이 많았다.

정부와 검찰, 경찰 구조가 완전히 재조직됐다. 변화는 토니 조직이 본거지를 둔 도시에 국한되지 않았다. 전국의 유권자는 소위 국민의 하인이라는 자들의 실체를 알고 분노했다. 거의 모든 대도시 공무원이 갱스터의 뒤를 봐주고 뇌물을 받고 있었다.

현대 정치계와 암흑계의 긴밀한 유착관계는 정부 개편을 주장하는 가장 강력한 무기가 됐다. 물론 토니는 꿈에도 몰랐던 일이다.

아마 토니는 누군가 미래를 알려주더라도 헛소리 말라며 코웃음을 쳤을 것이다.

아니, 애초에 미래에 별 관심이 없었을 것이다.

잠시 토니를 찾아왔던 사회적 책임감과 의무감은 곧 사라졌다. 토니는 언제 대의를 생각했냐는 듯 복수심에 불타올랐다. 비열한 배신자는 죽어 마땅했다. 토니는 모런을 어떻게 죽여야 할지 고민했다. 더러운 쥐새끼 같은 검사 놈의 숨통을 하루빨리 끊어놔야 두 다리를 뻗고 잘 수 있을 것이다.

책상 위에 놓인 전화기가 요란하게 울리며 침묵을 깨뜨렸다. 수화기를 들고 대답을 하기가 무섭게 상대방이 보고를 올렸다. 토니는 한마디도 않고 가만히 듣고만 있었다. 전화를 끊은 토니의 두 눈이 매섭게 빛났다.

오 분 뒤, 토니와 믿을 만한 부하 네 명이 차를 타고 도시 남쪽으로 향했다. 최대한 빠르게 이동하되 시선을 끌지 않도록 속도를 조절했다. 적대 조직의 영역에서 굳이 존재감을 뽐낼 이유가 없었다.

잠깐의 부주의로 정체를 들켰다간 남쪽에 본거지를 둔 크고 작은 조직이 모조리 따라붙어 총질해 댈 게 분명했다. 쓸데없이 일을 복잡하게 만들 필요는 없었다.

위험은 그뿐만이 아니었다. 거리 곳곳에 경찰차가 돌아다니고 있었다. 어떤 변명을 늘어놔도 차에 무기를 가득 싣고 다른 조직의 영역을 돌아다니는 토니를 경찰이 무사히 보내 줄 리 없었다.

재수가 없어서 무식한 놈들한테 걸리면 입조차 떼지 못하고 그대로 끌려가 험한 꼴을 보게 될지도 모른다.

토니는 으슥한 동네 어귀에 자리한 술집 건너편, 한 블록 떨어진 곳에 천천히 차를 세웠다. 조그만 마찰음조차 나지 않았다. 브레이크에 기름칠을 정성껏 해둔 보람이 있었다.

운전수는 바로 출발할 수 있도록 차에 남아 대기했다.

토니와 나머지 부하 세 명은 마스크로 얼굴을 완전히 가리고 차에서 내렸다. 네 남자는 기관총을 손에 들고 그림자처럼 고요하고 민첩하게 길을 건넜다.

토니 일행은 옷깃 스치는 소리조차 내지 않고 조용히 술집 문을 열었다. 무기는 당장이라도 불을 뿜어낼 수 있도록 장전된 상태였다. 바 앞에 남자들이 술을 마시며 시끄럽게 떠들어댔다.

바 가장자리에서 모런이 남자 네 명과 친근하게 이야기를 주고받으며 기분 좋게 웃고 있었다. 일행은 누가 봐도 검사와 어울리기에는 부적절한 인물들이었다. 실제로 그중 두 명은 사우스사이드 조직에 소속된 아일랜드계 조직원으로 몇 달 전 살인죄로 기소됐다가 풀려난 전적이 있었다.

문을 마주 보고 있던 바텐더가 마스크를 쓰고 나란히 늘어선 무장 괴한 네 명을 발견하고 그대로 굳었다.

조금 전까지 아무렇지 않게 웃고 떠들던 바텐더가 갑자기 새하얗게 질리자 술을 마시던 사람들이 하나둘 뒤를 돌아보기 시작했다.

"손들어!" 토니가 사납게 소리쳤다.

"제길! 이게 도대체 무슨…" 예상치 못한 습격에 놀란 모런이 입을 뗐지만, 문장을 끝맺지는 못했다. 토니는 조금의 망설임도 없이 배신자를 처단했다.

모런은 눈조차 깜빡이지 못하고 그대로 앞으로 고꾸라졌다. 기관총에 난사 당한 몸은 벌집처럼 구멍이 숭숭 뚫렸다.

토니는 마스크 뒤로 음산하게 웃으며 재차 방아쇠를 당겼다. 아일랜드계 조직원 둘이 모런 곁에 쓰러졌다. 모런과 가까이 지내는 놈들이라면 죽어도 싼 인간일 게 뻔했다.

언젠가 방해가 될지도 모르는 인간은 기회가 있을 때 미리 제거해두는 편이 나았다. 게다가 저 둘은 조직원 사이에서도 악질로 유명했다. 정부가 예산을 들여 처리해야 할 쓰레기를 돈 한 푼 안 받고 미리 치워 줬으니 감사 인사를 받아 마땅했다.

토니는 방아쇠에서 손가락을 뗐다. 조금 전까지 총알이 비처럼 쏟아지던 술집이 물을 끼얹은 듯 조용해졌다.

"또 뒈지고 싶은 놈 있나?" 토니가 윽박질렀다. 남자들은 머리 위로 든 손을 덜덜 떨며 몸을 움츠렸다. "오 분 동안 술집 밖으로 나오지 마. 쓸데없는 짓 하는 놈들은 목숨이 아깝지 않은 걸로 알겠다."

토니 왼쪽에 서 있던 부하가 먼저 술집 밖으로 나가 주변을 살피고 이상 없음을 알렸다. 다음으로 토니가 술집을 나섰고, 나머지 두 명이 뒤따랐다. 토니와 부하들이 술집에 들어와 모런과 끄나풀을 처리하기까지 걸린 시간은 고작 이 분이었다.

그동안 운전수는 술집 앞으로 차를 돌려서 동료가 나오길 기다렸다. 쥐 죽은 듯 고요한 골목에 자동차 엔진 소리만이 울려 퍼졌다. 토니와 부하들을 태운 자동차는 순식간에 사우스사이드 영역을 빠져나갔다.

토니는 뛸 듯이 기뻤다. 마침내 복수를 끝냈다. 아직 지검장이 남아 있었지만, 자신이 죽고 봉투에 담긴 글과 증거가 공개되면 그는 죽음보다 더 끔찍한 삶을 살게 될 것이다.

지금 당장은 토니의 영역을 노리는 뉴욕 갱을 처리하는 게 먼저였다. 재판 때문에 잠시 미뤄 뒀을 뿐 감히 자신의 목숨을 노린 놈들을 그냥 내버려 둘 생각은 없었다.

토니는 이를 갈며 분노했다.

Epilogue

돈이 지닌 힘은 어마어마하다. 특히 암흑계에서는 돈만 있으면 무엇이든 할 수 있었다. 로지 과리노가 토니의 사무실을 떠나고 이십 분 뒤, 제인 콘리는 직접 토니 조직에 심어둔 스파이에게서 걸려 온 전화를 받았다.

두 사람이 나눈 대화를 완벽히 전해 듣지는 못했지만, 스파이가 이야기하기로는 토니가 로지에게 돈을 주겠다고 제안했다. 로지는 거절했다고 하지만 그렇다고 제안이 없던 일이 되지는 않았다.

제인은 토니를 잘 알았다. 토니는 여자에게 아무 이유 없이 돈을 줄 남자가 아니었다. 몸이 분노로 덜덜 떨렸다. 제인의 오해는 돌이킬 수 없는 결과를 낳았다.

제인은 토니에게 자신을 두고 양다리를 걸치면 어떻게 되는지 똑똑히 알려줄 작정이었다.

어차피 제인도 토니에게 질린 참이었다. 최근 들어 제인은 건레이디로 활약하던 짜릿한 과거가 못 견디게 그리웠다.

하지만 토니는 절대 허락해주지 않았다. 자신의 애인으로 있는 동안은 얌전히 집에 머무르면서 내조나 하라는 것이었다. 화려하고 안락한 아파트에서 누리는 사치스러운 삶이 잠깐은 즐거웠지만, 시간이 갈수록 지겨워졌다.

제인에게 남자라고는 토니밖에 없었다. 아름다운 여자 주변에는 늘 구애하는 남자가 넘쳐났다. 제인 또한 토니와 동거하기 전까지는 수많은 남자의 애정과 관심을 받는 데 익숙했다.

언젠가부터 제인은 자신이 토니가 소유한 값비싼 물건 중 하나가 되었다는 생각을 떨쳐버릴 수 없었다. 토니의 불륜은 도화선에 불을 지핀 성냥일 뿐, 화약은 이미 예전부터 차곡차곡 쌓여가고 있었다.

제인은 두 시간 동안 심각하게 고민한 끝에 마침내 마음을 굳혔다. 먼저 벤 과리노 경찰서장에게 전화를 걸어 즐겁게 대화를 나눴다. 경찰서장 정도면 애인으로 둬도 부끄럽지는 않을 것이다. 특히 제인 같은 여자에게는 큰 도움이 될게 분명했다.

경찰서장과 이야기를 마친 제인은 토니의 사무실로 전화를 걸었다.

"오늘은 눈코 뜰 새 없이 바빴어." 토니는 제인의 목소리를 듣자마자 변명하듯 이야기했다.

"그랬겠죠." 제인이 대답했다. 토니는 제인의 목소리가 평소와 다르다는 사실을 눈치채지 못했다.

"오늘 모런을 처리했어."

"정말요? 당신이 직접?"

"그래. 방금 돌아왔어."

"잘됐네요! 토니, 다른 게 아니라 어디서 수상한 이야기를 들어서요. 오늘 자정 제이크 플레이스에서 뉴욕 쪽 갱스터가 대대적으로 모인대요. 동부에서 이름 좀 날린다는 놈들은 죄다 모인다고 하던데…. 듣자 하니 이 근처에서 당신한테 불만이 있는 조직이랑 손을 잡으려는 것 같아요. 뉴욕에서 쓸 만한 애들을 죄다 끌고 여기까지 오는 것보다 현지 조직원을 영입하는 게 훨씬 낫다나…, 아무튼 헛소문은 아닌 것 같아요."

"젠장! 어디서 들은 정보야?"

"믿을 만한 사람이에요. 나 믿죠? 뉴욕 쪽이면 저번에 당신을 습격했던 놈들 아니에요?"

"맞아. 내가 당신 아니면 누구를 믿겠어." 토니의 대답에는 망설임이 없었다.

“그래서, 오늘 밤 제이크 플레이스라고?”

“네. 뉴욕 갱스터는 차 세 댄가 네 대에 나눠 타고 올 거래요. 창문에 커튼이 쳐진 파란색 캐딜락을 노리면 돼요. 지금이 열한 시 반이니까 당장 출발해야 될 것 같아요.”

제인은 아무렇지 않게 토니를 속였다. “서두르면 놈들이 떠나기 전에 따라잡을 수 있을 거예요.”

“자기밖에 없어. 고마워, 제인.”

제인은 천천히 수화기를 내려놨다. 예쁜 입술에 잔인한 미소가 드리웠다. 일이 제대로 풀린다면 내일 아침 신문에 꽤 흥미로운 기사가 실릴 것이다.

계획이 어긋난다면 유명한 건레이디는 조간신문이 발간되기도 전에 싸늘한 주검이 되고 말 것이다. 어차피 한 번 사는 인생인데 실패가 두려워 시도조차 않고 포기할 수는 없었다.

조직 본부는 출동 준비로 정신없이 바빴다. 토니는 몇 분 만에 실력 좋은 총잡이 열다섯 명을 모아 엄중히 명령을 내렸다. 작전 지시를 끝낸 토니는 자동차 네 대에 조직원을 나눠 태우고 전장으로 향했다.

제이크 플레이스는 갱스터를 주 고객으로 삼은 대규모 술집 겸 도박장으로 지저분하고 으스스해 절로 눈살이 찌푸려졌다.

도시 외곽 낙후된 지역에 자리한 술집은 갱스터에게 최적의 환경을 제공했다. 실제로 수많은 갱스터가 제이크 플레이스를 찾았다.

토니는 제이크 플레이스에서 한 블록 떨어진 곳에 차를 세우고 주변을 살폈다. 커다란 목조건물 주변에 차가 여러 대 주차돼 있긴 했지만, 특별히 이상한 점은 없어 보였다.

파란색 캐딜락도 뒷좌석 창문에 커튼이 쳐진 자동차도 없었다. 아무래도 뉴욕 놈들은 아직 도착하지 않은 듯했다. 자정이 되기까지는 십여 분이 남았다.

몇 분 뒤, 시내로 이어지는 도로에 자동차 몇 대가 줄지어 나타났다. 동네가 워낙 어두운 탓에 파란색이 아니라 검은색처럼 보이긴 했어도 어쨌든 캐딜락은 분명했다. 틀림없이 동부 놈들일 것이다. 캐딜락과의 거리가 점점 가까워졌다.

전부 네 대가 앞뒤로 바짝 붙어 다가오고 있었다.

토니의 심장이 빠르게 뛰었다. 긴장한 탓에 기관총을 쥔 손이 땀으로 축축해지고 어깨가 뻣뻣하게 굳었다. 아마 토니의 갱스터 인생 전체를 통틀어 가장 치열하고 힘겨운 싸움이 될 것이다.

토니는 제아무리 강력한 조직이라도 자신의 영역을 넘볼 수 없다는 사실을 온 세상에 증명할 예정이었다. 누구도 감히 토니를 건드리고 무사할 수는 없었다.

토니는 낮고 딱딱한 목소리로 네 명씩 차에 나눠 타고 캐딜락에 따라붙으라는 명령을 내렸다. 각자 한 대씩 맡는다.

토니의 계획은 단순했다. 토니 조직이 타고 있는 차로 캐딜락 옆으로 빠르게 접근해 적이 습격에 대응할 틈을 주지 않고 기관총을 난사한다. 화력이 분산돼 빈틈이 생기는 순간 반격을 허용할 수도 있으니 서로를 믿고 무조건 가장 가까운 차만을 노린다.

토니 일행이 탄 차가 순식간에 캐딜락 옆에 나란히 붙었다. 토니는 적을 향해 기관총을 겨누고 방아쇠를 당겼다.

소름 돋는 총성이 울려 퍼졌다. 나머지 차 세 대에서도 기관총 소리가 쉴 새 없이 터졌다. 그때, 캐딜락 창문이 열리더니 총구가 불쑥 튀어나와 불빛을 뿜어냈다. 갱스터가 아니었다.

"제기랄!" 토니가 신음했다. "짭새잖아!"

캐딜락 네 대에는 동부 갱스터가 아닌 토니 조직 관할 경찰서 형사들이 타고 있었다. 끔찍한 실수였다! 형사가 죽든 말든 신경 쓸 바는 아니었지만, 토니와 조직의 미래를 생각하면 되도록 공무원과 충돌은 피하는 편이 나았다. 방법은 하나뿐이었다.

난전이 시작됐다. 차 여덟 대에서 총알이 비 내리듯 쏟아졌다. 죽음의 소리가 어둠을 갈랐다. 토니는 침착함을 유지하려 애썼다. 부하들은 거의 공황 상태에 빠져 있었다.

갱스터가 아닌 경찰을 향해 총을 쏘다니…,

있어서는 안 될 일이었다. 하지만 이미 돌이킬 수 없었다.

죽기 아니면 살기였다.

토니가 타고 있던 차의 운전수는 어떻게든 목숨을 부지해야겠다고 생각했다. 운전대를 잡고 있어서 직접 싸울 수는 없었으니 일단은 달아나기로 했다. 운전수는 차선을 바꿔 앞서가던 차를 추월해 가속 페달을 힘껏 밟았다. 자동차가 총알처럼 앞으로 튕겨 나갔다. 경찰차 한 대가 순식간에 따라붙었다.

추격전은 2킬로 가까이 이어졌다. 차체가 격렬하게 흔들렸다. 양쪽에서 쉴 새 없이 불꽃이 튀었다. 토니와 같은 차에 타고 있던 두 명이 의식을 잃고 쓰러졌다. 한 명은 피를 뒤집어쓴 채 울부짖으며 질주하는 차에서 뛰어내리려 했다. 토니는 헛소리를 지껄이는 부하를 주먹으로 내리쳐 기절시켰다.

토니는 기적적으로 총알을 피했다. 차가 계속 달리고 있는 걸 보아하니 운전수도 멀쩡한 듯했다. 경찰차가 끈질기게 따라왔다. 거리가 점점 좁혀지고 있었다.

분노에 사로잡힌 토니는 뒷좌석 유리창을 박살 내고 뒤따라오는 차를 향해 기관총을 난사했다. 매캐한 연기가 코를 찔렀다. 숨이 턱 막히고 눈앞이 흐려졌다. 빠르게 달리는 차 안에서 목표물을 정확하게 조준하기는 불가능했지만, 총알을 갈겨대다 보면 어쩌다 한두 발쯤은 맞을 만도 했다.

하지만 경찰차는 끄떡도 하지 않았다. 방탄유리였다.

타이어까지 방탄일 리는 없었다. 토니는 달아오른 기관총을 아래로 기울여 타이어를 노렸다.

마침내 경찰차 한 대가 굉음과 함께 이리저리 미끄러지더니 도랑에 거꾸로 처박혔다. 토니의 입에 힘겨운 승리의 미소가 걸렸다. 안타깝게도 기쁨은 오래가지 않았다. 곧이어 토니가 타고 있던 차가 휘청댔다. 운전수가 핸들을 잘못 꺾었다.

커다란 차가 모로 뒤집힌 채 도로 위에 멈췄다. 토니는 의식을 잃지 않았다. 운전석에서는 옷깃 스치는 소리조차 나지 않았다. 멍청한 운전수가 죽은 듯했다.

머리가 빙빙 돌고 숨이 가빠왔다. 토니는 동료의 피 냄새가 진동하는 차 안에서 기어 나왔다. 차 뒤에 몸을 숨기고 차체 위에 총구를 올렸다.

도랑에 빠진 캐딜락에서 경찰 두 명이 빠져나오더니 천천히 토니를 향해 다가왔다. 오른손에 리볼버를 들고 있었다.

토니는 이를 악물고 기관총 방아쇠를 당겼다. 딸깍 소리만이 허무하게 울렸다. 총알이 떨어졌다. 만일의 사태에 대비해 주머니에 늘 소지하던 권총을 꺼냈다.

토니는 조심스레 표적을 조준하고 총을 쐈다. 한 명이 쓰러졌다. 동료가 쓰러지자 남은 한 명은 땅에 몸을 던지고 몸을 잔뜩 낮춘 채 리볼버를 머리 위로 들어 올렸다. 마음만 먹으면 바닥에 엎드려 있는 경찰도 당장 죽일 수 있었다.

죽지 않으려면 죽여야 했다. 하지만 토니는 홀린 듯 방아쇠에 건 손가락을 가늘게 떨며 경찰을 가만히 바라보고만 있었다. 상대는 토니의 형이자 경찰서장인 벤 과리노였다.

리볼버에서 불이 뿜어져 나왔다. 총알이 토니의 머리를 관통했다. 늘 각오하고 있던 일이 일어났을 뿐이었다.

두 시간 후, 경찰서에 돌아온 벤 과리노 경찰서장은 동료를 모아 놓고 영웅담을 자랑스레 늘어놨다. 치열한 전투와 전설적인 갱 두목의 마지막을 전해 들은 동료는 존경스러운 눈빛으로 경찰서장을 바라보며 축하 인사를 건넸다. 벤은 힘이 잔뜩 들어간 어깨를 으쓱이며 이야기했다.

"토니 카몬테의 애인이 정보를 흘렸어. 사이가 틀어지니 떼어내고 싶었던 모양이야. 재판에서 만난 적이 있는데 생긴 것도 꽤 반반하더군. 아마 그동안 카몬테한테 뜯어낸 돈이랑 보석이 몇 상자는 될걸. 어쨌든 그 여자가 오늘 저녁에 전화를 걸더니 토니 조직이 자정에 제이크 플레이스에서 한바탕 일을 벌일 거라고 그러더라고. 이참에 아예 현장에서 싹 쓸어버려야겠다 싶었지. 이 정도면 할 만하겠다 싶어서 바로 애들 몇 명 모아서 나갔는데 이것들이 정신 나갔는지 우리 차를 미친 듯이 쫓아오는 거야. 도대체 무슨 바람이 분 건지 아직도 모르겠군. 아무튼 차가 전복되고 이대로 죽겠다 싶었는데 마침 그놈 총이 불발이 났지 뭔가. 천운이었어.

우리끼리 하는 말이지만 토니 카몬테가 총 쏘는 솜씨 하나는 기가 막혔거든. 젠장, 이대로 꼼짝없이 순직하겠구나 생각했지. 그때 그놈 권총이 말썽을 안 부렸으면 지금쯤 카몬테가 아니라 내가 송장이 됐을걸."

벤 과리노는 몰랐다.

토니의 총이 불발된 것이 아니라 단지 방아쇠를 당기지 않았다는 사실을….

끝.

"문학이 들려주는 삶의 지혜와 즐거움"
RAINBOW PUBLIC BOOKS
Korean Translation Copyright © by *Rainbow Public Books*™

스카페이스

발행일 초판 1쇄 2021년 6월 28일

발행인 박성범
지은이 아미티지 트레일
옮긴이 김한슬기
편집 강수진, 김호준
디자인 서은주
마케팅 이선영
발행처 레인보우 퍼블릭 북스
등록 제2021-000021호

주소 〔우06212〕 서울시 강남구 테헤란로 328, 4층
(역삼동, 동우빌딩)
전화 02-415-9798
팩스 0504-209-1941
이메일 submit@rpbooks.co.kr

ISBN 979-11-90978-12-5 (03840)

• 책값은 뒤표지에 있습니다.
• 파본이나 잘못 인쇄된 책은 구입하신 서점에서 교환해 드립니다.
• 저작권 법에 따라 보호를 받는 저작물이므로 무단전재 및 무단복제 등의 행위를 금합니다.